LES LEÇONS D'AMOUR
D'ALICE WELLS

L'auteur

Sara Wolf a une vingtaine d'années. Elle vit à San Diego et adore faire de la pâtisserie, crier contre ses chats et rire de ses propres blagues. Elle est l'auteure de la trilogie à succès *Je te hais... passionnément* et de nombreux autres romans à paraître chez PKJ 15 ans et + !

Du même auteur
dans la même collection

Je te hais... passionnément
Je te hais... à la folie
Je ne te hais plus du tout

SARA WOLF

LES LEÇONS D'AMOUR D'ALICE WELLS

*Traduit de l'anglais (États-Unis)
par Alexandra Maillard*

POCKET JEUNESSE
PKJ·

Titre original :
The Education of Alice Wells

Collection « Territoires » dirigée
par Pauline Mardoc

Loi n° 49 956 du 16 juillet 1949 sur les publications
destinées à la jeunesse : septembre 2018

Copyright © Sara Wolf, 2014

© 2018, éditions Pocket Jeunesse, département d'Univers Poche,
pour la traduction française et la présente édition.

ISBN : 978-2-266-27929-1
Dépôt légal : septembre 2018

Je marche d'un bon pas vers la bibliothèque tout en téléphonant à Ranik. Cela sonne deux fois dans le vide avant qu'il décroche.

— Allô ?

— Je t'interdis d'être sympa avec moi, j'assène aussitôt.

À l'autre bout du fil, pas de réponse. Ranik sait très bien que c'est moi : il a vu mon numéro.

— J'ai le droit d'être sympa avec qui je veux, finit-il par déclarer.

— Nous avons une relation de travail, j'insiste. D'étudiante à professeur. Je ne tolérerai pas que tu m'apprécies.

— Que je *t'apprécie* ? bafouille-t-il. Qu'est-ce qui... qu'est-ce qui te fait penser que je... ?

— Je t'ai expressément demandé de ne pas m'apprécier.

— Tu m'as demandé de ne pas essayer de te sauter dessus, corrige-t-il.

— La seule façon pour moi de coucher avec quelqu'un serait de commencer par apprécier cette personne et d'entamer ensuite une relation au sein de laquelle elle et moi nous apprécierions mutuellement. Donc, tu ne peux pas m'apprécier. Parce que ce serait le premier pas pour coucher avec moi.

1

Pour la septième fois aujourd'hui, le professeur Mathers m'interroge.
— Alice ? J'ai l'impression que vous connaissez la réponse...
Tous les regards des étudiants du cours d'histoire européenne se tournent dans ma direction. Les autres attendent de moi une réplique courte, aussi brillante que d'habitude. Parce que je suis Alice Wells et que s'il y a une chose dans laquelle j'excelle, c'est répondre aux profs. En revanche, en ce qui concerne tout le reste : porter du rose, enchaîner les beuveries et avoir des relations sexuelles, je suis nulle. Mais en classe, je suis parfaite. *Et* modeste.
Je m'éclaircis la voix tout en rajustant mon pull.
— Kubilaï Khan, monsieur. Ses routes commerciales ont permis des échanges directs entre l'Europe et l'Extrême-Orient pour la première fois de l'histoire.
Mathers m'adresse un large sourire avant de remonter ses lunettes sur son visage rond et gras.

— Très bien, Alice ! Nous aurons bientôt une doctorante parmi nous, si vous continuez ainsi. Ouvrez vos livres page cinquante-quatre, s'il vous plaît...

Mon amie Charlotte, dont les boucles noisette tombent en cascade sur son chemisier blanc, me donne un coup de coude alors que je me rassois.

— Tu le fais carrément bander...

— Cette remarque est tout à fait grossière et déplacée, dis-je en m'étouffant à moitié.

— Vous formeriez un très joli couple, tous les deux, lance-t-elle avec un petit rictus. Je parierais que tu es son genre.

— Quel genre ? je demande en soupirant.

— Vierge effarouchée obsédée par les études et rate de bibliothèque.

Je ne prends même pas la peine de répondre. J'étais la seule vierge à la remise des diplômes, au lycée – moi et un mec boutonneux fan de *World of Warcraft*. Et c'est sûrement le cas aussi à l'université Mountford, la fac la plus fêtarde du sud de l'État de Washington.

— Je ne suis pas obsédée par les études, je proteste.

Charlotte regarde avec insistance mon ordinateur portable, sur l'écran duquel une feuille de calcul Excel ouverte détaille mon emploi du temps de la semaine. Elle tapote du doigt une case : *mercredi matin – révisions*. Puis une autre : *vendredi soir – révisions*. Et *samedi après-midi : révisions*. Elle laisse ensuite des empreintes de doigt un peu partout sur l'écran pour me montrer que la majorité des cases de mon planning m'intiment d'étudier. Je lui flanque un coup de pied sous la table, qui la fait s'étouffer de rire. Son téléphone vibre pour la millionième fois de la matinée. Un texto entrant... Elle y répond aussitôt.

— Psitt ! siffle-t-elle à mon intention.

Je l'ignore et me concentre sur le PowerPoint projeté par Mathers.

— Oh, allez ! Tu n'as pas le droit de m'en vouloir. C'est la vérité ! Il n'y a rien de mal à être une intello coincée. Je t'aime quand même, tu sais.

Je lève les yeux au ciel. Mais elle a raison. Elle est mon amie depuis la sixième. Nous connaissons nos pires défauts.

— Tu es bien la seule.

Charlotte se penche vers moi en souriant.

— Occupons-nous de ça, alors...

— Comment ? Tous les garçons me détestent, au cas où tu l'aurais oublié.

— Alice... Pour la dernière fois : les garçons ne te détestent pas ! Tu es juste...

Elle détaille du regard mon pull et ma jupe écossaise. Je rajuste mes lunettes sur mon nez avant de rejeter ma queue-de-cheval blonde par-dessus mon épaule.

— Chiante à mourir ? je suggère.

— ... légèrement intolérante, corrige Charlotte.

— Eh bien, désolée pour mon intolérance, mais l'idée de gâcher mon temps avec des débiles pour qui les seuls mots qui importent sont « nichons » et « Yolo » ne me tente pas tellement.

— Allez ! Mélissa m'invite à un barbecue chez les Thêta Delta Pi la semaine prochaine. Leur bâtiment est carrément dément. Et ça fait des jours que tu n'as pas quitté ta chambre à part pour aller manger et te rendre en cours. Et je n'ai vraiment aucune envie de me retrouver seule là-bas, alors s'il te plaît, s'il te plaît, *s'il te plaît !*

— Charlotte ? Vous aimeriez peut-être faire part de vos réflexions à vos camarades ? lance le professeur Mathers en haussant un sourcil.

Charlotte rougit comme une tomate.

— Non, non. Excusez-moi, répond-elle d'un couinement de souris.

M. Mathers se retourne vers l'écran de projection. Charlotte se penche vers moi.

— S'il te plaît, s'il te plaît, s'il te plaît…, recommence-t-elle.

— Très bien ! Tu es vraiment infernale, tu sais ! Plus tenace qu'un diable de Tasmanie !

Charlotte brandit silencieusement le poing en signe de victoire lorsque la cloche sonne. Elle fourre aussitôt ses livres dans son sac.

— À ce soir ! lance-t-elle en me tapotant le bout du nez.

Elle est partie sans que j'aie pu cligner des yeux. Nous sommes amies depuis presque dix ans. Sa personnalité extravertie et branchée sur dix mille volts n'a pas changé d'un iota. Mais là encore, la mienne non plus. Je suis aussi ennuyeuse et focalisée sur les études qu'avant. Mais avec une mère qui ne m'accordait d'attention que lorsque je rapportais des bonnes notes, ce n'est guère étonnant. L'école était toute ma vie. Là où les autres filles se passionnaient pour le cinéma, la mode, leurs amies, je consacrais mon temps aux chiffres et à mes objectifs. J'ai toujours été ainsi. Ce qui ne m'a pas beaucoup aidée à me faire des amis. Charlotte exceptée. C'est un miracle qu'elle soit restée mon amie après notre arrivée à Mountford, moi, une fille aussi insipide qu'un soda éventé. Elle pourrait avoir un tas de copines et papoter avec elles de trucs qui l'intéressent vraiment. D'ailleurs, je ne serais pas surprise qu'elle me lâche cette année.

Je soupire avant de commencer à ranger mes affaires.

— Alice ? Je pourrais vous parler une minute ? me lance le professeur Mathers.

Je lève la tête.

— Oui, bien sûr. J'en ai juste pour une seconde.

La classe est quasi vide lorsque je rejoins M. Mathers, qui me sourit.

— Vous savez, Alice, je suis vraiment très impressionné par vos connaissances sur la sous-section transcontinentale. Auriez-vous déjà lu la suite de votre manuel ?

Ces louanges font monter en moi une fierté familière.

— Oui, monsieur. Je lis toujours mes manuels scolaires en entier dès que je les reçois.

Je fouille dans mon sac et en sors un ouvrage agrémenté de centaines de post-it multicolores.

— Et je les annote pour retrouver plus facilement les sources lorsque j'étudie.

La bouche de Mathers s'entrouvre légèrement avant de se refermer et de me sourire à nouveau.

— J'ai toujours trouvé les index peu pratiques. Votre méthode est plutôt élégante.

La salle est vide, à présent. La fierté m'envahit. Mathers ne considère mes post-it ni ennuyeux, ni névrotiques, ni débiles. Il les trouve *élégants*.

— Ce n'est vraiment rien, monsieur.

Mathers se lève alors pour venir poser une main sur mon épaule.

— Ne dites pas ça, Alice. J'ai vu défiler des centaines de jeunes gens dans ma classe, et je peux vous assurer qu'aucun n'avait votre volonté ni votre talent. Vous êtes vraiment remarquable.

Ce compliment devrait me rendre heureuse. Mais un frisson me parcourt la poitrine. J'ai même soudain du mal à respirer. Ses doigts m'agrippent plus fort.

— Mer... merci, monsieur.

— Et toujours si polie, poursuit-il.

Après quoi, sa main glisse le long de ma colonne vertébrale jusque sur mes fesses. La nausée me prend soudain. Je tente de repousser M. Mathers, mais il attrape mon poignet avec son autre main. Ses pupilles luisent derrière ses petites lunettes et son expression devient grave. Plus *du tout* souriante. La terreur s'empare de moi quand la porte s'ouvre brusquement.

— Monsieur Mathers ! lance joyeusement le type qui entre.

Le professeur laisse retomber ses bras. Je m'éloigne d'un pas rapide, mais sans courir, quand mon sauveur involontaire s'interpose entre la sortie et moi.

— Hé, attends ! Ne pars pas comme ça !

Je lève la tête.

Pour le regretter aussitôt : il s'agit de Ranik Mason. Ce type a la pire réputation de toute l'université.

Ses cheveux sombres emmêlés, rasés sur les côtés, encadrent ses yeux noisette rusés comme ceux d'un renard et ses épais sourcils. Tout, chez ce garçon, est noueux. Même ses bras fins et ses longs doigts. Le col entrouvert de sa veste en cuir laisse apparaître un tatouage représentant un serpent enroulé autour d'un poignard. Ranik a son éternel sourire en coin. Il porte

un jean *bootcut* noir effiloché aux genoux et dégage une odeur de whisky, de cannelle et de métal chaud.
— Hé, princesse ! Ça va ? me demande Ranik. Tu es pâlotte.
— Je… je vais bien. Je dois y aller.
Ses yeux vert doré se tournent alors vers M. Mathers.
— Hé, monsieur ! Vous n'auriez pas encore eu les mains baladeuses, par hasard ?
Mathers se redresse de toute sa hauteur. Ce qui ne l'empêche pas de mesurer une demi-tête de moins que Ranik.
— Je ne sais pas de quoi vous parlez. Alice et moi discutions de ses résultats. Mais vous ne pouvez pas comprendre, vu que vous n'êtes pas concerné par le sujet, espèce de petit voyou.
Ranik répond d'un simple « tss-tss » avant de s'avancer d'un pas nonchalant vers le professeur. Je regarde avec sidération ce dernier perdre toute bravade, se tasser sur lui-même et reculer contre le mur pour échapper à ce garçon en cuir et en jean.
— Ne me touchez pas, siffle M. Mathers, ou j'appelle la sécurité !
— Vas-y. Te gêne pas. Mais tu sais comme moi que tu ne le feras pas ! En plus, les types de la sécurité me kiffent. C'est vrai, quoi ! On se voit tellement souvent qu'ils doivent forcément m'adorer. Je ne suis peut-être pas le plus malin, je n'ai peut-être pas des A, mais je sais ce que les gens aiment. Et je peux te dire que les mecs de la sécurité *m'adorent*. Et que toi, tu tripes sur les jeunes filles. Surtout tes étudiantes, qui comptent sur toi pour leur apprendre des choses et les guider dans la vie. Et *ça*, ça te fait bander plus que tout. Des filles douces et innocentes

comme elle, poursuit Ranik en nous observant tour à tour M. Mathers et moi. Mate-la un peu ! Elle n'a aucune idée des fantasmes bien vicieux planqués derrière tes petits yeux porcins. Parce qu'elle n'a jamais eu de pauvre type comme toi pour prof !

— S'il vous plaît… je vous en prie…, bredouille M. Mathers. Je ne recommencerai plus. Je vous le promets…

— Tu avais déjà promis la dernière fois ! proteste Ranik en rugissant presque. Et la précédente aussi. Putain ! J'ai vraiment l'impression de pisser dans un violon, mec ! Je devrais peut-être appeler quelques personnes à la direction de la fac et leur parler de tes petits traquenards !

M. Mathers se met à transpirer. Je reste clouée sur place. Ranik a réussi à réduire un homme de trois fois son âge à une espèce d'animal apeuré et tremblotant en moins de trente secondes. Mais le professeur se détend soudain. Son expression retrouve même de son sérieux.

— Personne ne croira jamais un raté, un drogué dans votre genre, lance-t-il d'un ton rageur.

Ranik se penche plus près, le regard brûlant.

— Ce sera ta parole contre la mienne. Mais tu n'as qu'à tenter le coup pour voir, pauvre type.

Ranik pivote sur ses talons et me rejoint d'un pas nonchalant. Mathers reste silencieux durant une seconde avant de se mettre à supplier d'une voix chevrotante.

— Attendez ! Attendez !…

Ranik me jette un regard avant de lever les yeux au ciel et de s'adresser à lui.

— Qu'est-ce qu'il y a, papi ?

— S'il vous plaît, ne dites rien. Qu'est-ce que vous voulez ?

Ranik réfléchit en fixant le plafond, puis pointe trois doigts en l'air.

— *Primo*, tu arrêtes de te comporter comme un gros dégueulasse avec les filles. *Deuzio*, tu ne modifies pas leurs notes pour te venger. Et *tertio*, si jamais je te reprends à peloter la princesse ici présente, perdre ton taf sera le truc le moins douloureux que tu connaîtras, avec ce que je te réserve ensuite. Pigé ? Nickel ! très constructive, cette petite conversation.

Ranik tape violemment M. Mathers dans le dos en souriant avant de me rejoindre.

— Allez, viens. Même les vers de terre devraient avoir le droit de se chier dessus en toute intimité.

Hébétée par le geste déplacé du professeur et toujours sur mes gardes, je le suis malgré tout. Ranik siffle et sautille tout en marchant comme s'il avait gagné au loto. Je remarque alors un autre tatouage dans sa nuque : une rose avec des épines ensanglantées. J'ai déjà croisé ce garçon sur le campus. Il fumait avec des amis aussi grunge que lui et avait chaque fois un bras passé autour du cou d'une fille différente, mais toujours maigre comme un clou et maquillée comme un camion. Mais les raveuses gothiques ne sont pas son seul terrain de chasse. Il lui arrive de déambuler dans le campus en compagnie de voluptueuses pom-pom girls ou de blondes décolorées du bureau des étudiantes pouffant à son bras. Des filles qu'on voit à ses côtés quelques jours seulement. Quoi qu'il en soit, j'ai beaucoup plus entendu parler de lui *à l'extérieur* de la fac : il est *la* personne à contacter si on a besoin d'alcool, d'une fausse carte d'identité ou d'un dealeur. Non pas qu'il vende lui-même de la drogue. Mais il connaît tout le monde en ville et tout le monde le connaît. Ranik Mason a su se faire un carnet d'adresses et déterrer de vieux dossiers nauséabonds sur tous les gens qui comptent à l'université, du directeur au gardien. On ne plaisante pas avec Ranik Mason. Sauf si on est une fille. Et même dans ce cas, on plaisante avec modération. Je frémis. Je ressens toujours une pression imaginaire sur ma jupe là où M. Mathers a posé sa main. Comment a-t-il pu faire une chose pareille ? Je me doutais qu'il m'aimait bien, mais pas de cette façon. J'ai toujours fait confiance à mes professeurs. J'arrive à vraiment échanger avec eux. Bien plus qu'avec ceux de mon âge, qui me trouvent « coincée » et « difficile ». Le corps enseignant est mon repère, mon roc, le groupe au sein duquel j'étais acceptée pour celle que je suis vraiment. Et maintenant, il s'est brisé.

Le visage de Ranik surgit dans mon champ de vision. Surprise, je recule d'un bond.

— Ouh là ! Je ne voulais pas te faire peur, déclare-t-il en levant les bras. Tu étais juste super silencieuse.

— Excuse-moi de ne rien dire alors que mon monde vient de voler en éclats.

— Ouah ! À ce point ? s'étonne Ranik en me dévisageant. Si la main baladeuse de ce vicelard a pu faire voler ton monde en éclats, c'est qu'il était bien naze avant ça.

Les petits cheveux dans ma nuque se hérissent tandis que je réponds :

— Tu ne sais pas de quoi tu parles.

— Au contraire ! riposte-t-il en souriant gaiement. Tu es Alice Wells, non ? Dix-neuf sur vingt de moyenne ou un truc du genre. Tous les profs te veulent dans leur cours. Tu es de Pennsylvanie, mais tu as choisi d'intégrer l'université de Mountford, ici, à Washington, alors que n'importe quelle grande fac t'aurait prise. Ce qui pousse à s'interroger : es-tu un gros poisson qui aime les mares ou as-tu eu peur de ne pas être assez intelligente pour ces prestigieux établissements ?

Je me tourne sans lui répondre. Mes raisons ne regardent que moi et elles sont plus sombres que ce qu'il pourrait imaginer. Personne n'a besoin de les connaître. Ce garçon encore moins. Il court pour me rattraper.

— Hé ! Où est-ce que tu vas comme ça ?

— Je ne m'abaisserai pas à te répondre. Cette conversation est terminée.

— Ouah ! Alors comme ça, les rumeurs disaient vrai... Tu as vraiment autant de discussion qu'un robot.

Robot... Ce mot résonne dans ma tête comme un larsen, ou un triste écho qui ferait remonter des souvenirs du lycée, nets et vifs.

— *Tu es tellement ennuyeuse. Un vrai robot.*

— *Est-ce que tu éprouves quelque chose dans ce cœur de robot ?*

— *Ne perds pas ton temps à lui parler, elle est aussi froide qu'un robot.*

Mais comme toute chose, la douleur finit par passer. Je redresse les épaules puis la tête et fixe Ranik droit dans les yeux.

— Merci de m'avoir aidée avec M. Mathers. Je n'ai plus besoin de toi, à présent.

— Ouille ! Tu es glaciale.

— Tu n'es pas le premier à le constater. Ni à me traiter de robot.

Cette dernière réplique paraît le surprendre.

— Oh ! J'ai fait une gaffe ? Ça t'a vexée ?

— D'une façon générale, les gens n'apprécient pas trop d'être comparés à des machines sans âme.

— Je voulais juste dire que… que ta voix avait quelque chose de robotique. Je ne voulais pas dire que tu es un robot, Princesse. Allez, quoi…

Cette fois, je reste muette. Il ne mérite pas le moindre mot de ma part. Je sors du bâtiment et me laisse réchauffer par les doux rayons du soleil. Ma colère est tellement froide et sourde, enfouie sous ma consternation, que je ne ressens rien. Mes pieds m'entraînent malgré moi vers la bibliothèque. L'odeur de vieux livres agit comme un baume apaisant sur ma honte et mon trouble. J'essaie de lire mon livre d'histoire européenne, mais il me rappelle seulement la main de ce fichu Mathers. Étudier m'est impossible. Je suis trop déconcentrée pour cela.

Mon téléphone vibre soudain dans ma poche. Des étudiants de dernière année plongés dans leurs révisions me jettent aussitôt des regards noirs. Je sors discrètement avant de décrocher.

— Bonjour, maman.

— Bonjour, Alice, dit ma mère d'un ton laconique. Comment vas-tu ?

— Je… très bien. La nourriture est excellente. Il y a un délicieux café végétarien au milieu du campus et la salle de sport propose tout un tas…

— Et les cours ?

— Je maintiens ma moyenne, je réponds du tac au tac.

— As-tu demandé à tes professeurs de te donner des devoirs en plus afin de bénéficier de points supplémentaires comme je te l'ai suggéré ?
— Oui. Ils ne m'en ont pas donné beaucoup, mais...
— Il faut insister, dans ce cas. Tu ne peux pas gâcher tes chances, Alice. L'université est une opportunité qui ne se présente pas deux fois dans la vie. Une opportunité qui coûte cher.
— Tout à fait. Je... j'insisterai auprès d'eux.

Un bref silence inhabituel s'installe. Ma mère a horreur du silence. Tout en moi brûle de lui raconter ce qui s'est passé avec M. Mathers.

— Maman... Un de mes professeurs vient de...
— Je vais devoir te laisser, Alice, me coupe-t-elle brusquement. Je suis en pleine conférence.
— Bon, d'accord. Bonne chance, alors.
— La chance n'a rien à voir là-dedans. J'ai travaillé dur pour obtenir ce poste. Aujourd'hui, c'est moi qui prends la parole devant un panel d'experts. Et tout ça parce que j'ai travaillé comme une forcenée pendant mes études universitaires. Tu dois tout faire pour atteindre le même niveau, Alice.
— Oui... bien sûr, je balbutie.

Maman raccroche. Son ton glacial résonne longtemps à mon oreille. Cette conversation a été brève. Comme toujours avec ma mère. Être l'une des meilleures neurochimistes du pays laisse beaucoup de temps aux conférences et au travail en laboratoire, mais bien moins aux bavardages avec sa fille. Et depuis que j'ai opté pour l'université de Mountford au lieu de Princeton, où elle a elle-même étudié, nos échanges sont plus courts encore.

Raison pour laquelle je l'ai justement choisie.

La réputation de ma mère ne m'a pas précédée, sur la côte Ouest. Aucun de mes professeurs ne me compare à elle, ici. Et grâce aux huit mille kilomètres qui nous séparent, elle ne peut pas débarquer sans crier gare. Je suis libre, ou en tout cas, plus que je ne le serais à Princeton. Je retourne à l'intérieur de la bibliothèque et rejoins ma table favorite. J'essaie de travailler, mais mes manuels ne sont que de l'encre et du papier inertes, ils ne prennent pas vie, comme c'est le cas habituellement lorsque je les parcours. Je suis incapable d'assimiler la moindre information.

Mes yeux errent vers la section des œuvres de fiction. Je secoue la tête. Je n'ai plus lu de romans depuis le collège, époque à laquelle étudier est devenu si important pour moi. Je me lève malgré moi et me dirige vers le rayon. Mes doigts aimantés courent sur les dos de romans fantastiques que j'aimais tant autrefois, narrant les aventures de dragons, de vaisseaux spatiaux, de princesses guerrières... J'entends presque la voix dédaigneuse de ma mère.

— Ces lectures vont te pourrir le cerveau, Alice. *Guerre et Paix...* Voilà un livre instructif aux personnages bien réalistes.

Cette injonction m'empêche d'attraper un roman à l'eau de rose à la couverture kitsch. Des larmes inattendues me brûlent les yeux. Les paroles de M. Mathers résonnent dans ma tête. Pourquoi ce gros pervers me fait-il pleurer ? Ce type est juste un vieux crétin. Mais je lui faisais confiance. J'avais foi dans le monde universitaire et l'érudition des professeurs. Cet univers me semblait pur et facile, sans émotions ni erreurs humaines potentielles. Mais il y a autre chose. Je pleure parce que j'ai eu peur. Peur de ce qui aurait pu se passer si Ranik n'était pas arrivé à temps.

— Alice ?

Je lève les yeux avant d'essuyer à la hâte mes larmes sur la manche de mon pull. Alice Wells ne craque pas. Un charmant étudiant de licence se tient devant moi. Son regard bleu est doux et lumineux. Ses cheveux blonds et raides retombent gracieusement sur son front comme s'ils cherchaient à l'embrasser. Son expression est à la fois ouverte et angélique, tendre et douloureusement gentille. Il est aussi grand que Ranik, mais a de plus larges épaules. Il s'appelle Théo Morrison. C'est le DJ de la radio du campus et le meilleur étudiant de troisième année.

— Tu vas bien ? me demande-t-il.

Le rouge me monte aussitôt aux joues malgré la tristesse.

— Oui. Merci de me poser la question.

Il sourit à pleines dents.

— Je voulais juste m'en assurer. Je t'ai toujours vue sourire ici, jamais pleurer.

Je ris – une gaieté bien fragile même à mes propres oreilles.

— Disons que la journée a été... haute en couleur.

— Théo ! l'interpelle à voix basse une fille à quelques rayons de là.

Elle est superbe, avec des cheveux noir corbeau brillants et des yeux sombres comme le velours. Une mèche violette retombe sur son oreille. Son sourire est contagieux.

— Je l'ai trouvé ! Viens voir !

Théo lui sourit avant de me regarder.

— Il faut que j'y aille, désolé. C'est pour un projet. Mais tu n'auras qu'à passer à la radio quand tu auras un moment. On pourra discuter, d'accord ? J'espère que ça ira vite mieux.

— Merci, je réponds sans conviction alors qu'il s'éloigne.

Son rire doux et étouffé se mêle aussitôt à celui de sa compagne.

Elle n'est pas la première à flirter avec Théo : *beaucoup* de filles de goût l'ont repéré dès la rentrée. Et moi avec. Il les a toujours découragées. J'ai échappé à cette humiliation pour la simple et bonne raison que je n'ai jamais trouvé la force de lui demander de sortir avec moi. Je ne sais même pas ce qu'est un rencard, alors en proposer un à un garçon…

Théo et moi avons formé un binôme de travail à la fois agréable et intéressant dans le cadre d'un projet pour le cours de biochimie 301, mais il n'a jamais ri avec moi comme avec cette fille aux cheveux de jais, que je passe mon temps à épier les jours suivants. Elle s'appelle Grace et elle est en première année, comme moi. Elle vit à l'étage au-dessus du mien dans la résidence universitaire Saint-George. Sa porte est décorée de lettres en mousse donnant à lire « Chambre de Grace et Brenda, accès interdit aux gros dégueulasses ☺ ». Elle s'habille toujours de vêtements aux couleurs éclatantes, comme des chaussettes arc-en-ciel ou un ravissant sweat à capuche avec des personnages de dessin animé. Elle adore les renards, au point qu'elle en porte un en pendentif et en arbore d'autres gribouillés au stylo rouge sur son avant-bras. Elle a un grand sens artistique. Elle aime rire, entourée de son vaste cercle d'amis, elle sourit aux étrangers et se roule dans l'herbe pendant les pauses pour sentir les brins sous sa peau : tout l'opposé de moi. Théo est attiré par elle comme l'abeille par le miel et il va même la chercher à l'heure du déjeuner. La jalousie me noue la gorge, mais une logique froide la refoule aussitôt : pourquoi me choisirait-il au lieu de cette fille magnifique, joyeuse et spontanée ? Je n'ai rien à offrir hormis des commentaires robotiques, des conversations ennuyeuses et des données sur la circonférence de Io, un satellite de Jupiter. Je ne me roule pas dans l'herbe. Je ne ris pas entourée de mes nombreux amis, qui me trouvent très drôle. *Personne* ne me trouve drôle. Personne ne me trouve même supportable. À part Charlotte. Je me suis regardée dans mon miroir en pied, un jour après les cours. Je ne suis peut-être pas laide, mais je ne suis pas belle. Pas comme Grace. J'ai des cernes violets sous mes yeux bleus à force d'étudier tard le soir. Mes cheveux sont blond clair, mais sans l'éclat de ceux de Grace. Ma peau est très pâle, et non légèrement hâlée comme la sienne. Et mon nez est droit et long alors que le sien, adorable, est en trompette. Comparée à sa beauté ténébreuse, je suis un tableau délavé et terne sans la moindre qualité notable.

— Ne te soucie pas de ton apparence, Alice, m'intime aussitôt la voix de ma mère dans ma tête. Des filles sans avenir peuvent perdre un nombre absolument sidérant d'heures devant le miroir. Tu es quelconque. Certainement pas jolie. Ce qui est très bien, comme ça, tu n'attireras aucune distraction. Ton corps restera au service de ton esprit, comme il se doit.

Je fouille mon placard à la recherche d'une tenue pour cet affreux barbecue auquel je dois accompagner

Charlotte. Mon jean est bien repassé et plié, pas déchiré ni peinturluré. Mes tee-shirts présentent tous des couleurs unies et franches sans personnages de dessins animés ni citations amusantes dessus. Une fois, pour Noël, mon père m'a envoyé une chemise avec un dauphin arc-en-ciel, que j'ai tout de suite adorée. Mais ma mère l'a qualifiée de ridicule avant de la jeter à la poubelle. J'en ai pleuré pendant des jours mais j'ai compris que cela énervait encore plus maman.

À compter de ce moment, j'ai donc arrêté de pleurer une bonne fois pour toutes.

J'enfile un tee-shirt bleu tout simple, un jean, un blazer noir et des ballerines – des chaussures parfaitement insipides comparées aux Converse vert citron et aux lacets roses de Grace.

— Oh, mon Dieu ! s'amuse Charlotte en garant sa Nissan rouge. On dirait que tu vas à un entretien d'embauche, Ali.

— Les gens ne s'habillent pas comme ça pour les fêtes des associations étudiantes ?

Charlotte se frappe le front. Mon cœur se serre lorsque je comprends que je viens de la décevoir elle aussi. Mais Charlotte se ressaisit avant de me faire signe de monter.

— C'est pas grave. On n'a pas le temps de te trouver une tenue, de toute manière. On serait trop en retard.

Je grimpe sur le siège passager quand je remarque que Charlotte a emporté une serviette de plage et un maillot de bain. Elle me scrute de nouveau.

— Tu as pris ton maillot de bain ?
— Je ne nage pas.
Elle soupire.

— Bien sûr que si. C'est juste que tu ne veux pas te mettre en maillot devant les autres.
— Cela m'étonne que tu le fasses.

Charlotte hausse les épaules, espiègle :

— Pourquoi pas quand on est aussi splendide que moi ?

Ce commentaire m'arrache un sourire. Sa confiance en elle a toujours cet effet-là sur moi. Elle me gagne même, par moments. Mais pas aujourd'hui. Je ne me montre jamais en maillot de bain devant des inconnus pour éviter qu'ils se moquent de mes seins trop gros. Je risque encore moins de le faire en présence de filles et de garçons des associations étudiantes.

Une fois la voiture garée, Charlotte et moi nous frayons un chemin à l'intérieur d'un manoir aux murs chaulés. Des filles en bikinis aux couleurs vives courent dans tous les sens, s'aspergeant les unes les autres avec des pistolets à eau et sautant dans la piscine. D'autres sirotent des smoothies aux fruits sur l'herbe ou plongent leurs pieds dans l'eau tout en discutant gaiement. En shorts de bain, les garçons font des concours de plats depuis le plongeoir ou s'occupent des barbecues installés dans tout le jardin. Une table garnie de hot-dogs, de burgers et de condiments calcinés est sens dessus dessous : du ketchup est répandu partout sur la nappe tandis que des oiseaux picorent les petits pains. Je suis beaucoup trop habillée pour la circonstance. Tous ceux qui ne nagent pas portent des tenues d'été décontractées et jettent des regards étonnés à mon blazer et à mes ballerines. Charlotte se fait entraîner par Mélissa, qui lui présente un certain Nick. Je soupire et me sers un gobelet de limonade trop sucrée avant de battre en retraite à l'ombre d'un arbre pour la siroter tout en observant le chaos. Il est douloureusement évident que je n'ai pas ma place ici.

J'avise alors une silhouette familière – des cheveux noirs hirsutes rasés sur les côtés, des yeux noisette rieurs et un corps félin –, qui se faufile entre les convives : Ranik, en short de bain, affichant ses tatouages à la vue de tous. Une aile d'ange orne son omoplate gauche. Un serpent autour d'une dague court le long de son cou jusqu'à sa main, la pointe de sa queue s'arrêtant au niveau du poignet. Le corps de Ranik est fin et tout en longueur, mais ses pectoraux et ses abdominaux sont bien dessinés. Une rousse accrochée à son bras frotte son énorme poitrine contre lui. Ranik plaisante avec elle. À un moment, elle le jette à l'eau. Il ressort de la piscine en toussant avant d'entraîner sa compagne avec lui.

Cela semble presque drôle. Presque. Non pas qu'une telle situation risque de m'arriver un jour. Je ne serai jamais assez à l'aise ni téméraire pour pousser quelqu'un dans une piscine. Et je doute fort que quiconque m'apprécie assez pour me le pardonner avant de m'attirer dans l'eau.

— Salut, toi !

À ma droite, un brun en jean baggy me sourit.

— Alors, on s'amuse ?

L'envie catégorique de le repousser me prend aussitôt – il paraît du style à parler à une fille uniquement pour coucher avec elle. Je pense toutefois à Grace et à la façon dont elle réagirait.

— Oui, merci. La limonade est délicieuse.

Non... Grace serait plus enthousiaste. Je prends une voix plus aiguë et enjouée.

— La limonade est vraiment très bonne !
Mon interlocuteur semble surpris.
— Euh, OK ! J'avais entendu la première fois, tu sais.
— Désolée... Je n'ai pas l'habitude de ce genre de fête.
— J'avais remarqué, se moque-t-il. Tu n'as pas vraiment l'air à ta place. Tu es venue avec une amie ?
— Oui, celle qui se fait traîner par le poignet et qui bouscule des garçons au passage.
Il tend le cou avant de rire.
— Ah ! la copine de Mélissa ! Ouais, Mélissa peut forcer n'importe qui à faire n'importe quoi.
— Ça ne semble pas très agréable.
Un sourire plein de sous-entendus se dessine sur le visage de mon interlocuteur.
— Ça dépend ce qu'elle te demande...
Le sexe. Il faut toujours que le sexe arrive sur le tapis à un moment ou à un autre, que le sujet transpire, s'immisce dans le moindre échange. Il obsède complètement les gens de mon âge. De vrais chiens fous en chaleur. Une réplique dédaigneuse me brûle les lèvres. Mais je la garde pour moi. Comment Grace réagirait-elle ? Grace est ouverte et joyeuse. Elle doit aimer le sexe. Elle ne le mépriserait pas.
— Ha ! ha ! j'éructe avec raideur. Je ne vois pas du tout de quoi tu parles.
Le garçon se frotte le cou. Un étrange silence, qu'un robot dans mon genre ignore comment combler, retombe alors.
— Je dois y aller. Les hamburgers pourraient cramer. Fais-moi signe si tu en veux un, d'accord ?
— D'accord.

Non, trop formel.

— OK, super ! Merci !

Il s'éloigne rapidement et je me maudis. Si je communiquais mieux, si j'étais plus détendue, je pourrais espérer avoir des conversations intéressantes. Et ce garçon ne serait jamais parti aussi vite. J'aurais pu me faire un nouvel ami. Il serait resté si je ressemblais plus à Grace…

2

Je soupire et pénètre dans la maison des associations à la recherche des toilettes. Les seuls libres sont dans un état lamentable. Des morceaux de papier hygiénique et un liquide dont je ne veux pas connaître l'origine jonchent le sol. Je fais mes petites affaires et ressors aussitôt de là. En passant ensuite devant une porte à moitié fermée, j'entends derrière des grognements étouffés. Du sexe. Encore ce satané sexe. Est-ce que quelqu'un pourrait penser à autre chose dans ce fichu campus ?

Un coup d'œil dans l'entrebâillement me permet de reconnaître ces tatouages au premier coup d'œil. Ranik est allongé au-dessus de la rouquine et l'embrasse dans le cou. Les dessins sur son corps se tordent tandis que lui-même ondule dans les rayons dorés qui pénètrent par les fenêtres. La fille semble beaucoup apprécier. Le plancher craque soudain sous mon pied. Ranik lève la tête et m'aperçois aussitôt. Je suis comme une biche surprise dans la lumière des phares, durant une seconde, mais je me ressaisis et sors regagner ma place à l'ombre.

Je sais que ce garçon n'est qu'un abruti et un coureur de jupons. Le surprendre en pleine action n'a rien d'étonnant. Je calme mon cœur qui bat à tout rompre, puis j'envoie un texto à Charlotte afin de lui demander quand elle compte partir. Je n'ai aucune raison de rester, elle semble très bien sans moi. Je trouverai bien un bus pour rentrer au campus. Il n'est pas très tard. Je pourrai encore étudier un peu aujourd'hui. Après avoir vu Grace et Théo ensemble, et suite à la tentative d'approche de Mathers, j'ai eu du mal à me concentrer. J'ai besoin de travailler quelques heures à fond pour retrouver ma routine habituelle. Je ne peux pas laisser ma moyenne dégringoler à cause d'un petit béguin et du comportement déplacé d'un professeur. Maman serait furieuse.

— Hé, Princesse…

Je lève la tête. Ranik est planté devant moi, tout sourire. Ses cheveux en bataille sont raidis et desséchés par le chlore. Le soleil, qui brunit sa peau, découpe son corps en angles vifs. Je l'ignore, me mets debout, fouille mes poches à la recherche de monnaie pour le bus, et m'éloigne.

Je traverse la rue pour rejoindre l'arrêt le plus proche afin d'en consulter le plan. Le 16 me ramènera directement à la fac. Et il arrive dans treize minutes. Je m'assois sur le banc et sors mon téléphone avant d'ouvrir mon appli de révision, histoire de bosser un peu mon espagnol.

— Hé ! oh ! Attends-moi !

Un Ranik à bout de souffle se laisse tomber à côté

de moi quelques secondes plus tard. Je le regarde du coin de l'œil – il a toujours son short de bain, auquel il a ajouté un tee-shirt noir Queens of the Stone Age et des Converse rouges élimées.

— J'aurais cru que tu te serais enfuie plus loin que ça, lance-t-il entre deux halètements.

— Je ne cours jamais.

— Oh ! je sais. Tu te contentes de flotter sans toucher le sol, pas comme nous autres, pauvres mortels.

— Je n'ai rien à te dire, je réplique, glaciale, pour l'éconduire.

La plupart des garçons s'en vont, dans ces cas-là. Lui se contente de rire.

— Eh bien, considérant que tu viens de me voir faire un truc plutôt intime, je trouve que nous pourrions au moins avoir un petit échange décontracté.

— Ce que tu fais de ton temps libre te regarde. Et félicitations, au fait.

— Pour ?

— La fille. Elle est très jolie et elle semble beaucoup t'apprécier. Vous formez un très beau couple.

Ranik me scrute avec un air incrédule avant d'éclater de rire ; un son long, puissant et chaleureux. Qui m'agace. Je l'interromps aussitôt.

— Qu'est-ce qu'il y a de si drôle ?

— Est-ce que tu… tu déconnes, là… Allez, arrête ! Tu ne peux pas être débile à ce point. Nous ne sommes pas en couple. Elle ne m'apprécie pas. Elle a juste envie de moi.

— J'ignorais qu'il y avait une différence.

Un grognement amer lui échappe.

— Eh bien, laisse-moi t'apprendre un truc : il y en a même une sacrée.

Il sort une cigarette de son paquet et l'allume avant d'en recracher la fumée. Je plisse le nez.

— Ça va te tuer.

— La vie s'en charge déjà, Princesse.

C'est étrange, de sa part, de dire une chose pareille – trop profond et trop sombre de la part d'un garçon qui sourit même quand il menace un professeur.

— Et ça sent horriblement mauvais. Ta horde de groupies risquent de ne pas apprécier.

Il pouffe.

— J'ai un tas de preuves qui te démontreront le contraire.

— Incroyable, je réponds d'un ton pince-sans-rire.

— Quoi ?

— Ranik Mason vient d'utiliser plusieurs mots de plus de cinq lettres dans une même phrase. Dans certains pays, ça passerait pour un miracle.

— Ha ! ha ! rit-il en écrasant sa cigarette. Hilarant ! Non, vraiment. Regarde ! Une larme coule de mon œil droit.

Je souris en coin avant de me souvenir que je suis en compagnie de Ranik Mason, et me domine aussitôt afin de me concentrer sur mon espagnol. Il se penche par-dessus mon épaule et jette un coup d'œil à mon téléphone.

— Ouah ! Trop cool, l'appli. On la trouve dans l'App Store ?

— Non.

— Où est-ce que tu l'as eue, alors ?

— Je l'ai créée.

Il semble sidéré.

— Sérieux ?

Je l'ignore.

— Sérieux, Princesse ? Tu l'as vraiment mise au point toi-même ?

— Ce n'est pas très difficile. Ruby est un langage de programmation vraiment rudimentaire. C'est très facile de créer une application d'apprentissage avec.

— Euh, désolé de te balancer ça comme ça, mais pour la plupart des êtres humains, ce n'est pas simple du tout.

— La plupart des gens pourraient apprendre à le faire. Ça ne fait juste pas partie de leurs objectifs, c'est tout.

— Princesse, un peu moins de modestie, je vous prie, vous allez me tuer.

— Meurs plus vite, dans ce cas.

Il poursuit.

— Je ne sais pas si tu es au courant, mais il existe un truc qui s'appelle le QI et qui serait différent d'un individu à un autre. Se contenter de se concentrer ne suffit pas pour la plupart des gens. Regarde mon cas ; je me suis concentré vraiment très fort au début de l'année, mais je me plante dans toutes les matières. Je suis juste bête à manger du foin. Rien n'y changera rien.

— Là, je crois que tu viens de trouver la seule chose dans l'univers sur laquelle nous sommes d'accord.

C'est à son tour de sourire en coin. Le silence qui retombe est différent de celui auquel j'ai eu droit avec le garçon de tout à l'heure – il est moins tendu, moins tranchant, comme une légère brise au lieu d'un bloc de glace.

— Je devrais te remercier, dis-je.

Ranik se gratte la tête.

— Pour ?

— Mathers. Si tu n'étais pas intervenu, je ne sais pas…, je déclare en poussant un soupir.

Le silence s'installe de nouveau, mais plus sombre, cette fois.

— Je ne sais vraiment pas ce qui se serait passé.

— Tu lui aurais flanqué une beigne et tu aurais fait un signalement.

Je tressaille avant de fixer le sol.

— Je ne suis pas aussi courageuse.

— Tu t'es pointée à cette fête, non ? Je t'ai vue arriver avec ton amie. Ce n'est pas exactement ta zone de confort, mais tu es quand même venue faire un tour. Pour elle. C'est vraiment courageux de ta part. Et sympa.

— Je ne suis pas sympa, je ronchonne.

Ranik rit. Ce son chaud stimule un peu plus ma résolution de l'éconduire.

— Je pense que si, Princesse. Joue les filles glaciales si ça te chante, mais ce n'est pas le cas. Il y a de la douceur en toi.

Ce compliment me prend au dépourvu. Personne ne m'a jamais dit que j'étais sympa. En colère, oui. Amère, oui. Mais sympa, jamais.

J'observe le visage de Ranik quand une vision me frappe soudain l'esprit. J'ai déjà eu pas mal d'idées brillantes auparavant, mais aucune comme celle-ci, ou du moins pas aussi risquées. Le bénéfice à en tirer est cependant énorme. Il l'emporte largement sur les probables dangers.

— Tu as de l'expérience avec les femmes. Tu sais comment les filles séduisantes se comportent et ce qui les rend attirantes…

Ranik sourit avec un petit air suffisant.

— Tu risques de ne pas trouver ça très modeste mais ouais, carrément.
— Mais tu échoues dans tes études.
— Comme un pro.
— Je suis nulle pour séduire. Mais je suis très douée pour les études.

Ranik plisse ses yeux émeraude et or.

— Nulle ? Je dirais pas ça... Tu es différente. Au sens positif du terme.
— Non, je le corrige. Je suis vraiment nulle. Ce n'est pas un débat, juste un fait.
— Tu te trompes. Mais je ne vais pas me battre avec toi alors que tu en es convaincue, insiste-t-il en soupirant. Bon, à quoi tu penses exactement, Princesse ?
— Il y a un garçon que j'aime bien.

Les sourcils de Ranik remontent pratiquement jusqu'à la naissance de ses cheveux à ces mots.

— Ah ! ouais ? Et on peut connaître le nom du petit veinard ?
— Ça ne te regarde pas. J'ai besoin de... devenir plus séduisante. Je souhaiterais qu'il me remarque, et vite. Avant qu'il soit trop tard.
— Pourquoi ? Une autre petite coquine essaie de lui mettre le grappin dessus ?
— Là encore, tu n'as pas besoin de connaître les détails.
— Bon, très bien, donc, tu veux draguer ce mec...
— L'attirer.
— ... c'est pareil, dit-il en balayant ma remarque de la main. Et tu penses que je pourrais t'apprendre à le faire.
— Ce n'est pas le cas ?
— Oh ! si, totalement. J'ai eu les meilleures, la

crème de la crème. Je pourrais faire de toi la fille la plus craquante de ce côté-ci du Mississippi. Je connais tous les tours, ce qui fonctionne ou pas. Je saurais vraiment comment lui retourner la tête.

Ranik penche la tête, le regard soudain empreint d'un éclat concupiscent.

— Qu'est-ce que j'aurai en échange ?

Je brandis mon téléphone et le fourre sous le nez de Ranik. Il se recule, surpris.

— Je bosserai à ta place, je réponds. Tu connais ma moyenne. Je te promets des dix-neuf dans toutes les matières.

Son visage grimace.

— Donc, je t'apprends à devenir une meuf sexy et tu fais mes devoirs ? Pourquoi tu ne me filerais pas des cours particuliers, plutôt ?

— Parce que ça prendrait trop de temps. Faire tes devoirs beaucoup moins.

— Et t'apprendre à séduire ne me ferait pas perdre mon temps à moi, peut-être ?

— Tu as plus besoin de bonnes notes que moi de ce garçon.

— Ha ! Alors, ça, j'en doute carrément, Princesse.

— C'est un marché équitable.

— Ouais, mais totalement à côté de la plaque. Ce type te plaît visiblement beaucoup pour que tu veuilles passer un marché avec moi, un mec que tu n'apprécies visiblement pas du tout.

— Seule ton expertise m'intéresse.

Il me dévisage longuement avec un air concentré comme s'il essayait de m'évaluer.

Il finit par soupirer.

— J'espère que tu sais ce que tu fais, Princesse.

— C'est un oui ?
— Ouais. Merde... Je vais le regretter, mais marché conclu. Serrons-nous la main.

Il me tend la sienne.

— Je vais rédiger un contrat, que nous signerons ensemble devant témoin. Ce sera plus engageant d'un point de vue légal.

— Princesse... Rien n'est légal dans cette histoire. Je te rappelle que tu vas faire mes devoirs à ma place ; un genre d'escroquerie, certes mineure, mais quand même limite vis-à-vis de la fac.

Je fronce les sourcils. Je n'avais pas vu les choses sous cet angle.

— Tu veux toujours le faire ? me demande Ranik en souriant à pleines dents. Tu peux revenir sur ta parole maintenant ou te taire à jamais.

Je pense à Théo. Théo, le seul garçon à avoir eu le courage de m'approcher, de me parler d'égal à égal et pas comme à un morceau de viande ou à une méprisable extraterrestre. Le seul à m'avoir souri et complimentée avec sincérité. Et à m'avoir fait rougir.

Je tends la main et la glisse dans celle de Ranik. Sa paume calleuse rencontre la mienne, lui imprimant la carte méconnue d'une vie plus difficile que présumé. Une goutte de pluie frappe alors le sol, puis une autre, et une autre encore. Ranik se lève et s'étire avant de faire craquer ses cervicales.

— La pluie... Fin de la petite fête. Allez viens, je te ramène au campus. On pourra s'y mettre, une fois là-bas.

J'envoie un texto à Charlotte pour la prévenir qu'on me raccompagne, tandis que Ranik m'entraîne vers sa vieille Toyota noire. La pluie se met soudain à tomber plus fort. Des cris s'élèvent au loin. Ranik éclate de rire et s'ébroue tout en cherchant ses clés.

— Tu pourrais te dépêcher ? je lance en trépignant d'impatience.

— Ouais, ouais, c'est bon, fais pas pipi dans ta culotte.

Il déverrouille enfin la portière passager. Je bondis à l'intérieur en secouant l'eau de mes épaules. L'habitacle sent la cannelle, le pin et la cigarette. Ranik me rejoint dans la voiture.

— Au fait, puisqu'on en parle, qu'est-ce que tu portes comme genre de culotte ?

Je lui adresse mon plus beau regard glacial.

— Je ne crois pas que cette question soit très pertinente.

— Eh bien, elle l'est, maintenant. À partir d'aujourd'hui, je vais te poser des questions vraiment intimes.

— C'est un envahissement de…

— Écoute, tu veux mettre ce mec dans ton lit, oui ou non ?

Je serre les lèvres de mauvaise grâce. Ranik démarre le moteur et quitte sa place.

— C'est bien ce que je pensais. Bon, allez, crache le morceau. Des culottes comment ?

— Celles que je trouve au supermarché.

Il tressaille.

— Quoi ? C'est pas vrai… Pas ces lots sous emballage plastique, quand même ? Tu sais, avec une rouge, une blanche, une bleue et une grise ?

— Et une noire. Oui, monsieur, j'ai des sous-vêtements noirs, j'ajoute avec fierté.

— Des putains de culottes de mamie ! Regarde,

reprend-il avant de fouiller derrière son siège à un feu rouge et d'attraper un ensemble culotte et soutien-gorge en dentelle verte peu couvrant. Voilà ce qu'il te faut.

— Beurk ! c'est dégueu ! Ils traînent là depuis combien de temps ?

— Ou ceux-là, même !

Il sort alors deux plus modestes culottes à rayures bleues avec des petits rubans blancs.

— Tu vois ces rubans ? Trop mignons. Mille fois mieux que tes merdes en nylon.

— Pourquoi ?

— *Pourquoi ?*

Il appuie sur l'accélérateur au moment où le feu passe au vert.

— C'est du bon sens ! Les mecs aiment voir de la peau. Plus de peau égale plus de gourdin.

— Je crois que je viens de faire une gigantesque erreur.

— On peut arrêter tout de suite, si tu veux. C'est toi qui vois.

Je pense à la gentillesse de Théo. Il est le seul garçon au monde à sourire au lieu de se renfrogner face à mes tentatives d'humour, à se soucier assez de moi pour me demander si je vais bien. Bon d'accord, Ranik l'a fait, lui aussi. Mais ça ne compte pas.

— Non, je rétorque entre mes mâchoires serrées. On le fait.

— Voilà ma championne ! s'exclame Ranik avec enthousiasme. Allons planter les flèches de ce gros cul de Cupidon dans le cœur de ce mec. Il s'appelle comment, déjà ?

— Je ne peux pas te dire son nom.

— Fais un petit effort.
— Je n'en vois pas l'intérêt.
— L'intérêt, Princesse, c'est que ça me permettra de le fliquer.

J'en reste bouche bée.

— Gentiment, insiste Ranik. Histoire de comprendre ce qu'il fait de sa vie, quel genre de mec il est, ce qu'il kiffe. Les mêmes trucs ne marchent pas avec tous les gars. On est différents.

— Très bien... Théo. Théo Morrison.

Les yeux de Ranik se mettent à pétiller.

— Ah! Le golden boy! Tu as choisi un champion plutôt standard.

— Ce qui veut dire ?

— Que ça va être facile. Je le connais déjà – bière le week-end, jeux vidéo le soir, Neutral Milk Hotel et d'autres groupes de merde pour hipsters du même genre. Une vraie vie de missionnaire. Il est sorti avec la même meuf pendant quatre ans au lycée, il mate du porno asiatique et rêve d'une fille qui ressemble à la fée Clochette et qui lui permettra de se sentir bien. Fin de l'histoire.

— C'est... très précis et assez dérangeant.

— J'ai des gens qui bossent pour moi, OK ? J'ai des oreilles partout. Mais surtout, je connais son genre de meufs et tu n'y corresponds pas.

— À l'évidence.

— Euh... genre vraiment pas, poulette.

Mon cœur se serre de façon désagréable.

— C'est-à-dire ?

— Tu es trop forte, trop intelligente, trop indépendante. Et trop âgée.

Je me hérisse.

— Il n'a qu'un an de plus que moi !

— Nan... je veux dire dans ton cœur. Tu es une vieille âme. C'est difficile à expliquer.

— Oh ! Vieille comme desséchée et casse-pied, c'est ça ?

— Mais non... J'ai dit que c'était difficile à expliquer. Je trouve juste que tu es... différente. Brillante. Mature. Vous n'êtes pas du tout au même niveau.

— Ça n'a aucun sens.

— Ça ne doit pas en avoir beaucoup pour toi vu que tu n'es jamais sortie avec personne, assène-t-il avant de me jeter un coup d'œil de biais. J'ai raison, non ?

Ces propos me font presque sursauter, mais je parviens à me maîtriser.

— En effet, je ne suis jamais sortie avec qui que ce soit.

— Embrassé ?

— Non.

— Couché ?

Je le dévisage en plissant les paupières. En retour, j'ai droit à un regard signifiant « j'étais obligé de demander ».

— Non.

— Quoi... même pas une petite branlette ?

— Je n'ai jamais touché de pénis.

Je tente de conserver un minimum de maturité, mais mes joues rougissent.

— Un peu de frotti-frotta, alors ?

— Non ! Trois fois non ! Rien du tout !

— Mmm, émet-il tout en se concentrant sur la route. Tu as bien tenu la main de quelqu'un ?

— Même pas ! Je suis vraiment pathétique.

— Ouh, là, ne te rabaisse pas comme ça. Des

merdes arrivent, parfois, dans la vie et elles peuvent nous tirer tellement vers le bas qu'on passe à côté de tous les bons trucs. File-moi ta main.

Il pose le dos de sa main libre entre nos sièges. Ses longs doigts sont comme les piquants d'une dionée attrape-mouche.

— Qu'est-ce que tu veux que je fasse de ça ? je lui demande.

Ranik lève les yeux au ciel.

— Pose juste ta foutue main dans la mienne.

— En quoi ça m'aidera ?

— Tu mitrailles toujours les gens de questions ? Tu dois commencer par t'habituer à toucher des garçons. Allez...

— Je m'y habituerai avec Théo.

— Si tu le dis. Mais comment tu feras pour lui tenir la main, si tu ne peux même pas toucher la mienne ? On n'est pas près d'avancer, à ce régime-là.

— Tu n'es pas censé te servir de notre accord pour me mettre dans ton lit, j'assène.

— Oh, là ! Attends une seconde...

Ranik se gare sur la bande d'arrêt d'urgence avant de me faire les gros yeux – un changement radical par rapport à sa contenance coutumière.

— Tu crois que c'est ce que je fais ? Ça s'appelle se prendre la main, Princesse, pas baiser.

— Désolée, mais tu as un peu la réputation de mettre tout ce qui bouge dans ton lit. Et pourquoi tu m'appelles tout le temps Princesse ? C'est horripilant.

— Parce que c'est ce que tu es ! Tu n'as jamais couché, embrassé, touché personne. Tu te déplaces à travers le campus toute grande, jolie et majestueuse comme si tu vivais dans un monde différent. Les gens se sentent intimidés face à toi. Si *ça*, ce n'est pas une Princesse, alors je ne sais pas ce que c'est.

J'ouvre la bouche pour le contredire, mais je suis trop choquée. Est-ce vraiment ainsi que les autres étudiants me voient ?

Ranik souffle.

— Écoute, je ne suis pas... Je n'essaie pas de te sauter. Vu le nombre de filles qui en ont envie et qui sont prêtes à le faire, je n'ai pas besoin de toi pour ça, OK ? Je vais faire de mon mieux pour rester pro, mais en attendant, je vais quand même te montrer comment séduire. Et apprendre se fonde sur une expérience bien concrète.

J'opine de la tête à ces propos.

— Des tests en laboratoire ont prouvé qu'on apprend de façon plus efficace et plus durable avec un contact manuel kinesthésique.

— Parfait. Je suis ravi que nous soyons d'accord sur ce point. Bon, maintenant, je sais que tu ne m'aimes pas, que tu me trouves crétin, grossier, dépravé ou je ne sais quoi, mais tu vas devoir me faire confiance parce que c'est justement mon côté dépravé qui te permettra d'avoir Théo, OK ? Alors bosse avec moi main de la main, Princesse. S'il te plaît.

— Promets-le-moi, dans ce cas.

— Quoi donc ?

— Que tu n'essaieras pas de coucher avec moi.

Il soupire.

— Je te le promets. Tu n'es pas mon genre, de toute manière.

— Parfait. Tu n'es pas mon genre non plus.

Il sourit d'un air narquois et redémarre la voiture.

— Il semblerait que nous soyons d'accord sur trois choses. Qui l'aurait cru ?

Quatre sorties d'autoroute plus tard et tandis que la radio grésille de l'opéra jusqu'à ce que Ranik l'éteigne en jurant, je tends les doigts, puis pose timidement ma paume sur la sienne. Ma peau est glacée comparée à la sienne. J'en sens chaque rugosité, chaque ligne, chaque découpe. C'est tellement différent de notre poignée de main de tout à l'heure.

— Alors ? Les mains sont super sensibles, non ? commente Ranik sans quitter la route des yeux. Toucher la paume de quelqu'un peut être beaucoup plus excitant que ce que tu peux imaginer. Même si la plupart du temps, elles servent surtout à se tenir et à se serrer. Si tu aimes bien un mec, ne sois quand même pas trop cash. Mais pas trop faible non plus. Vas-y, attrape ma main.

Je m'exécute.

— Non, pas comme ça. Tu serres trop. Tu dois être à la fois douce et ferme. Regarde, comme ça.

Il glisse sa paume le long de la mienne jusqu'à ce que nos pouces s'étreignent.

— Tu vois ? À toi.

J'essaie de me montrer aussi suave que lui quand mon pouce crochète le levier de vitesse malgré moi. Paniquée, je le tire même un peu sur la position marche arrière. Un bruit d'enfer et une odeur de caoutchouc brûlé s'élèvent aussitôt. Ranik repositionne tranquillement le levier.

— Je suis… je suis désolée.

Ranik se contente de sourire.

— Ha ! ha ! Tu verrais ta tête ! C'est trop drôle.

— Je suis ravie de constater que ma terreur face à une mort imminente t'amuse à ce point.

— Détends-toi. Je conduis depuis le jour où j'ai pu atteindre les pédales. Je me moquais juste. C'était marrant de voir ta tête, OK ? Tu avais une vraie expression, pour une fois. Pas ce regard triste et solitaire que tu trimballes en permanence ou presque.

Solitaire ? Triste ? Je m'observe dans le rétroviseur. Mon visage est parfaitement normal.

— En tout cas, poursuit Ranik en s'éclaircissant la voix, tu as presque réussi. Réessaie. Sans manquer de nous tuer, cette fois.

Mon cœur bat la chamade à la perspective de cette expérience potentiellement mortelle, mais je m'exécute. Un soupir de soulagement m'échappe lorsque nos pouces se touchent.

— Hourra ! Elle y est arrivée !

Ranik plisse les paupières tandis que ses doigts entrelacent les miens pour les serrer.

— Ça, c'est la façon un peu plus... euh... intime, pour les gens comme Théo et toi qui vivent une histoire. Pour les amoureux, genre. Tu préféreras sûrement réserver ça pour plus tard.

— Je vois..., je murmure d'un ton songeur en fixant nos mains imbriquées. J'ignorais que cela pouvait signifier autant de choses.

Je sens le regard de Ranik se poser sur moi. Mais il se concentre à nouveau sur la route lorsque je lève les yeux. Il se racle la gorge.

— Bref, c'était la leçon numéro un. Tu l'as réussie. Bravo ! Rappelle-moi de ne pas te donner la deuxième à bord d'un poids lourd lancé à pleine vitesse.

— Nous aurons sûrement besoin d'un lieu privé,

pour la suite. Que penses-tu de ma chambre ? Ou la tienne.

— Je ne vis pas sur le campus. Ce serait sûrement mieux de nous retrouver chez toi. Mais c'est comme tu veux. L'essentiel est que tu te sentes à l'aise.

— Cette fois encore, ce n'est pas la peine de t'inquiéter pour moi. Tu es mon professeur, pas ma mère.

— OK... Je souhaite juste que tu puisses apprendre vite et en finir dare-dare avec tout ça. Donc, chez toi. Envoie-moi un texto quand ta coloc sera sortie. On entamera la deuxième leçon, comme ça, dac ?

Il me donne son numéro de portable, mais refuse le mien de la tête.

— C'est toi la star, Princesse. C'est toi qui m'appelles. Des mecs comme moi n'ont pas à avoir ton numéro.

— Pourquoi ?

Ranik soupire.

— Pour que tu ne te coltines pas une sale réputation à laquelle tu auras forcément droit si jamais on trouve ton 06 dans mon téléphone. Je suis discret, mais on ne sait jamais. Les rumeurs circulent vite. Tu mérites mieux que des ragots à la con.

Je plisse le front. Ranik semble sérieux.

— On ne peut pas prendre ce risque si tu souhaites mettre le grappin sur Théo, tu piges ? Il n'est pas du genre à se maquer avec une fille qui aura couché avec moi, que ce soit vrai ou non. On va devoir faire gaffe. Je veillerai à ce qu'on ne me voie pas entrer et sortir de chez toi.

— J'ai l'impression que tu le connais bien. Mieux que ce que tu prétends, je commente en descendant de voiture, puis en claquant la portière.

Ranik hausse les épaules.

— On s'est croisés, c'est tout. Bon allez, à plus tard. J'aurai un tas de devoirs avec lesquels tu pourras t'éclater, championne.

Il me salue avec un air facétieux avant de faire ronfler son moteur et de s'éloigner.

J'ai soudain la sensation de commettre une gigantesque erreur.

3

— Ranik Mason t'a ramenée ? hurle Charlotte.
Quelques têtes se tournent aussitôt vers nous à la cafétéria. Je plaque ma main sur sa bouche.
— La ferme.
Je la retire lentement. Les yeux de Charlotte brillent.
— J'hallucine ! De tous les garçons de ce campus, pourquoi Ranik ?
— Si tu ne parles pas moins fort, je vais employer la manière forte et je vais viser les yeux.
— Ça va, ça va, miss grognon, ronchonne-t-elle. Ranik n'est vraiment pas un mec bien, Ali. Il est du genre « je te saute et je te dégage ». Tu vois qui c'est, Giselle ? La fille du cours de maths... Elle m'a raconté qu'il l'avait virée de chez lui à la seconde où ils avaient fini leurs petites affaires.
— Il est peu recommandable, c'est vrai. Mais il s'est mis à pleuvoir quand j'attendais à l'arrêt de bus

et il m'a proposé de me ramener. Ça joue quand même en sa faveur.

Elle m'attrape la main avant de me regarder avec un air sérieux.

— Promets-moi de faire attention. S'il te plaît, Ali. Ranik est vraiment la dernière personne avec laquelle tu dois coucher, tu comprends ? J'ai entendu plein de rumeurs sur lui et elles ne sont vraiment pas cool.

— Je ne coucherai pas avec lui, Charlotte. Je ne suis pas débile et tu le sais très bien.

Elle expire de soulagement.

— Oui. Tu as peut-être la bosse des maths mais tu peux te montrer un peu naïve par moments.

Le désarroi que j'ai éprouvé lors de ma leçon de « prise de main » me revient en tête. Je *suis* naïve. Ce qui me motive encore plus à en apprendre davantage, mieux et vite.

Je n'assiste plus aux cours de M. Mathers. Le voir m'est insupportable. Je réussirai l'examen haut la main, vu que j'étudie de mon côté. Mais je refuse de me retrouver dans la même pièce que cet homme. Je profite de ce temps libre pour rédiger un texto à l'intention de Ranik.

Je ne porte pas de culotte.

J'ai décidé de m'essayer aux sextos, après avoir entendu Charlotte en parler. J'ai consulté Google et j'en ai choisi un apparemment très populaire. La réponse me parvient quelques secondes plus tard :

C'est qui ?

Vu le nombre de filles susceptibles de lui envoyer un SMS de ce style, il est logique qu'il s'y perde un peu. J'envisage d'écrire mon vrai nom quand je me souviens que notre relation est supposée rester secrète.

Ton étudiante. Je m'essaie aux sextos. Mets-moi une note.

Son retour est immédiat.

Ha ! ha ! Sérieux ? 0/10 serait déjà trop. Et il est hors de question que je t'apprenne ce genre de conneries pré-adolescentes.

Regardez-moi ça... Un mot à quatre syllabes... Serait-on moins bête que ce qu'on voudrait laisser croire ?
Il ne répond pas. Je résiste à la tentation de rédiger un nouveau message et travaille un peu à la place. Ranik finit par réagir une heure et vingt-deux minutes plus tard.

Désolé, un pote est passé par surprise.

Mes pouces sont plus rapides.

Je suis la dernière personne auprès de qui tu devrais t'excuser.

Putain... Cette grammaire parfaite est carrément intimidante. Bref, pourquoi tu m'écris ?

Désolée d'être intimidante.

Je suis la dernière personne auprès de qui tu devrais t'excuser.

Il me renvoie mes propres paroles, ce qui, pour une raison que j'ignore, me fait chaud au cœur au lieu de me vexer.

Je t'ai contacté parce que je voulais prendre ma leçon numéro 2. Ma coloc est en cours et le sera encore durant les deux prochaines heures.

Cool. Jariv dans 10 min.

Je ne t'ai pas donné le numéro de ma chambre.

Pas de réponse.
Quelques minutes plus tard, j'entends qu'on frappe doucement. Lorsque j'ouvre, le visage de Ranik pointe dans l'entrebâillement. Il porte une chemise en flanelle, un jean noir, une chaîne en argent autour du cou. Ses tatouages sombres ressortent sur sa peau plus claire. Il se faufile discrètement à l'intérieur. Je referme aussitôt derrière lui.
— Comment tu connais le numéro de ma chambre ?
Il est trop occupé à inspecter les lieux pour parler. Il scrute mon lit, ma commode, mon bureau.
— Je l'ai soutiré au responsable de ta résidence, hier. Ouah ! Tu ne t'es jamais dit que ton côté maniaque du rangement pourrait te faire passer pour une sérial killeuse ?
— « Maniaque » n'est pas le mot approprié.
— Tu ranges tes bouquins avec la classification Dewey, Princesse.

— Comme beaucoup de gens.
— Personne ne fait ça.
Je croise les bras sur ma poitrine.
— Bon, parlons d'autre chose. En quoi la prochaine leçon consiste-t-elle ?
Ranik me détaille de la tête aux pieds avant de s'arrêter sur mon jean, puis sur mon tee-shirt.
— Tu pourrais enfiler quelque chose d'autre ?
— Qu'est-ce qui ne convient pas avec cette tenue ?
— Rien, Princesse. Mais tu seras peut-être contente d'avoir un truc facile à enlever et à remettre, comme une chemise, par exemple.
Je hausse les sourcils.
— Pourquoi ?
Ranik sourit d'un petit air satisfait avant de fourrer ses mains dans ses poches.
— Parce qu'on va faire du shopping.
Je passe une jupe crayon noire sobre pendant que Ranik part chercher la voiture garée sur le parking. Puisque nous voir déambuler ensemble éveillerait les soupçons, j'attends quelques minutes avant de le rejoindre. J'aperçois son vieux tacot dans un virage et monte à bord.
— Puis-je te demander où tu m'emmènes ?
— Je te l'ai expliqué. On va faire quelques emplettes.
— Mmm... C'est extrêmement précis. Un vrai bonheur.
Il rit.
— Il faut que je te dise un truc : les sarcasmes ne fonctionnent pas très bien avec des mecs comme Théo. Ils le prennent comme une attaque contre leur ego. Ça passe avec les gars comme moi. C'est même

un sacré plus qu'une fille ait pas la langue dans sa poche. Enfin, pas sexuellement. Ou alors si, mais... Merde... J'ai l'impression de m'enfoncer tout seul.

— Je te lancerais bien une corde pour t'aider à sortir de là, mais tu te pendrais avec.

— Aïe ! C'était brutal.

— C'est mal ? Tu crois que je devrais... gommer un peu ce côté-là ?

— Ouais. Théo n'appréciera probablement pas. Mais avec moi, lâche-toi. J'aime plutôt ça.

— Vraiment ? Personne n'aime cet aspect de ma personnalité, je commente, les sourcils froncés.

— Je trouve ça... rafraîchissant. Pas d'enrobage, aucune minauderie ou faux-semblant... Rien à voir avec les autres filles.

Ranik pouffe avant d'allumer la radio. Du rock s'élève. Il tourne la tête vers moi.

— Ça te dérange ?

— Non. Je trouve ce genre de cacophonie *rafraîchissante*.

Il ricane. Sa Toyota est ancienne, mais propre et bien rangée, et Ranik conduit en douceur. J'aurais cru qu'il aurait une moto ou un moyen de locomotion tout aussi immature et dangereux. Nous finissons par nous garer sur un parking du centre-ville. Il descend aussitôt m'ouvrir la portière.

— Allez, virez vos royales miches de là, Princesse.

Je ronchonne avant de sortir en prenant tout mon temps. Le magasin chic devant nous a des murs immaculés et des portes dorées. Ranik les ouvre pour me laisser entrer. L'odeur de parfum me donne un haut-le-cœur.

— Je crois que ce serait le bon moment de signaler que je déteste faire du shopping, j'explique en repérant un alignement d'escarpins et en tressaillant à la sensation de douleur qu'ils m'inspirent déjà.

— Et que je ne ressemble vraiment à rien dans des tenues girly.

— Quoi ? s'étonne Ranik en fronçant le nez. Qui t'a sorti une connerie pareille ?

Ma mère, me dis-je intérieurement. Je hausse les épaules sans répondre.

— Quelqu'un.

— Eh bien, c'est n'importe quoi. Vu ta silhouette, tu pourrais porter ou enlever tout ce que tu veux.

Je plisse le nez. Ranik tousse de gêne. Il se masse le cou.

— Je ne sais pas pourquoi, mais tu me retournes la tête. Et la langue. Je ne merde pas comme ça normalement.

— Tu fais peut-être une attaque ? Tu devrais peut-être passer un scanner ?

Il grogne.

— Écoute, on est juste venus chercher deux, trois trucs. Ça ne prendra qu'une minute et tu n'auras pas à sortir ta carte bleue. Essaie de profiter du moment, OK ?

— Quoi ? Pourquoi je ne paierais rien ? Je veux régler mes…

— Ranik !

Une vendeuse à la forte poitrine et au corsage très ajusté s'avance dans un claquement de talons hauts.

— Ça me fait tellement plaisir de te voir !

— Moi aussi, Holly, dit-il en souriant.

— J'imagine que vous avez couché ensemble, je rumine.

Le visage de Holly adopte successivement quatre

nuances de rose pendant que Ranik me flanque un violent coup de coude dans les côtes en riant nerveusement.

— Cette charmante jeune femme pleine de tact s'appelle Alice. C'est ma… euh… cousine. Elle aurait besoin d'un kit de démarrage. Rien de trop sophistiqué, mais pas mémé non plus.

Holly réfléchit en me détaillant de la tête aux pieds avant de frapper dans ses mains.

— J'ai exactement ce qu'il lui faut !

Elle nous entraîne vers une table au fond du magasin, sur laquelle des bas, culottes et autres soutiens-gorge sont pliés avec soin.

Ranik désigne les petites culottes.

— Choisis, Princesse.

Sur ces mots, il se tourne vers Holly et commence à bavarder avec elle à bâtons rompus. Mes doigts courent sur les soies douces et les cotons de belle qualité pas trop aguicheurs, quoique moins couvrants que ceux que je porte d'habitude. J'évite les strings, mais m'arrête sur un ensemble assez semblable à celui que Ranik m'a montré, hormis que les rayures sont roses et les rubans beaucoup plus grands. Je m'étrangle à la vue du prix et le repose aussitôt sur la pile.

— Tu as trouvé quelque chose qui te plaît ? me demande Ranik.

— Même dans les sept cercles de l'*Enfer de Dante*, je ne mettrais jamais autant d'argent dans des sous-vêtements.

— Je t'ai déjà expliqué que tu ne paieras rien. Choisis quelques modèles et arrête de te biler avec ça.

— Il n'est pas question que tu me les offres. C'est

ridicule. Tu pourrais régler un mois de loyer avec une telle somme. C'est vraiment du gâchis.

— Princesse, gronde Ranik, arrête, tu veux ? On a passé un marché. Tu écoutes ce que je te dis, tu fais ton apprentissage et tu chopes ton golden boy. Là, c'est la leçon numéro deux : les petites culottes et laisser des mecs faire des trucs sympas pour toi.

— Quand un garçon fait quelque chose de sympa pour une fille, c'est qu'il attend quelque chose en contrepartie. Généralement, une relation sexuelle. Ces sous-vêtements feraient de moi ta débitrice. Et je déteste être endettée.

— La vache ! lâche Ranik en inspirant à fond. Quel genre de merdes tu as connu pour avoir une telle opinion des mecs ?

— Les problèmes classiques que toutes les filles connaissent, j'assène. Ce que tu saurais si tu arrivais à envisager deux secondes que le monde ne tourne pas autour de toi.

— OK, OK, concède-t-il, les mains levées. C'est bon, Princesse, j'ai pigé. Tu ne veux pas que je dépense de l'argent pour toi. Attends-moi ici, dans ce cas.

Je regarde les culottes de la pile avant de m'arrêter sur un ravissant modèle rose. Il a des rubans de chaque côté qui se dénouent. C'est tellement différent et fascinant de ce que je connais que cette seule vision me fait frissonner. N'est-ce pas pathétique ?

Ranik remonte l'allée d'un pas nonchalant.

— OK, me lance-t-il. Choisis-en quatre.

— Je t'ai déjà dit qu'il était hors de question que...

— Elles sont gratuites. Choisis-en quatre.

— Comment ça, gratuites ?

Il saisit la culotte rose que j'ai admirée.

— Celle-là est mignonne. Allez, plus que trois autres.

— Ranik...

— Si tu ne te décides pas dans les cinq secondes qui arrivent, je fais la sélection à ta place, Princesse.

Mes yeux sondent la pile. Qu'a-t-il fait pour qu'on lui en offre quatre ? Je prends la blanche la moins chère, mais Ranik la repose aussitôt sur le tas avant d'en attraper une verte avec des empreintes de pattes sur les fesses.

— C'est trop gamin ! je proteste.

Il fait la moue.

— Tant pis pour toi. Tu as été trop longue. Cinq, quatre, trois, deux...

J'en avise une à pois bleus. Ranik opine de la tête.

— Encore une. Cinq, quatre...

La dernière est noire avec un lacet blanc sur le devant. Ranik hausse un sourcil approbateur avant de me tapoter le crâne comme si j'avais sept ans.

— Tu vois. Ce n'était pas si difficile que ça. Allez, tirons-nous d'ici.

— Mais... on doit payer...

— Salut, Holly ! lance Ranik en lui adressant un clin d'œil.

Holly lui renvoie un baiser. Je trébuche à la suite de Ranik jusqu'à la Toyota.

— J'espère que tu sais que c'est du vol à l'étalage et que c'est illégal. Nous sommes désormais des criminels, au regard de la loi fédérale.

— Une amie vient juste de me rembourser une dette, c'est tout.

— Mais...

— Leçon deux réussie ! crie-t-il avant de démarrer la voiture.

La situation devient claire tandis que nous retournons au campus.

— Tu... tu as échangé des faveurs sexuelles contre mes sous-vêtements !

Ranik sourit d'un air narquois avant d'allumer une cigarette et d'en recracher la fumée par la fenêtre ouverte.

— Tu ne voulais pas que je te les offre. Il fallait bien les obtenir d'une façon ou d'une autre.

— Donc maintenant, tu vas...

— ...sauter Holly ce soir, absolument.

— Et elle... elle te paie pour ça ?

— Je sais assez bien m'y prendre avec les filles pour qu'elles aient envie de me récompenser, dit-il avec un petit rictus. Vois-le simplement comme la preuve que tu as choisi le meilleur prof sur cette putain de planète.

Je contemple les culottes. Elles ne me plaisent plus du tout, à présent.

— Hé ! lâche Ranik en freinant pour m'observer. Qu'est-ce qui ne va pas ?

— Quand je pense au sexe, je trouve ça important et intimidant. Une gigantesque montagne à escalader, une chose à propos de laquelle je ne connais rien ou presque, mais que je considère avec beaucoup de respect et de prudence. Mais toi, tu n'en as strictement rien à faire. Tu t'en sers quand ça t'arrange. Comme un outil anodin ou un jouet. Jamais comme... On dirait que le sexe n'a jamais été lié à l'amour pour toi ? Même pas un tout petit peu ?

Le silence retombe jusqu'à ce qu'il hausse les épaules.

— Nan. Ce genre de merde n'est pas pour un mec comme moi.

— Je ressens beaucoup de solitude derrière ces propos, je commente avec douceur. Tu sembles très seul.

Nous ne disons plus rien jusqu'à ce que nous nous garions sur le parking du campus et descendions de voiture. Le regard vert doré de Ranik est soudain incroyablement las. Mais il chasse cette expression d'un éclat de rire, puis écrase sa cigarette du pied. Son expression se durcit avant de retrouver sa causticité coutumière.

— Ne gâche pas ta pitié pour moi, Princesse. Tu as bien d'autres choses auxquelles penser, tu ne crois pas ? Comme tes études et ce cher Théo. Reste concentrée. C'est ce que tu sais faire de mieux, non ?

— Mais...

— Pas de mais. Essaie tes culottes ce soir. Ensuite, dis-moi celle que tu préfères. Ce sont tes devoirs.

Je le regarde s'éloigner, le cœur étrangement lourd.

Qui est Ranik Mason ? Une question dangereuse, que personne ne pose jamais à l'université de Mountford. J'interroge malgré tout Charlotte pendant que nous dînons. Elle fronce les sourcils.

— Il est en troisième année de licence. Ce que je trouve complètement hallucinant...

— Ça, je le sais déjà. Quoi d'autre ? Que sais-tu encore de lui ?

Elle hausse les épaules.

— Les associations étudiantes lui achètent de l'alcool pour les mineurs en attente d'intégrer leur fraternité. Il se pointe à chaque soirée avec ses copains. Ils transportent les fûts en pick-up. Parfois, les fraternités lui réclament de la coke ou de l'herbe – surtout de l'herbe. Elles lui passent juste un coup de fil et un dealer débarque un quart d'heure après. Ranik est du genre fiable.

— Il vient d'où ?

— Du Kentucky, je crois. Ou du Mississippi. Quelque part dans le Sud, en tout cas. Tu devrais le demander à ses copains. Mais sérieusement, Ali, il n'est vraiment pas le style de mec qui devrait t'occuper l'esprit. Changeons de sujet. Comment va Théo ?

Mon cœur se serre.

— Il est... assez occupé, ces derniers temps.

— Avec Grace Thomas, je sais. Elle est trop bizarre !

La colère me prend à ces mots.

— Je la trouve super.

Charlotte semble soudain gênée.

— Oh ! Je pensais juste que comme elle a des vues sur Théo, tu...

— Que j'apprécierais que tu l'insultes ? Désolée, mais non. Je la trouve même merveilleuse, en fait. J'essaie de lui ressembler. D'être plus ouverte. Et enjouée.

Charlotte me flanque une petite tape du doigt.

— C'est très réussi, pour le moment, espèce d'intello coincée.

Je fourre de la pizza dans ma bouche tandis que Charlotte file se changer pour aller réviser à la bibliothèque. Suivant son exemple, je m'installe à mon bureau et jette un œil à la disserte de psychologie de quinze pages que Ranik doit rendre la semaine prochaine. La psychologie est sa matière principale. Mais quand je vois les matières optionnelles sur lesquelles il me fait plancher, je parierais qu'il envisage de devenir psychologue pour enfants. Étonnant, vu qu'il a plutôt la tête d'un criminel.

Une fois son devoir rédigé, je vérifie deux fois mes sources et mes citations. Satisfaite de ma relecture, je m'attèle à mon propre travail. Mon téléphone vibre alors que j'ai fait la moitié de mes maths.

Alors Princesse quelle culotte tu préfères ?

Je lève les yeux au ciel avant de répondre.

Si je ne te connaissais pas, je penserais qu'un pervers m'envoie des SMS en pleine nuit.

Aïe ! je suis offensé je suis ton prof pas un pervers oh, mais attends ton prof est un pervers.

Le professeur Mathers... Je tressaille. Ranik me renvoie aussitôt un SMS.

En parlant de lui, il paraît que tu ne te pointes plus à ses cours. C bien tu es plus sage que ce que j'aurais cru.

Plus sage ? je me moque. *Je suis la sagesse incarnée, tu veux dire.*

Haha, nan tu es juste intelligente.

Je m'apprête à lui répondre quand un nouveau message arrive.

La sagesse c'est autre chose. J'ai de la sagesse, mais je suis pas intelligent. Tu piges ?

Non, pas du tout. Tu es bizarre, nul en grammaire et tes définitions sont vagues et déroutantes.

Tu sais ce qui serait moins vague et déroutant ? que tu me dises kl culotte tu préfères. Allez, balance.

Je fais la grimace avant de me rappeler que je vais partager cette information intime et légèrement obscène avec le playboy du campus pour séduire Théo.

La rose avec les liens sur le côté.

Ha ! j'en étais sûr

Sûr de quoi ?

Même si tu n'es pas précoce, tu as bon goût. bon maintenant, contrôle surprise : laquelle Théo préférerait ?

Je me lève pour aller fouiller dans le sac. Celle à pois, peut-être ? J'essaie de me mettre à la place de Grace. Quel genre de sous-vêtements porterait-elle ? Quelque chose de rigolo et de coloré.

Celle avec les empreintes de pattes.

Bzzzzt, mauvaise réponse.

Quoi ? Je sais qu'elle plairait à Théo. J'en suis certaine !

Oui tu as raison. Celle avec les empreintes de pattes est mignonne et immature. Il l'attaquerait direct avec les dents.

Alors pourquoi tu as dit que j'avais tort ?

La bonne réponse pour une fille à la recherche d'une relation saine serait : sa culotte préférée sera forcément celle que j'aime.

Pourquoi ?

Parce qu'un mec content que sa nana le soit est le genre de type bien qui te mériterait.

Je me contente de fixer ses mots sans réagir lorsqu'un autre message arrive.

Mais comme tu veux juste faire plaisir à ce mec tu fais comme si celle avec les empreintes de pattes te plaisait alors que tu la détestes.

Ce n'est pas la base de toute relation ? Faire des compromis ?

Haha. J'en sais rien vu que je n'ai jamais eu de relation. Et j'espère que ça ne m'arrivera pas parce que ça a l'air trop chiant.

Mon visage devient rouge de colère.

J'ai lu beaucoup de livres sur le sujet, écrits par les meilleurs experts en anthropologie. Le compromis est le signe d'un amour mûr. Ta réaction indique qu'un aspect crucial des relations mûres te semble ennuyeux.

Je m'en contrefous, sincèrement. C'est Théo et toi qui allez vivre une vieille relation pas moi je suis juste là pour t'apprendre des trucs sales. un petit conseil ; si tu veux apprendre des trucs de la vraie vie, laisse tomber les bouquins. certains domaines ne s'étudient pas dans les manuels scolaires.

Tout s'apprend dans les manuels scolaires.

Ranik m'envoie alors un émoji en forme d'étron. Je lève les yeux au ciel lorsque le message suivant fait vibrer mon portable.

En parlant de manuels scolaires, où en est mon boulot ?

Il est fait. Tu n'auras qu'à passer le chercher après notre prochaine leçon.

Merci puissance mille parce que je vais en avoir besoin bientôt.

Là-dessus, je retourne à mes maths, mais une question obsédante m'empêche de me concentrer. Je grimace et finis par renoncer avant d'envoyer un dernier message à Ranik.

Laquelle tu préfères ?

Il m'appelle, cette fois. Étonnée, je m'éclaircis la voix et décroche.
— Allô ?
— Salut ! Je ne sais pas qui c'est, mais est-ce qu'on

pourrait être tranquilles deux minutes ? On est un peu occupés, là tout de suite.

Elle raccroche. J'écoute la tonalité pendant quelques secondes, sidérée. Comment ai-je pu oublier ?

Ranik a échangé des faveurs sexuelles contre les sous-vêtements posés sur mon lit. Je leur assène un regard noir avant de me demander pourquoi je réagis ainsi. Ranik a sa vie – le fait qu'il les ait obtenus contre du sexe est juste un indicateur de son expérience. Les femmes sont prêtes à lui donner des choses – à le payer, en somme – pour pouvoir coucher avec lui. Ce qui confirme simplement que, comme il l'a lui-même déclaré, j'ai choisi le meilleur professeur. Alors pourquoi un goût amer me vient-il à la bouche à cette pensée ? Et pourquoi l'expression qu'il a eue lorsque je lui ai dit qu'il avait l'air seul me hante-t-elle quand je ferme les yeux ?

Quelques heures plus tard, une fois mes devoirs terminés, je trouve deux nouveaux SMS en sortant de la douche.

Désolé Princesse je l'ai dégagée aussi vite que j'ai pu.

Le second libère une tension qui comprimait ma poitrine – et me permet de trouver le sommeil beaucoup plus facilement :

J'aime la rose moi aussi.

4

La nuit est claire et étoilée. J'allume une cigarette et contemple la fumée dessiner une spirale contre le rond blanc parfait dans le ciel. La pleine lune me rend toujours nerveux. C'était déjà le cas quand j'étais gamin et que je la regardais depuis la fenêtre de notre mobile home. Elle comble en moi un besoin farouche d'air, de noir et de silence. Sans la présence de qui que ce soit. Sans trucs à la con. Juste des étoiles et des arbres. Elle me donne la sensation de courir comme un dératé dans une forêt et de ne plus jamais en sortir.

Ma petite troupe et moi attendons près de mon pick-up un appel de la maison de l'association des étudiants. Nous nous sommes déjà ravitaillés chez le revendeur d'alcool. Nous n'aurons plus qu'à nous faufiler en douce sur le campus, puis dans la fameuse maison.

Trent est appuyé contre son pick-up rouge, un monstre encore plus imposant que le mien, avec des jantes chromées et des rampes de leds à l'éclairage tamisé au plafond. Nous nous connaissons depuis le jardin d'enfants, Trent et moi. Il est aussi gros que je suis svelte et aussi gentil que je suis méchant. Nous nous équilibrons. Il a le crâne rasé et des putains d'yeux vert foncé.

Un texto entrant fait vibrer mon téléphone. Je l'attrape aussitôt. Alice...

Ta disserte n'est pas à rendre demain ? Tu devrais passer la récupérer. À ce propos, as-tu une idée de la date de notre prochain cours ? Je ne voudrais pas paraître arrogante, mais je me sens prête pour la suite.

Je lui écris aussitôt :

T'es pas arrogante... tu flippes que l'autre meuf chope Théo.

Sa réponse est aussi grinçante qu'un chat qui aurait reçu un seau d'eau :

Mes peurs ne te regardent pas.

Relax, Princesse, la prochaine leçon aura lieu bientôt, promis.

— Qui est-ce qui t'inonde de textos ? me demande Trent.
— Occupe-toi de tes fesses, gros, j'assène avant d'aller m'adosser contre sa voiture.
— Oh là ! On est bien susceptible ! Et original, niveau insultes, avec ça ! Un parfait gentleman...

Miranda fait basculer ses cheveux sur son autre épaule, hilare.

— C'est ton futur coup d'un soir ?

Miranda et moi sommes moins proches. C'est la cousine de Trent, je la croisais seulement l'été quand elle venait chez lui pour leurs réunions de famille annuelles. Elle a des yeux du même vert que son cousin, des cheveux longs teints en rose bonbon et des escarpins pointus aux pieds pour compenser sa petite taille.

— Je parie que c'est Kara. Ça fait des mois que tu tentes de la mettre sur ton tableau de chasse.

Sam ricane. Les tatouages sur sa peau sombre ressortent dans la lumière des réverbères. C'est le nouveau de la bande. Miranda et lui sortent ensemble depuis la première année. Il est plutôt cool avec sa démarche de tigre bien musclé, ses lunettes à monture en corne épaisse et ses tee-shirts Metallica. Il est même assez relax tant qu'on ne parle pas musique.

— Kara... la capitaine des pom-pom girls ? Incroyable ! Qui aurait pensé qu'elle tomberait si bas ?

Miranda semble passablement impressionnée tandis qu'elle masse négligemment les épaules de Sam.

— Personne ne tombe nulle part, je coupe d'un ton cassant.

— N'empêche que tu lui envoies quand même beaucoup de SMS, ironise Trent. On doit prévenir la presse ou pas ? Je vois les gros titres d'ici : *Ranik Mason s'intéresse à une fille pour la première fois de sa vie – miracle ou manipulation ?*

— Kara doit avoir d'autres atouts que ses seins, commente Sam en allumant une cigarette.

— Nan, c'est juste ses seins, tranche Miranda. Tu les as vus ? Ils valent quatre paires, à eux seuls.
— Ils ne sont pas plus gros que ceux de Holly.
Seth plisse le front.
— Holly est la reine des nichons, c'est clair. Kara plus, genre... la duchesse. Oh ! Vous vous rappelez Hasfah ? La nana qui portait des foulards trop mortels sur la tête ? *Elle*, elle pourrait être la princesse. Sans problème, ironise Miranda.
— Tu peux arrêter de passer ma vie sexuelle en revue quand tu veux, j'assène d'un ton hargneux.
— Une année-lumière ne suffirait pas à passer ta vie sexuelle en revue, se moque Trent.
— On plaisante ! lance Miranda avant de me frapper le bras pour plaisanter. C'est chouette de te voir envoyer plusieurs textos à une fille au lieu d'un seul à tout ton répertoire pour chercher un plan cul.
— Qu'est-ce qui te fait croire qu'il s'agit d'une fille ?
Un petit rictus sournois monte aux lèvres de Sam.
— C'est un mec, j'insiste. Un mec super balèze et hyper impressionnant.
— Ce mec super balèze et hyper impressionnant te donne le sourire, en tout cas, marmonne Trent.
— Lâchez-moi la grappe, OK ? Ce n'est rien d'important.
Sam pouffe avant de regarder la maison des associations étudiantes, où une fête tonitruante bat son plein.
— Bon, on y va ou bien ?
Je jette un coup d'œil à mon téléphone juste au moment où le texto de Rachel me parvient : *la voie est libre.*
Je me tourne vers les autres.

— Ouais, allons ramasser la monnaie. Trent, tu te charges du fût. Toi, Miranda, des bouteilles. Sam et moi, on s'occupe de la glacière.

Nous remontons la pelouse tant bien que mal devant des filles en robes moulantes affublées de bijoux en perles et des garçons en polos avec les cheveux gominés, qui plissent le nez devant nos jeans déchirés et nos vestes en cuir noir. Je frappe à la porte, qui s'ouvre aussitôt.

— Ranik !

Rachel sourit à ma vue. Elle a des cheveux bruns courts et des pommettes absolument adorables.

— Merci d'avoir fait si vite !

— De rien, beauté. Alors, c'est quoi, le thème de la soirée ? Le Parti républicain ?

Elle rit.

— Années 1950.

Je tourne la tête vers Trent, qui franchit le seuil avec le fût. Rachel s'écarte pour le laisser passer avant de hurler par-dessus la musique tonitruante.

— Mets-le dans la cuisine ! Ouais, juste là !

Miranda la dépasse avec une mine dédaigneuse avant d'aller poser les bouteilles sur le comptoir. Rachel se contente de nous demander à Sam et moi d'installer la glacière dans le salon sans relever. Les autres étudiants nous dévisagent tous. La carrure de Trent et mes tatouages ont même réussi à interrompre le jeu de bière-pong un bref instant.

— Ranik, murmure Rachel en sortant un billet de cent de son portefeuille. Tiens, c'est pour toi. Merci encore. Personne ne pourrait en livrer autant en si peu de temps.

Le silence retombe tandis que je défie du regard

les convives autour de nous. Toujours diplomate et désireux de me tenir à l'écart d'une bagarre potentielle.La tension ambiante est palpable. Trent finit par me tapoter l'épaule.

— On ferait mieux d'y aller.

— Salut les losers ! lance Miranda en envoyant des baisers sur son passage tandis qu'elle regagne l'entrée avec Sam sur ses talons.

Rachel m'attrape par la manche au moment où je m'élance à leur suite.

— Euh… tu peux rester, si tu veux.

Je hausse un sourcil.

— Vraiment ?

Elle opine de la tête avec conviction.

— Personne ne viendra t'embêter, promis.

Je repère une silhouette familière derrière elle : une haute taille, des cheveux blonds, des yeux bleus. Je souris à pleines dents.

— D'accord. Je vais rester un peu, dans ce cas.

Trent glisse une tête dans l'embrasure de la porte.

— Tu viens, mec ? On nous attend.

— Passez devant. Je vous retrouve à la maison.

Trent secoue la tête.

— Comme tu veux, mec. Tant pis pour toi.

— Tu as peur qu'il m'arrive quoi ? Que ces gus me proposent de leur acheter des actions ? Ne t'inquiète pas pour moi. Allez, dégage.

Trent tourne les talons, hilare. Son pick-up laisse échapper un vrombissement guttural en quittant l'allée. La fête reprend son cours. Je me sers un verre avant de rejoindre la fameuse silhouette familière près de la piscine extérieure.

— Yo ! je lance.

Théo se retourne. Ses yeux s'écarquillent à ma vue. Pas étonnant qu'il fasse rêver toutes les gamines : des mâchoires ciselées, des prunelles bleues expressives, un sourire chaleureux, l'air à la fois innocent et ardent d'un fichu golden retriever.

— Ranik ! Comment vas-tu ? Ça fait un bail, déclare-t-il en me tendant la main.

— Plus ou moins trois ans, je réponds en fourrant mon poing libre dans ma poche.

— Et j'en suis désolé. Vraiment…, dit-il avec une mine sincèrement peinée.

Je hausse les épaules.

— T'inquiète. Le lycée est une période assez folle. Les chemins se séparent. C'est la vie.

— N'empêche, poursuit Théo en fronçant les sourcils. On vient du même lycée et on est dans la même fac. J'aurais quand même pu passer te dire bonjour. Qu'est-ce que tu deviens ?

Nous ne fréquentions pas les mêmes cercles, au lycée – lui côtoyait les élèves brillants, un peu geek, et moi les fumeurs de haschich en passe d'abandonner leurs études. Mais de folles parties de jeux vidéo nous réunissaient parfois. Nous avons bu quelques bières et eu quelques conversations alcoolisées assez intéressantes, à l'époque. Bien que toujours un peu tendues. Rien que de très logique quand deux personnes aussi différentes se rencontrent.

— Oh ! tu sais…, j'articule en haussant les épaules. Je fournis des services, je livre des marchandises.

— Ah, je vois ! commente Théo en riant. Comme ton père.

Je ne peux retenir la réponse glacée qui me monte aussitôt aux lèvres.

— Je n'ai rien à voir avec cet enfoiré.

Théo tressaille.

— Non, bien sûr. Merde... Pardon. Désolé, j'ai toujours eu le chic pour dire ce qu'il ne faut pas au mauvais moment.

Je scrute ses traits de mannequin propret. Il a forcément dû balancer un truc intelligent pile au bon moment pour qu'Alice soit raide dingue de lui. Ou alors, c'est son visage. Évidemment que c'est son putain de visage ! Sa gueule d'ange, ses polos, ses levées de fonds pour des œuvres de bienfaisance et ses mentions très bien. Mais là encore, Alice n'est pas le genre de fille à sortir avec un gars pour des motifs superficiels. Elle est trop intelligente. L'apparence ne l'intéresserait pas longtemps. Sauf que Théo a également un cerveau. Bien gros, et cinq fois plus rempli que le mien.

— C'est pas grave, je marmonne. Je peux dire pas mal de conneries, moi aussi.

Théo paraît soulagé. Il désigne alors Rachel de la tête.

— Il se passe un truc entre vous deux ? Je vous ai vu discuter.

Je souris d'un air narquois.

— Rien de durable, mec, tu me connais.

Théo rit.

— Oui, c'est vrai. J'éprouverais presque de la pitié pour ces cohortes de filles que tu abandonnes derrière toi sans te retourner. Mais j'imagine qu'elles sont trop bêtes pour savoir à quoi s'en tenir. Ou qu'elles ont désespérément besoin d'attention. Sûrement un peu des deux.

Le ton prétentieux sur lequel il a balancé ce

commentaire me donne juste envie de lui en coller une. Mais je prends sur moi et reste calme. Théo déteste mes histoires sans lendemain. Il les a toujours eues en horreur. Il a connu toutes mes conquêtes, au lycée. Il juge ces filles avec sévérité et méchanceté parce qu'elles ont couché avec moi. Ou parce que ses coups de cœur couchaient avec moi et qu'il se retrouvait obligé de se rabattre sur ses seconds choix. Je suis un panneau « danger ambulant » dont la peinture rouge déteint sur toutes celles qui ont une aventure avec moi.

Inconscient de ma colère, Théo attrape les épaules d'une fille et l'attire près de nous.

— Ranik, je te présente Grace. Grace, voici Ranik, un pote du lycée.

Grace a de longs cheveux noir brillants avec une mèche violette au milieu et de chaleureux yeux chocolat. Avec sa veste du surplus de l'armée et son skinny rouge, elle ressort de la horde de nanas peroxydées en robes cocktail. Tout chez elle crie « trop mignonne ! » et « décalée ! », de ses rangers à son bracelet renard en passant par son vernis à ongles fluo.

— Salut ! me lance Grace. Ouah ! Tes tatouages sont trop cool !

Elle n'est pas mon genre. Carrément pas, même. Ce qui ne m'empêche pas de remarquer son caractère naturellement enjoué.

— Merci. Ça m'a pris pas mal de temps... et d'argent !

— J'imagine ! Mon frère s'est fait tatouer un dragon sur la main. Ça a pris deux mois. Tu as dû y rester un an, toi, vu la rose dans ton cou ! Tu as eu mal ?

Je souris du coin des lèvres.

— Une horreur. Mais c'est le but, non ?

Grace plisse le nez de confusion.

— Ce que je veux dire, c'est que ce qu'on se fait tatouer de manière permanente devrait compter assez pour accepter de la souffrance qui va avec.

Grace reste muette. Cela semble lui arriver rarement, car Théo la dévisage en riant.

— Hé ! Tu as assez mangé ?

Grace acquiesce.

— Oui, oui. J'irai me resservir tout à l'heure. Le glaçage du gâteau est divin. On dirait sept couches de paradis. Et de gras. Mais de paradis, surtout.

Nous éclatons de rire. J'en profite pour poser la question en suspens depuis le début de cette conversation.

— Et donc ? Vous sortez ensemble ?

Grace et Théo deviennent aussitôt écarlates.

— Qu… quoi ? bredouille Grace ? Non ! Pas du tout ! Je ne suis pas encore remise de ma dernière histoire, alors ce ne serait vraiment pas le moment.

Théo n'arrive pas à la regarder.

— Ah ! d'accord. Désolé… J'étais juste curieux.

Grace se racle la gorge avant de s'éloigner vers la piscine.

— Je vais tremper un peu mes pieds. À plus tard !

Théo la contemple avec douceur.

— Je ne voudrais pas paraître grossier, mais…

Je lui donne une grande tape dans le dos sans lui laisser le temps de finir sa phrase.

— T'en fais pas. Je connais ma réputation. Elle n'est pas mon genre, OK ? Elle est tout à toi. Je me demandais juste où vous en étiez, c'est tout.

Théo se détend visiblement.

— Parfait. C'est... compliqué. Elle sort à peine d'une relation de deux ans, mais on s'apprécie vraiment. Elle m'a même dit qu'elle avait un faible pour moi.

Quelqu'un l'interpelle alors. Il répond d'un signe de la main avant de me regarder.

— Écoute, je dois y aller. On se croise un de ces quatre, d'accord ?

— On fait ça, mec. À plus tard.

Je sirote mon verre tout en me frayant un chemin au milieu de l'assistance, qui s'écarte sur mon passage. Les filles me matent comme si j'étais un bon gros steak et les mecs comme s'ils rêvaient de me planter un pieu en plein cœur. Rien d'inhabituel. Mais personne ne fait le premier pas. Ces gens ne sont pas encore assez ivres. Ce qui me laisse tout le loisir de faire quelques recherches. J'observe Grace du coin de l'œil. Voilà donc la fille après qui Théo court – petite, adorable, indisponible : l'incarnation de la fée Clochette et tout l'opposé d'Alice. Pas étonnant qu'elle flippe et qu'elle m'ait demandé de lui donner des cours de séduction. Mais maintenant que je connais sa rivale, je sais que c'est une cause perdue. Grace est du genre à enchaîner les relations. Et vu son ravissant minois, je parierais qu'elle n'en est pas à son coup d'essai. Elle sait comment le jeu je-vais-te-faire-lambiner-pour-que-tu-me-désires-encore-plus fonctionne. Elle tient Théo sous sa coupe. Une blonde au cul impressionnant est adossée contre le même mur que moi. Elle me sourit. Je hausse un sourcil à son intention avant de recommencer à observer Grace. Je connais ce genre de fille ; d'éternelles insatisfaites qui sortent toujours avec des garçons trop gentils et aveugles prêts à mourir d'amour pour elles.

Des gars à qui elles retournent le cerveau juste parce qu'elles kiffent le pouvoir. Grace ne sortirait jamais avec quelqu'un comme moi. Oh, non !... Elle vise les types plus faciles à manipuler, voire à torturer. Elle sait que n'importe quel mec doté d'un demi-neurone la taclerait direct et que son petit jeu serait terminé. Du coup, elle les fuit comme la peste.

Alice est vraiment nulle à ce jeu-là, pour sa part. Et malgré son visage de top model, Théo l'est presque autant qu'elle. Il cherche une copine qui l'aimera comme dans ces films romantiques idéalisés devant lesquels il a grandi. Il croit pouvoir éviter, avec Grace, de revivre la douleur de sa dernière relation. Elle est un gouffre à combler. Sexuellement, mais pas uniquement.

Alice n'a pas la moindre chance. Elle est juste elle-même et très bien toute seule – organisée comme personne et concentrée sur son avenir. Elle n'a pas besoin d'un homme. Mais elle en vise un. Et un précis, même. Elle ne cherche pas un mec parfait en apparence avec les sentiments duquel elle pourra faire joujou pour son bon plaisir. Elle convoite Théo et personne d'autre.

Je jalouserais presque ce coup de cœur simple et franc. Nous ne savons pas ce que c'est, tous autant que nous sommes. À moins que ce sentiment se corrompe à mesure que la vie nous rend plus expérimentés et amers ?

— Tu es Ranik Mason, c'est ça ?

La blonde à côté de moi vient se planter tout près. Sa robe verte est coordonnée à ses yeux ultra maquillés, son haleine exhale l'alcool et le gloss à la vanille.

— Le seul et l'unique, je réponds avec un petit air satisfait.

— J'ai beaucoup entendu parler de toi, roucoule-t-elle tout en frottant sa hanche contre la mienne.

C'est direct. Et vraiment bateau de sa part.

— Je me contrefous de ce que t'as entendu à mon sujet, j'assène. Par contre, ce que tu as entendu sur Alice Wells m'intéresse pas mal.

— Alice Wells ? répète la fille en se tapotant le menton. Je n'ai jamais entendu… oh ! Attends ! Tu parles de la fille à lunettes qui traîne toujours toute seule ? Une vraie garce. Elle lèche le cul des profs. Elle est intelligente, c'est sûr, mais personne ne peut pas avoir des notes pareilles sans… sans activités extrascolaires, si tu vois ce que je veux dire.

Pourquoi les gens pensent-ils ça ? Alice travaille comme une dingue pour obtenir de tels résultats. Elle ne s'abaisserait jamais à coucher avec ses enseignants. C'est l'autre gros pervers qui a essayé de se la taper, pas l'inverse !

— Mais revenons à nos moutons, lance la blonde en s'appuyant contre moi. Les rumeurs à ton sujet sont beaucoup plus intéressantes.

J'esquive sa remarque d'un sourire narquois.

— Cette conversation s'arrête là. Et pour info : va te faire foutre avec tes ragots. Alice ne fait pas ce genre de trucs.

— Ranik Mason est censé coucher avec toutes les filles qu'il croise, pas les protéger, réplique-t-elle.

Je me rapproche.

— C'est ce que tu voudrais, hum ? Tu voudrais que je couche avec toi ? On pourrait le faire, là maintenant.

Personne ne nous verrait. Tu aimerais vérifier ce que disent ces foutus rumeurs, n'est-ce pas ?

Mes lèvres effleurent presque les siennes. Elle en a le souffle coupé. Ses yeux bleus brillent. Je me penche plus près. Sa poitrine se soulève et retombe rapidement sous son désir à peine dissimulé. Je m'approche un peu plus et effleure sa bouche de la mienne avant de reculer brusquement avec un rictus.

— Mais ça n'est pas près d'arriver.

— Hé !

Un type à la carrure de Captain America et à la chemise boutonnée jusqu'au col se dirige vers nous d'un pas vif.

— Éloigne-toi de ma copine, espèce de connard !

— Qui ça ? je lâche, candide, avant de regarder derrière moi. Oh ! tu parles de Boucle d'or ? Tu te plantes, mec. C'est elle qui m'a dragué, pas l'inverse.

— C'est faux ! crie la fille derrière moi. Il ment, Brandon !

— Chérie... c'est déjà assez naze d'être une sale commère. N'ajoute pas menteuse à la liste.

Brandon s'avance vers moi. Mais je me suis bagarré plus souvent que lui au cours de ma vie. J'ai même affronté des types cinq fois plus balèzes et deux fois plus rapides – mon père étant le plus balèze et le plus rapide d'entre eux. Je le frappe en plein ventre et lui flanque un coup de coude dans la colonne vertébrale avant qu'il ait rien vu venir. Il s'effondre par-dessus la rampe d'escalier en grognant. La blonde m'attaque alors, toute de griffes vernies dehors. Je parviens à l'esquiver et à me précipiter vers la porte de derrière.

Le regard de Grace est braqué sur moi tandis que

je contourne la piscine sous les vociférations et les insultes de Boucle d'or. Je la salue de loin.

— Essaie d'y aller mollo avec Théo, beauté ! je l'interpelle. Je connais une fille qui a plus besoin de lui que toi.

Elle se contente de rester plantée là en arborant une moue étonnée.

J'escalade la haie et me fonds dans l'obscurité.

* * *

Je prends conscience du problème les jours qui précèdent le cours suivant de Ranik. Grace est vraiment petite. Et menue. Je fais quinze bons centimètres de plus qu'elle. Théo ne m'a pas parlé en détail de son ancienne copine du lycée, mais il a dit qu'elle n'était pas très grande, elle non plus.

Je mesure un mètre soixante-quinze. Grace est frêle comme un oiseau et d'apparence délicate, alors que j'ai des épaules et des cuisses bien charpentées suite à des années de natation. Forte de cette prise de conscience, je me mets à sauter le petit déjeuner – mon repas préféré, pourtant. Avec un peu de chance, cela me permettra de me défaire d'un embonpoint inopportun.

Mais cela en vaut-il la peine ?

Je secoue la tête. Évidemment que cela en vaut la peine. Pour Théo. Il est le seul à ne pas me trouver bizarre et le seul susceptible de m'aimer un jour. Voire de toute ma vie. Je ne peux pas rater cette chance.

Comme à son habitude, Théo s'affaire à son émission de radio. Le studio d'enregistrement se situe dans l'auditorium, juste à côté de l'entrée principale. Tendues de moquette rouge et de panneaux en bois, des cabines équipées de micros dernier cri et de tables de mixage visiblement coûteuses dominent le paysage. Des flyers de spectacle déchirés et des enceintes luxueuses ornent les murs. Je frappe à la porte de sa cabine, qui s'ouvre au bout de quelques secondes sur Théo. Il sourit à ma vue. Il porte un pull beige, qui révèle parfaitement son impressionnant torse, et un gros casque autour du cou.

— Alice… Salut !
— Bonjour, je réponds d'un ton un peu gêné.

Je suis trop formelle. Grace ne s'exprimerait jamais de cette façon. J'inspire et prends une voix à la fois plus légère et plus douce.

— Salut !

Le sourire de Théo s'élargit.

— Viens, entre, propose-t-il avant de refermer la porte sur moi.

Des chaises en cuir entourent un bureau et des micros sont suspendus à des grues en métal miniatures. Je hume discrètement l'odeur ambiante – l'huile essentielle et le café. Celle de Théo. Il s'assoit et se met à jouer avec les boutons de sa table de mixage de ses longs doigts graciles.

— Est-ce que je… je n'interromps rien d'important, au moins ?
— Pas du tout, fait Théo en m'indiquant un siège. Je vérifie juste les niveaux pour l'enregistrement de lundi.

Je tripote mon sac – un geste inhabituel de ma part. Théo le remarque avant de plisser le front.

— Tout va bien ?
— Tout va bien.

Trop formel !

— Ça roule !

— Tant mieux ! rit-il avant de se reconcentrer sur sa table.

Je le regarde travailler. Il écoute une chanson dont il règle les basses et les aigus.

— Je... je connais ce morceau, dis-je. C'est « Girl Sailor », des Shins.

Théo lève les yeux avec un sourire désormais étincelant.

— Absolument. Tu aimes ce groupe ?

— C'est vraiment de la musique d'ambiance, je réponds en soupirant. Mais j'aime les fréquences harmoniques de l'album chutes *Too Narrow*. Leur sérialisme est une fantastique illustration de la musique dodécaphonique.

Le silence retombe. Théo me regarde avec un air interloqué.

— Euh, enfin... je bredouille en cherchant finalement un commentaire plus « Gracesque ». Je les adore. Ils sont... géniaux !

L'expression étonnée de Théo se détend un peu. Il se met à rire.

— Ouais, moi aussi. Je préfère *Wincing the Night Away*. Mais chutes *Too Narrow* est cool. Je les ai vus en concert quand j'étais au lycée.

— Oh ! Tu as dû passer un super moment.

— Tu les as déjà vus ?

Je rougis.

— Non, malheureusement.

— Quel est le dernier concert auquel tu as assisté ?

— En fait... aucun. Ma mère n'aime pas trop ça.

— Vraiment ? Mes parents étaient super stricts,

eux aussi. Très chrétiens. J'ai dû faire le mur pour aller voir les *Shins*. Ranik m'avait aidé.

— Ranik ? j'interroge en dressant l'oreille. Ranik Mason ?

— En personne, confirme Théo. On s'est fréquentés, au lycée. C'est un chouette mec.

— Un *chouette* mec ? je réponds, dubitative. Tu dois parler de quelqu'un d'autre. Quelqu'un de moins... Ranik.

Théo pouffe de rire à ces mots.

— Tu serais surprise. Beaucoup de gens le jugent sans le connaître à cause de son look.

Je plisse le front. Théo retourne à ses réglages quand je l'entends jurer.

— Merde...

— Qu'est-ce qu'il y a ?

— J'ai l'impression que ce bouton est coincé.

Il pousse dessus sans que rien ne bouge pour autant.

— Tu pourrais tenir la table pendant que je tire dans l'autre sens ?

— Bien sûr.

Je m'avance et attrape les bords. Théo est tout près – la chaleur de son corps filtre à travers ma veste jusque dans ma poitrine. Je distingue chaque poil de sa barbe de trois jours, chaque ride du sourire autour de ses yeux. Je suis si peu concentrée que je lâche la table au moment où Théo tire dessus et j'atterris droit sur ses genoux. Je ne perçois plus que sa chaleur, le renflement de son bas-ventre contre mon jean et son odeur d'huile essentielle durant un moment particulièrement intense. Jusqu'à ce que je prenne conscience de la situation et bondisse sur mes pieds.

— Excuse-moi ! Je ne voulais pas faire ça !

Rouge comme une tomate, Théo sourit avant de passer une main dans ses cheveux.

— Ce n'est pas grave. Rien de cassé.

À ces mots, il se penche brusquement vers l'avant et pousse le bouton, qui glisse en douceur.

— Tu vois ? C'est même réparé, dit-il en m'adressant un clin d'œil.

J'ai l'impression de fondre sur place et que mon sang s'est réchauffé de plusieurs degrés. J'attrape mon sac et me précipite vers la porte.

— Je suis désolée ! je lui glisse en me sauvant.

Je recommence à respirer seulement une fois parvenue dans l'espace sécurisé de ma chambre et allongée sur mon lit. Que vient-il de se passer ? J'ai quitté le studio en trombe comme une enfant sans donner la moindre explication. Théo doit être complètement dérouté. Ce sera un vrai miracle s'il ne m'en veut pas. Grace ne se serait jamais carapatée de cette façon. Elle aurait sorti une petite réplique bien sentie. Ou alors, elle aurait profité de ce moment pour embrasser Théo.

La température de mon sang monte soudain. L'odeur de Théo imprègne encore mes vêtements. Son corps était tellement chaud, tendu. Je revois chaque muscle de ses bras et la courbe de ses hanches quand je ferme les yeux…

Rouge et troublée, je m'oblige à m'extraire de cette étrange rêverie. Est-ce que je n'ai pas mieux à faire que de fantasmer sur le garçon qui me fait craquer ? Histoire de me distraire, je m'installe à mon bureau pour travailler, mais l'odeur de Théo m'empêche de réfléchir. Je finis par sortir mon cahier de poésie.

Je n'écris pas de poèmes, en général. Après

l'arrestation de papa, maman a décrété que c'était une perte de temps. Elle a brûlé chaque carnet dans lequel elle en a trouvé. Alors, j'ai appris à les dissimuler dans les couvertures de mes manuels scolaires, sur des bouts de papier fourrés dans mes poches, ou sous forme de graffitis sur les murs des toilettes de l'école.

Déterminée à pulvériser les scores de la compétition universitaire à Mountford dès le premier semestre, j'ai mis la poésie de côté afin de consacrer tout mon temps aux études. Mais voilà que je me surprends à griffonner sur mon carnet des vers au hasard, des mots qui forment des images.

« Tendre et douce comme le printemps qui arrive,
Sa gentillesse fait pousser des racines et des feuilles en forme d'ailes
Un aigle doré, roi des cœurs et des esprits, fend l'air
En contrebas vole un moineau à l'aile blessé
Il l'enserre doucement dans ses serres
Fort et bien réel
Et ainsi le blessé guérit-il. »

Une fois couchés sur le papier, je comprends que l'aigle doré, c'est Théo, et que le moineau, c'est moi, avant de grimacer. Pourquoi m'être affublée d'une aile blessée ? Perturbée que mon cerveau n'ait pas de réponse toute faite à cette question, je glisse ce poème dans le carnet à la couverture noire à fleurs violettes équipée d'une serrure dans lequel je conserve tous les autres. Je cache ensuite la clé sous ma chemise au bout d'une fine chaîne et regagne ma chambre. Étonnamment, Charlotte n'est pas là. Elle m'avait vaguement parlé d'une fête. Je l'ai vue envoyer un texto à un certain Nate. Elle doit être occupée avec lui. Je suis contente pour elle qu'elle ait trouvé quelqu'un qui lui plaise, mais un peu jalouse. Si seulement il était aussi facile pour moi de fréquenter des garçons. J'aurais plus d'expérience et je ne me serais pas sauvée du studio de Théo comme un poulet à qui on a coupé la tête.

Le soleil est depuis longtemps couché. Il est une heure du matin. Je me mets en pyjama – un débardeur gris et un caleçon confortable. Mon regard se tourne malgré moi vers le placard de Charlotte ; des caracos roses avec des volants et des combinaisons en soie de toutes les couleurs. Grace doit avoir des pyjamas trop mignons avec des personnages de dessins animés et aux couleurs savamment désassorties. Je contemple mon haut terne et m'écroule sur mon lit.

L'odeur de Théo et les images de son corps me reviennent encore plus facilement en mémoire, dans la pâle lumière de ma lampe de chevet. Le rouge aux joues, je laisse errer mes doigts. J'ai beau être naïve, je sais me donner du plaisir. Au lycée, c'était surtout de l'expérimentation, une sorte de libération mécanique de mes hormones d'adolescente. Mes hormones n'ont pas changé, mais mes sensations sont totalement différentes, cette fois. Je n'ai jamais éprouvé une telle attirance pour un garçon. La pièce devient plus chaude et moi de plus en plus essoufflée.

* * *

Je lève la tête vers la fenêtre d'Alice en m'insultant intérieurement. J'aurais dû écouter Trent et partir tôt. Au moins, la résidence des filles serait encore ouverte.

Maintenant, je vais devoir procéder à l'ancienne. Tout ça parce que j'ai voulu discuter un peu avec ce golden boy de Théo. J'attrape un caillou et le lance, mais loupe ma cible. La vodka et mon altercation avec la bimbo et son mec à la fête ne m'aident pas vraiment. J'en jette un deuxième, puis un troisième en maudissant l'architecte d'un autre temps qui a donné trois étages à ce bâtiment. Alice vit au deuxième. Sa chambre est la neuvième sur la gauche. Elle ne dort pas ; la douce lumière d'une lampe éclaire sa fenêtre. Elle ne répond pas à mes SMS bizarrement. Elle doit être plongée dans la vie de ce furieux d'Alexandre le Grand ou en train d'étudier je ne sais trop quoi. À moins qu'elle m'en veuille de lui avoir dit de se calmer ? Mais j'ai besoin de mes devoirs, et tout de suite. Je ne vais pas me coltiner une sale note alors que la fille la plus intelligente de la fac pourrait m'obtenir un dix-huit sur vingt.

Je repère de curieuses petites saillies en pierre sortant des murs et en attrape une. Grâce à ces pierres et au tuyau d'évacuation bien accroché, je parviens à me hisser à deux mètres avant de tendre la main pour frapper à la fenêtre. Ce que je ne fais finalement pas parce que mes yeux surprennent alors quelque chose et que je manque m'étouffer.

À travers le rideau transparent, j'aperçois Alice allongée sur son lit, son débardeur gris remonté sur ses seins et la main dans son caleçon. Ses cheveux dorés sont étalés sur son oreiller. Des mèches encadrent ses joues rougies. J'ai l'impression d'être un sale pervers, mais je n'arrive pas à détourner le regard de sa poitrine parfaite et de ses hanches tremblantes. Si quelqu'un me tuait là maintenant, mon fantôme materait cette scène pour l'éternité.

Ce n'est pas le spectacle de sa jouissance qui me cloue sur place ; c'est qu'elle soit aussi jolie alors qu'elle se donne du plaisir. Sans son air hautain, ses lunettes et ses chignons stricts insensés, elle est carrément sublime. Un tableau vivant de l'un de ces vieux peintres de la Renaissance, avec sa peau laiteuse, ses courbes douces et sa beauté de déesse tombée du ciel. Un bonnet C ? Non, D, plutôt. En tout cas, ses seins sont énormes et parfaitement ronds, et leurs tétons roses tellement mignons que c'en est presque insupportable. Sa taille n'est pas petite, mais du gabarit idéal pour la prendre entre mes mains. Ses lèvres sont entrouvertes et ses yeux fermés. Les mecs de son lycée devaient être carrément à côté de leurs pompes pour ne pas l'avoir remarquée. Il faudrait enfermer Théo parce que c'est carrément taré de préférer Grace à Alice. Ses jambes longues et musclées s'entortillent dans les draps. Je les imagine serrées de part et d'autre de mon dos comme des chaînes en ivoire auxquelles je ne tenterais jamais, *jamais* d'échapper. Elle sait très bien se donner du plaisir malgré son inexpérience – chacun de ses gestes la fait haleter un peu plus.

Mon sexe bien réveillé tend le tissu de mon pantalon. Si j'étais encore dans les vapes à cause de l'alcool il y a cinq minutes, je suis bel et bien revenu à la réalité. Mais je me tiens sur des morceaux de plâtre de cinq centimètres d'épaisseur. Alors j'attrape le tuyau d'évacuation et redescends doucement. Une fois en bas et bien en sécurité, je m'appuie contre le mur en haletant, mais hilare quand je m'aperçois que je bande encore comme un taré alors que j'ai failli mourir. Elle est juste au-dessus de moi. Alice Wells, vive comme l'éclair et belle comme un putain de tableau, à se faire jouir toute seule avec ses longs doigts que j'ai tenus dans la voiture. Je contemple en gémissant la main qu'elle a frôlée avant de baisser ma braguette. Je secoue la tête.

— Merde... Mais qu'est-ce que je fous ?

J'allais vraiment me masturber là, sous sa fenêtre ? Ce serait vraiment super flippant et bizarre de faire un truc pareil. Alice attend de moi que je lui apprenne des choses, pas que j'en tire avantage. Et me caresser en fantasmant sur elle reviendrait à me servir d'elle. Je lui ai promis de ne pas chercher à coucher avec elle. Dès le premier jour. Me toucher en pensant à elle serait aussi mal que de rompre ma promesse.

Mais elle serait carrément sublime, sous moi. Je la rendrais folle de plaisir pendant qu'elle me rendrait la pareille. Ou peut-être qu'on le ferait à tour de rôle, allez savoir. Ma queue en a clairement envie, en tout cas. En dépit de son insolence et de son mauvais caractère, il y a un côté doux, chez Alice. Celui qu'elle réserve à Théo. Je l'ai vue rougir. Et plus que ça, j'ai vu quels efforts elle est prête à fournir pour le séduire. Une fille qui n'a jamais embrassé personne devrait être complètement terrifiée et mal à l'aise à l'idée de prendre des cours avec moi. Mais Alice s'oblige à les suivre malgré tout. Elle est capable d'aller aussi loin que ça pour le type sur qui elle craque. Elle pourrait tout sacrifier pour lui : son confort, sa peur, voire sa précieuse dignité. Aucune meuf ne ferait ça pour moi.

Je ris en m'ébouriffant les cheveux. Je ne suis pas le style de mec pour qui une fille ferait ce genre de chose. Elles ne m'aiment pas. Elles me désirent. Je peux les sauter, mais je n'ai pas le droit à plus. Pas à de la douceur ni à des histoires de cœur. Elles ne restent jamais pour le petit déjeuner, ou elles me virent avant. Elles sentent que je suis capable de foutre leur vie en l'air. Du coup, elles me tiennent à distance, ce que je ne saurais leur reprocher. Je ne voudrais pas gâcher leur vie comme je gâche la mienne. Comme mon cher père le disait : « Le seul endroit où tu iras dans la vie, c'est tout droit en taule, espèce de petit con. »

Je secoue la tête. Je suis un crétin. Et rester là sous cette fenêtre prouve que je suis également un sacré pervers. Je finis par rentrer chez moi. Je franchis en titubant la porte de mon appartement et longe le comptoir de la cuisine jonché de bouteilles de bière et de vin, de macaronis et de canettes vides de Monster Energy. Des manettes de Xbox traînent un peu partout dans le salon. Je passe discrètement devant la chambre de Miranda et Seth, puis celle de Trent, avant de m'écrouler sur mon lit. Le plafond blanc est une scène de théâtre sur laquelle mon esprit rejoue certains souvenirs. Alice. Les cheveux d'Alice, la courbe de ses hanches frémissantes, le bout luisant de ses doigts...

Je défais mon pantalon et commence à me masturber férocement. Mon sexe ne résiste pas longtemps à ce traitement.

— Désolé pour ça, Princesse, ai-je la décence de dire.

Une dernière vision de son ravissant visage rouge et rayonnant, et je jouis dans ma main.

5

Ranik m'envoie un texto dans la matinée pour me donner rendez-vous à l'extérieur du bâtiment F. Il a besoin de récupérer ses devoirs pour sa première heure de cours. Je le rejoins en courant et arrive essoufflée au niveau de la table en fer forgé qu'il m'a indiquée. Il paraît aussi détendu et arrogant qu'à son habitude dans sa veste en cuir et son jean déchiré.

— Tiens, je dis en lui tendant l'enveloppe en papier kraft. Tu trouveras deux dissertes en double exemplaire, pour tes archives personnelles.

Ranik sort son petit déjeuner – un burrito – de son blouson, puis quelques pages du dossier. Ses yeux scannent les premières lignes. Il sourit aussitôt.

— Un vrai miracle... On dirait que c'est de moi.

— Sans l'affreux accent, je corrige avant de m'asseoir en face de lui.

— Quoi ? Tu ne trouves pas mon accent de Louisiane charmant ?

— Je ne trouve rien de charmant chez toi, en

dehors de la perspective que tu me laisses bientôt tranquille.

Il secoue la tête, hilare. Ses cheveux sombres retombent devant ses yeux.

— Dis-moi… Est-ce que ça te dirait d'aller à la plage ?

— Tu n'es pas sérieux…

Ranik sourit d'un air satisfait tout en mordant dans son burrito.

— Carrément.

Je remonte mes lunettes sur mon nez et lance un regard noir à mon *chai latte* et mon muffin au chocolat.

— Tu m'as obligée à interrompre mon repas préféré de la journée pour m'emmener à la plage ?

— Le p'tit déj ch'est ton r'pas préféré ? reprend gracieusement Ranik, la bouche pleine.

— Ne change pas de sujet, j'assène. Je ne peux pas flemmarder à la plage avec toi.

Il écarquille les yeux.

— Pourquoi ? Ce serait pour apprendre, promis. Les belles journées ensoleillées d'octobre ne durent pas toujours, Princesse. Tu les regretteras quand on se retrouvera coincés à l'intérieur avec de la pluie et des nuages vingt-quatre heures sur vingt-quatre.

— Je ne peux pas y aller, je répète d'une voix neutre.

— Mais si…

— Je n'en ai pas envie, dans ce cas, je réplique d'un ton cassant.

Ranik soupire et s'assoit en arrière tout en roulant l'emballage de son burrito en boule.

— Je n'ai jamais connu de fille qui détestait la

plage. Même les ravissantes intellos aiment lire allongées sur le sable.

— J'adore lire allongée sur le sable. Je n'aime juste pas... l'océan.

Et je ne supporte pas de me mettre en maillot de bain devant des garçons.

Ranik hausse les épaules.

— Pourquoi ? Tu as peur que quelqu'un se foute de toi ?

Je tressaille. Ranik souffle et poursuit :

— Une espèce de tête de nœud s'est déjà moquée de toi à la plage ou un truc du genre ?

— Non. Et ne dis pas ce mot là.

— Lequel ? Nœud ?

Je deviens écarlate. L'air perplexe de Ranik s'affirme un peu plus tandis qu'un sourire lui monte aux lèvres.

— Très bien. Je trouverai un autre lieu pour notre cours.

Il se range à ma décision si brusquement que j'en reste sidérée.

— Tu n'es pas curieux de savoir pourquoi je n'aime pas ça ? je lui demande.

— Si. Mais ce sont tes affaires. Je déteste fourrer mon nez dans la vie des autres.

— Tu détestes surtout que les autres fourrent leur nez dans les tiennes, je crois.

Il ne dément pas. Je me moque.

— J'ai du mal à imaginer que Ranik Mason, maître-chanteur et coureur de jupons invétéré, puisse être discret.

— Pourquoi, chère petite reine de glace ? Qu'essaies-tu de dire ? rebondit-il avec des yeux pétillants. Aucun règlement ne stipule qu'un type ne peut pas être à la fois un infâme personnage et quelqu'un de secret. Je n'abats pas les cartes de mon jeu comme ça, c'est tout.

— Mathers ne te contredirait pas.

— Mathers a eu ce qu'il méritait. Il a déjà harcelé ses étudiantes les plus brillantes l'année dernière.

— Ah ! oui ? c'est vrai ? Tu étais déjà là à ce moment-là. J'oublie tout le temps que tu es en troisième année. Sans doute à cause de ton immaturité.

Au lieu de paraître blessé ou vexé, Ranik rit.

— Mais oui, c'est ça. C'est moi, l'immature.

— Pourquoi tu rigoles ? C'est la vérité.

Ses pupilles cernées de doré sont rivées sur moi. Le soleil du matin ombre sa mâchoire bien dessinée.

— Ce n'est pas moi qui ne peux pas prononcer le mot « bite » sans passer par quatre variantes de rouge différentes.

— Je peux tout à fait le dire : pénis, pénis, pénis.

— Ah, non ! Ce n'est pas pareil. « Pénis » est un terme scientifique, mais pas « bite ». Parce que ça sonne plus… réel, commente Ranik avec un petit sourire narquois. Plus… sale.

Ranik se penche vers moi. Son visage se retrouve à quelques centimètres du mien. La chaleur de son corps est pratiquement insupportable.

— Je rêve ou tu rougis ? Nan… Je n'ai quand même pas réussi cet exploit alors que nous n'avons pas eu de conversation sexuelle digne de ce nom, si ?

— Tu n'as rien fait du tout. Et je ne suis pas immature au point de ne pas pouvoir prononcer un mot ridicule à voix haute.

— Alors, fais-le, murmure Ranik, la voix soudain

plus profonde. Ici, maintenant. Allez. Prouve-moi que j'ai tort.

J'inspire à fond en essayant d'oublier la séduisante odeur de cigarette et de pin qu'il dégage.

— Bbb... b... j'ânonne avant de refermer aussitôt la bouche et de me mordre la langue.

Ranik se laisse tomber en arrière et s'assoit avec un rictus éclatant aux lèvres.

— C'est bien ce que je pensais. Tu peux jouer les dures à cuire, mais tu es pure.

— Pure ? je me hérisse. Je ne suis pas de l'eau minérale. Je suis un être humain. Je suis juste moi.

— Intelligente comme pas deux et sur la défensive parce que des gens ont dû se comporter comme des cons avec toi quand tu étais plus jeune. Et magnifique, aussi, mais tu préférerais mourir que d'entendre quelqu'un te dire une chose pareille, je me trompe ?

Mon regard pourrait couper du diamant, mais il me vaut un simple ricanement.

— Donc, pas de plage. Que penses-tu d'un dîner, dans ce cas ?

— Quel genre de dîner ?

— Le genre où on met de la nourriture dans sa bouche.

— Ha ! ha ! j'éructe, pince-sans-rire.

— Je connais un endroit à l'angle de la Quinzième et de la rue Jersey. Un resto italien, mais pas... pas trop sophistiqué. On pourra tester la façon de se comporter pendant un rencard ou un truc du style.

— Je connais parfaitement les règles de la bienséance à table, je rétorque en reniflant.

Ranik se frappe le front.

— Je n'en doute pas un seul instant ! Mais est-ce

que tu sais de quoi discuter avec un mec en dehors de la floriculture en Amazonie et de la température qu'il fait sur la Lune ?

— Entre moins cent et moins cent cinquante degrés Celsius, je réponds sans hésiter.

Ranik secoue la tête.

Je soupire.

— Bon, tu as raison. À quelle heure on se retrouve là-bas ? je demande.

— Dix-neuf heures trente. Habille-toi comme tu veux. Mais rien de trop secrétaire, dac ?

— Je ne porte pas de tenue de *secrétaire*.

— Tu portes un chemisier et une jupe avec des lunettes et un chignon, Princesse. On dirait Pepper Potts.

— C'est mal ?

— Pas du tout ! Ça te va carrément bien, même. C'est juste... que ce n'est pas une tenue pour un rencard. Ce n'est pas comme ça que Théo aimerait te voir. OK pour un chemisier, mais coloré, si tu as ça.

Ranik se lève et lance vers la poubelle l'emballage du burrito, qui dessine un arc gracieux avant de retomber pile à l'intérieur. Un cri retentit alors, puis une masse indistincte dorée aux lèvres boudeuses attrape Ranik par le bras.

— Super tir, champion !

Kara, la capitaine des pom-pom girls et la fille la plus courtisée du campus, sourit avec des dents d'une blancheur aveuglante et une bouche impeccablement couverte de gloss.

— Tu m'as observé durant tout ce temps ? ricane Ranik en lui tapotant le nez pour plaisanter. Sale gamine...

J'imite un haut-le-cœur, qui n'échappe pas à Kara. Son regard dégage un dédain non dissimulé.

— Pardon ? dit-elle en toussotant.

J'attrape mon *latte* et vais jeter à la poubelle le reste de mon muffin.

— Je ne voudrais pas m'imposer dans cette stimulante conversation.

Kara plisse le nez. Ranik sourit un peu plus. Il me salue en plaquant deux doigts sur le côté de son front.

— On se voit plus tard, Princesse.

La voix haut perchée de Kara me transperce les oreilles tandis que je m'éloigne.

— Princesse ? Pourquoi tu l'appelles comme ça ?

Je tressaille. Je déteste ce surnom. L'insistance de Ranik à l'utiliser m'énerve au plus haut point. Même si c'est toujours mieux que Robot. Garce. Madame-Je-Sais-Tout. Sans cœur.

J'aperçois alors Théo en train de traverser la cour. Ses cheveux dorés brillent dans la lumière du matin et son sourire est aussi étincelant que le soleil lui-même. Il me repère et me salue de la main avec un air réjoui. Une douce chaleur se répand dans ma poitrine au moment où je lui réponds. Mais j'aperçois alors à ses côtés une fille aux cheveux sombres, qui attire aussitôt son attention grâce à une plaisanterie sans nul doute bien sentie. Grace... Je les contemple traverser la pelouse et disparaître derrière le bâtiment Harrow. Je me rends compte que je suis plantée au beau milieu du trottoir lorsque quelqu'un me rentre dedans.

— Merde, lâche une fille en veste en cuir.

Son regard félin me toise avant de se détourner rapidement.

— Excuse-moi, je ne t'avais pas vue. Tu te fonds dans le décor.

Elle a des cheveux rose vif. On dirait une pop star en chewing-gum. Elle a un petit sourire amusé aux lèvres. Je jette un coup d'œil à mon chemiser beige et à ma jupe brun clair. Ma tenue est effectivement de la même couleur que le trottoir, que les bâtiments et que la fontaine.

Je suis terne. Un robot sans intérêt. Je serre les poings et tourne les talons.

***

Confession : je n'ai jamais eu de rencard avec une fille.

Mais si jamais quelqu'un pose la question, Alice Wells en particulier, j'en ai eu cent. Mille. J'en ai tellement eu que même le Bachelor, à côté, passerait pour un vrai crétin.

Je n'ai jamais invité aucune fille à un dîner vu que les nanas que j'attire veulent juste coucher avec moi et je n'ai jamais eu le cœur de leur dire non. Alors cette histoire de rencard est bizarre pour moi. Inédite. Je suis attablé avec trente minutes d'avance (trente minutes ? La vache, mec !). J'étais si nerveux que j'ai oublié de regarder l'heure avant de partir de chez moi. J'ai pris une douche, je me suis habillé et j'ai filé en pensant que j'étais en retard, qu'Alice attendrait là, toute seule, qu'elle finirait par en avoir marre et qu'elle détalerait.

Je soupire et pose ma tête dans le creux de mes bras sur la jolie nappe. Je suis ultra stressé alors qu'il s'agit juste d'une leçon de plus. D'un faux rencard !

Pourtant, ça se voit au premier coup d'œil. Le serveur m'a demandé deux fois si j'allais bien. J'ai menti et répondu par l'affirmative entre mes mâchoires serrées, mais ça n'est pas le cas. Je suis pâle et j'ai les mains moites. Ce que je ne peux pas laisser transparaître. Alice espère que je sois un bon prof. Alors, je vais me comporter comme d'habitude et faire ce qui m'a toujours permis de tenir le coup dans la vie : simuler.

Je me sens tellement nerveux que je remarque que ma fourchette est tombée seulement lorsque le garçon m'en apporte une propre.

— Désolé, fais-je timidement.
— Vous attendez quelqu'un ?

Le type me sourit avec un air entendu. Il doit avoir une cinquantaine d'années, d'après ses cheveux grisonnants et sa posture pleine de maturité.

— Vous êtes d'une nervosité...
— Ouais...

Je m'interromps avant de dire « nerveux comme jamais ». Prononcer ces paroles à voix haute les rendrait juste plus réelles. Je dois faire comme si ce n'était pas vrai, et vite.

— Je dîne avec une amie.
— Elle doit être charmante.

Je ris.

— Vous ne pouvez pas savoir à quel point. Mais nous ne jouons pas dans la même catégorie, elle et moi.

Le serveur regarde ma jambe, qui tressaute de nervosité, avant de sourire.

— J'ai quelque chose qui pourrait vous aider. Donnez-moi juste une minute.

Il revient avec un verre, qu'il pose devant moi.

— C'est notre spécial premier rendez-vous, explique-t-il. Cela calmera vos nerfs et facilitera la conversation, faites-moi confiance.

— Euh… ce n'est pas un rencard, c'est…, je bredouille avant de renoncer à me justifier. Merci. Je vous revaudrai ça.

— Un pourboire suffira, monsieur.

Je ris à mon tour.

— Personne ne m'a jamais appelé de cette façon.

— Parce que vous n'allez pas souvent au restaurant, je présume.

La voix de ce gars est apaisante et douce. Comme celle du père bienveillant que je n'ai pas eu.

— Pas des restaurants chics comme celui-là, en tout cas. Ce n'est pas vraiment mon style. Je suis plus kebab que caviar, si vous voyez ce que je veux dire.

— Vous semblez tout à fait à votre place, ici, monsieur.

— Ha ! La flatterie vous mènera loin, je me moque avant de prendre une gorgée du cocktail.

Délicieux et chaud, l'alcool glisse sans difficulté. Mes muscles se détendent aussitôt.

— Hé ! C'est vraiment bon ! Merci.

Le serveur sourit avant de se diriger vers une autre table. Je me retrouve seul à attendre. J'ignore depuis quand j'ai fini mon verre, quand mes jambes ont arrêté de tressauter ou combien de temps a passé quand Alice fait son entrée. Contrastant avec toutes les femmes âgées en tailleur, elle illumine la pièce tel un phare – ses cheveux dorés sont relevés en une queue-de-cheval lâche et ses joues sont roses. Elle ne porte pas de robe, mais un chemisier rouge simple et une jupe en dentelle absolument adorable. Cette tenue n'a rien à voir avec celles qu'elle met d'habitude. Alice semble d'ailleurs mal à l'aise, car elle grimace de façon étrange tandis que l'hôtesse d'accueil la conduit à ma table.

— Salut ! je lance en bondissant sur mes pieds.
— Salut, murmure-t-elle.

Elle observe la salle autour d'elle – le sol, le plafond, son sac à main. Tout, sauf moi. Je mets quelques secondes à m'accoutumer à la vision de cette fille totalement différente de la reine de glace habituelle.

— On pourrait s'asseoir ? Mes chaussures tentent de m'assassiner, me demande-t-elle.
— Bien sûr ! je réponds avant de me précipiter vers elle pour reculer sa chaise.

Elle me regarde alors enfin, le sourire aux lèvres.
— Quelle courtoisie !
— C'est uniquement parce que Théo ferait pareil, je bafouille.

Elle rit dans un son de clochette cristalline. Je me fige.
— Qu'est-ce qu'il y a ?
— C'est la première fois que je t'entends rire spontanément, j'explique en regagnant ma place et en posant ma serviette sur mes genoux comme ma grand-mère me l'a appris.
— Et la dernière, marmonne-t-elle en rougissant.
— Ah ! et tu es ravissante, au fait. Vraiment.

Elle devient un peu plus écarlate.
— C'est bon, n'en fais pas trop.
— Leçon trois, je soupire. Quand un mec te fait un compliment, il le pense. Théo te fera beaucoup de compliments vu qu'il est du genre gentil. Alors,

accepte-les gentiment. Dis merci au lieu d'être sur la défensive, si tu veux qu'il t'apprécie.

Le visage d'Alice se crispe. Le serveur arrive vers nous. Elle commande un Shirley Temple.

— Un Shirley Temple ? je relève en me retenant de rire.

Alice affiche un air royalement offensé à cette question.

— Quelque chose ne va pas avec ce cocktail ?

— Non, le Shirley Temple est un cocktail sans alcool absolument charmant. Mais je t'imaginais prendre quelque chose de plus adulte, comme un thé glacé.

— Je vais demander un thé glacé, dans ce cas, se vexe-t-elle.

— Non ! C'est bon... Choisis ce que tu veux.

— Mais Théo trouvera ça immature.

— Non. C'est juste...

Je jette un coup d'œil au garçon.

— Enfin si. Peut-être qu'il jugera ça un brin décalé.

Le serveur fixe respectueusement le vide entre nous. Je commande une pizza Margherita. Alice opte finalement pour le Shirley Temple et du saumon à l'italienne. Elle me lance un regard noir alors que le type s'éloigne.

— Bon. Les compliments, c'est la leçon du jour ?

— En partie, ouais. Mais passons à la pratique. Je vais te faire beaucoup de compliments et tu vas les accepter avec plaisir. Ou, du moins, essayer de le faire.

Elle grignote un morceau de pain et attend, les yeux écarquillés comme un lapin surpris dans la lumière des phares.

— Tu es adorable, je commence.
Alice sursaute, gênée.
— Non, pas du tout.
— Ha ! ha ! Qu'est-ce que j'ai dit sur la gratitude ?
— Mais je le pense sincèrement...

Elle n'a pas besoin de terminer sa phrase pour que je devine ce qu'elle s'apprête à dire. Elle ne se trouve pas mignonne. Malgré son côté rentre-dedans et ses manières de dure à cuire, Alice a une mauvaise estime d'elle-même. Certaines personnes de son entourage ont dû lui fourrer ça dans le crâne, et bien profondément, probablement à l'adolescence.

Alice triture nerveusement son morceau de pain, gratte la nappe du bout des ongles, et finit par se griffer la main en poussant un cri. Je tends aussitôt la mienne.

— Hé ! Regarde-moi, Princesse. On se calme, d'accord ? Je comprends. Tu as du mal à t'aimer. Je sais. Mais tu ne pourras pas aimer quelqu'un si tu ne t'aimes pas d'abord. Tu ne pourrais pas être présente à cent pour cent pour quelqu'un d'autre, dans ce cas-là. Ce ne serait pas juste vis-à-vis de l'élu de ton cœur.

Alice lève la tête et tourne ses yeux vers les miens.
— Tu n'aimerais pas faire ça à Théo, n'est-ce pas ? je demande doucement.

Elle secoue la tête très fort.
— Non, bien sûr. Je veux être la meilleure des petites amies pour lui. Je ferais tout pour le rendre heureux.

Son ton transpire la modestie et la dévotion. Une vague de jalousie déplacée monte et descend le long de ma colonne vertébrale. Je retire ma main de la sienne et la repose à sa place – loin d'Alice.

— Tu ne vois pas l'essentiel. Tu dois commencer par être heureuse. Ensuite, s'il n'est pas trop con, Théo sentira que tu es heureuse et il le sera lui aussi. C'est comme ça que ça fonctionne. Les gens qui s'aiment sont contents du bonheur de l'autre.

— Pour quelqu'un qui n'a jamais vécu de relation sérieuse, tu sembles bien renseigné sur la question, commente-t-elle en fronçant les sourcils.

Je prends un peu d'eau pour détendre le nœud au fond de ma gorge et écarte ses propos d'un haussement d'épaules nonchalant.

— C'est juste que... j'en vois beaucoup. Je sais ce qui marche et ce qui ne marche pas.

Alice ne paraît pas convaincue. Elle retire sa serviette de ses genoux et se lève.

— Je vais aux toilettes.

— Au bout du couloir à gauche, dit le serveur, qui vient de réapparaître près de notre table avec nos boissons.

— Merci beaucoup, lui répond Alice, lumineuse, avant de s'éloigner.

— Eh bien, commente aussitôt le garçon dans un claquement de langue. Elle est vraiment ravissante et gracieuse. Vous en avez de la chance, monsieur.

Le nœud au fond de ma gorge gagne mon cœur. Je m'oblige à sourire.

— Nous ne sommes pas ensemble. C'est juste une amie.

Le type opine de la tête en signe de sympathie.

— Je comprends. Elle devrait facilement trouver un autre gentleman digne d'elle, dans ce cas.

J'avale d'un trait le restant d'eau et repose mon verre un peu trop fort. Le serveur se contente de me resservir en silence avant de s'éloigner. Alice revient. Elle semble revigorée.

— Alors..., lance-t-elle tout en sirotant son Shirley Temple avec un sourire de plaisir.

— Reprenons là où nous en étions.

— Tu parles des compliments ? reprend-elle, plus sérieuse.

— Oui. Recommençons.

Elle s'arme de courage, attrape son verre et m'adresse un regard aussi vif qu'un rayon laser. Je me sens presque nerveux, tout à coup. C'est cette formidable capacité de concentration qui doit lui valoir toutes ces notes hallucinantes.

— Tu es mignonne, je balance. Vraiment mignonne.

Elle se contente de cligner des yeux une fois sans rien lâcher. Je décide d'y aller un peu plus fort. Je bascule en arrière sur ma chaise en affichant mon sourire le plus irrésistible – celui qui fait généralement voler les petites culottes.

— Tu sais quoi ? Plus je te regarde et plus je me dis : putain, n'importe quel mec tuerait pour avoir ce charmant petit oiseau dans son lit.

Ses lèvres se serrent, mais Alice reste calme. Je pouffe de rire avant de passer la vitesse supérieure et lui déballer tout ce que je pense vraiment.

— Excuse-moi de te balancer ça comme ça, Princesse, mais tu es adorable. Je me doute que ce mot ne te plaît pas, que tu préférerais « élégante » ou un truc du genre. Bon, d'accord, tu l'es aussi. Tu es beaucoup de choses, d'ailleurs. Mais vu que la plupart des compliments que tu reçois doivent être sur ton intelligence, je n'en ferai pas. Tu sais que tu es futée. En revanche, tu ignores que tu es à tomber. Alors, laisse-moi te le dire cash : ton visage est le plus sexy que j'aie jamais vu.

Elle râle intérieurement, mais ses joues rosissent. Elle lutte contre l'envie pressante de me répondre : « pas du tout, espèce de crétin ! », avec toute la morgue dont elle est capable. Je continue de parler.

— J'adore le regarder. Ces longs cils, ce petit nez mutin, ces lèvres douces comme le péché… Je m'imagine parfois en train de les embrasser.

Ses joues deviennent écarlates. Alice reste muette, les yeux ronds comme des billes. Je me fige ; l'authenticité de mes propos ratatinent lentement toute ma virilité. Mais je suis un putain d'expert, alors je reste impassible et fais sournoisement machine arrière.

— On dirait les conneries bien tartes que Théo pourrait balancer, tu ne trouves pas ? dis-je en ricanant. Il doit adorer ce genre de réplique tout droit sortie d'une comédie romantique. Quel ringard…

Mon rire rompt le charme qui avait saisi Alice. Elle plisse le front tandis que ses joues redeviennent pâles.

— Oui… Il dirait sûrement quelque chose de passionné et touchant de ce genre.

Nos plats, qui arrivent alors, empêchent la nausée qui monte au fond de ma gorge de me submerger. Passionné. Touchant. Ces mots semblent amers, et surtout ils ne s'adressaient pas à moi. Mais ils me font néanmoins chaud au cœur, et légèrement tourner la tête. Je ne suis pas qu'un « super coup » comme les filles le prétendent. Pendant une seconde, j'ai été « passionné et touchant ». Alice l'a affirmé. Durant une seconde, j'ai été une vraie personne et pas l'éternel mec d'un soir qu'on balance comme un kleenex après usage.

— Je m'en suis bien sortie ?

La question d'Alice me détourne de ma stupeur. Je tousse et attaque une part de pizza.

— Tu t'en es super bien tirée, je lui assure aussitôt avant de fourrer un morceau dans ma bouche pour m'éviter de déraper une nouvelle fois.

Je lui réponds la bouche pleine, pour lui rappeler que je ne suis pas Théo :

— Par « bien tirée », je voulais dire que tu ne m'as pas envoyé bouler.

Elle se contente de plisser le nez avec un air goguenard.

— Seule une grande gueule comme la tienne peut formuler des phrases cohérentes la bouche pleine d'hydrates de carbone.

J'avale et souris alors que je n'en ai aucune envie.

— Que veux-tu, je suis doué avec ma bouche...

Je pensais l'écœurer, mais ses yeux pétillent lorsqu'elle introduit délicatement un petit morceau de saumon entre ses lèvres.

— Ha ! ha !...

— Un talent développé grâce à des années de...

— Travail harassant ? suggère-t-elle.

— Harassant ! je rétorque en la pointant du doigt. Exactement !

— N'importe quoi ! se moque-t-elle avant d'engouffrer la moitié de son poisson. Tu fois ? On peut le faire même fans enfraînement...

Je l'avais toujours vue manger par petites bouchées d'une manière très snob.

— C'est parce que tu apprends vite. Et parce que tu as pu m'observer moi, le plus grand champion de la discipline de tous les temps.

— C'est ton titre officiel ? me demande-t-elle d'un ton amusé. On te rémunère pour ça ? Où est ta couronne ?

— On me paie avec des sourires.

— Bien sûr ! Des sourires... La monnaie officielle des playboys du monde entier.

— Ouh là, Princesse, je ne suis pas un playboy !

— La deuxième fois qu'on s'est parlés, deux culottes sales traînaient dans ta voiture.

— Bon... OK. D'accord, j'aime les femmes et elles m'aiment bien. Si c'est un crime, passe-moi les menottes.

— C'est ce qui va t'arriver un jour, j'en suis certaine.

Elle rit à ces mots, mais ils percent un trou béant en moi. J'agrippe la nappe comme si elle pouvait m'empêcher de décoller, de flotter à cause de la colère brûlante sur le point de me faire exploser la tête.

— Tu vas bien ? me demande alors Alice d'un ton inquiet. Excuse-moi si je t'ai contrarié...

J'oblige chacun de mes muscles à se détendre. *Du calme, Ranik. Calme-toi... Alice ne sait rien de ton passé. Elle n'est pas au courant pour tes parents. Elle a juste dit ça comme ça. Elle est innocente et naïve. C'est Alice Wells et tu l'aimes bien.*

— Désolé, je marmonne. J'ai souvent entendu ça quand j'étais gamin. C'est... douloureux.

— Oh ! s'étonne-t-elle. Pardon. Je l'ignorais.

— Je sais. Hé ! Vois-le comme une égalisation des scores. Je t'ai traitée de robot. Tu m'as balancé que je me ferais arrêter un jour. On est quittes. À partir d'aujourd'hui, on ne se sortira plus jamais des conneries pareilles et tout se passera bien.

Elle opine du chef, mais demeure sur le qui-vive comme un renard cerné par une meute de chiens de chasse. Cette tension va devoir retomber pour que ce rendez-vous lui serve à quelque chose.

— Les parents…, je poursuis en me redressant contre le dossier de ma chaise. Les gens parlent de leurs parents pendant un rencard. C'est plutôt normal.

— Intéressant…, commente-t-elle d'un ton songeur. Je retiens.

Je la vois attraper son téléphone et y écrire quelque chose. Je hausse un sourcil.

— Tu prends des notes depuis qu'on s'est retrouvés ?

Elle tourne l'écran vers moi, puis le fait défiler avec un doigt. Il y en a de pleines pages. C'est flippant. Je siffle entre mes dents serrées.

— La vache, Wells ! Tu ne déconnes vraiment pas, toi, quand tu t'y mets.

— Non, pas vraiment. Je crois que c'est d'ailleurs tout le problème, dit-elle avec une lueur malicieuse dans le regard.

Je ne peux m'empêcher d'éclater de rire.

— Bref, m'interrompt-elle froidement. Les parents.

— Toi d'abord, Princesse.

— Ma mère n'est pas la plus… chaleureuse des femmes. Nous ne nous entendons pas très bien, elle et moi.

— Ah bon ? N'importe quelle mère tuerait pour avoir une fille comme toi : intelligente, jolie…

— C'est bon, assène-t-elle. Ça suffit avec les compliments.

— Pour toujours ? je bredouille en prenant une mine de chien battu, qui ne produit strictement aucun effet.

— Absolument, pour toujours. Maintenant, si tu veux bien me laisser poursuivre...

J'acquiesce. Elle inspire à fond.

— Comme je te l'expliquais, nous n'avons pas de très bonnes relations. En fait, les seules fois où nous avons discuté et où elle semblait à moitié contente de le faire, c'est quand je rapportais de très bons bulletins.

— Que des vingt, bien sûr.

Elle me lance un regard noir – pas pour l'avoir interrompue, mais parce que j'ai raison.

— Oui.

— Mon Dieu ! C'est plutôt triste. Et maintenant, tu vas me dire qu'elle t'interdisait de faire la fête et d'avoir des potes.

Alice contemple son assiette avec une expression honteuse.

— Nan... Tu te fous de moi, là ? je souffle en levant les mains en l'air.

— Juste les fêtes, corrige Alice. Nous trouvions l'une et l'autre que c'était une pure perte de temps et que cela me distrairait de mes études. Et comme tu as pu t'en rendre compte à la soirée Thêta Delta Phi, je n'y suis pas à ma place, de toute manière. J'aurais pu avoir tous les amis que je voulais, en revanche. Mais je n'ai jamais... personne ne...

Elle s'interrompt en tortillant nerveusement sa serviette autour de ses doigts. Elle n'a pas besoin de terminer sa phrase. Elle allait dire que jamais personne ne souhaitait devenir son ami. Je soupire.

— J'ai l'impression que tu as raté le meilleur de l'adolescence, Princesse.

Voyant qu'elle ne réagit pas, je prends l'initiative la conversation.

— Et ton père ?

— Il est en prison, répond-elle aussitôt sans détour. Pour fraude fiscale. Il a pris dix ans. Maman fait comme s'il n'existait pas. Nous avons déménagé sur la côte Ouest pour fuir tout ça… enfin, plutôt pour le fuir lui.

— Tu l'aimes bien ?

Un petit sourire mélancolique lui monte aux lèvres.

— Oui. Il est le meilleur père dont on puisse rêver. Il me rapportait tout le temps des cadeaux, surtout quand il rentrait de ses voyages d'affaires. Il m'encourageait à écrire de la poésie alors que ma mère brûlait mes carnets. Il était très gentil.

Elle semble tellement heureuse en me parlant de lui que c'en est presque douloureux.

— Tu le vois, parfois ? je demande.

— Non, pas depuis que nous avons déménagé. Mais maintenant que je suis ici, je me dis que je pourrais prendre un bus pour San Francisco. J'aimerais bien y aller pour Noël.

— Tu devrais ! je m'exclame en faisant claquer ma fourchette sur la table. Et ne t'inquiète pas pour le bus. Je t'emmènerai en voiture.

Son regard s'illumine avant de s'assombrir aussitôt.

— C'est gentil de ta part de me le proposer, mais non. Le trajet prendrait une journée et il faudrait louer une chambre dans un motel, et il n'est pas question que je gâche ton Noël avec ça.

— Que tu gâches mon Noël ? Qui te dit qu'il y a quoi que ce soit à gâcher ? Je n'aurai rien de prévu à cette période, de toute manière. Mon père est dans le Mississippi, mais c'est un connard et je ne retournerai jamais là-bas. Il n'y aura que moi, Trent et le reste de la bande, à faire les andouilles pendant une semaine non-stop.

Alice paraît douter de mes propos. J'argumente :

— Écoute, ce serait vraiment sympa... ou pas, vu que ma compagnie ne semble pas des plus marrantes pour toi. Mais ce serait une super opportunité de continuer les cours ! Et je ne t'enquiquinerai pas. Je ferai mes trucs dans mon coin, juré.

— Eh bien...

— Promets-moi d'y réfléchir. Tu n'es pas obligée de me répondre tout de suite.

Alice acquiesce, puis son expression s'adoucit.

— Très bien. Je le ferai. Merci pour ta proposition.

Un vrai merci ? De la part de mon iceberg préféré ?

— Pourquoi tu as cet air satisfait ? me demande-t-elle.

— C'est la première fois que tu me remercies. J'en profite, c'est tout.

— Si j'étais du genre à faire une scène, je te balancerais mon verre au visage et je te dirais de bien en profiter !

J'éclate de rire. Le serveur arrive avec la carte des desserts. Alice ne commande rien.

— Quoi, tu as la phobie du sucre ?

Elle garde les yeux baissés.

— Non. Je suis au régime.

— Quoi ? Pourquoi ? Tu es super sexy comme ça !
— Ça ne te concerne pas, rétorque-t-elle en croisant les bras sur sa poitrine.

Je soupire et m'adresse au garçon.

— Je prendrai le machin là, la panna cotta.

Le type approuve mon choix de la tête et repart. Alice se détend avant de me poser une question.

— Alors ? J'ai cru comprendre que tu n'aimais pas beaucoup ton père ?

Une lueur méprisante traverse soudain mon regard malgré moi.

— Ouais. Il n'est pas chouette. Et donc ?

— Il me semble que le terme précis que tu as employé était « connard ».

— Écoute, Princesse, je te remercie de m'avoir livré tes petits secrets de famille, mais je préférerais garder les miens pour moi. La seule chose que tu dois savoir, c'est que mon vieux est un gros abruti. Fin de l'histoire.

Alice fait la moue du bout de ses ravissantes lèvres.

— Très bien. Même si c'est vraiment déloyal de ta part.

— Eh bien, c'est comme ça. Fais-moi confiance, Théo mettra ses tripes sur la table sans difficulté, lui. Et avec plaisir. Sa famille est un cliché de perfection parfaitement flippant. Tu n'as pas besoin de me connaître vraiment. Je ne resterai pas longtemps dans ta vie.

C'est peut-être mon imagination, mais Alice frémit légèrement en entendant ces mots. À moins qu'elle n'ait éternué. Quoi qu'il en soit, son expression se durcit de nouveau.

— Très bien. Pas de problème.

Quelque chose dans son ton me fait regretter mes paroles. Mais le serveur arrive avec mon dessert avant que j'aie pu m'excuser – un ravissant machin blanc avec du coulis de fraise. Le regard d'Alice s'illumine à sa vue.

— Tu en veux ?

Elle sirote son eau avant de hausser un sourcil.

— Non merci.

— Ah oui ! c'est vrai, ton régime... Bon, si tu n'en manges pas par gourmandise, fais-le au moins pour t'entraîner.

— M'entraîner ?

— Les amoureux se donnent à manger, parfois, pendant un rencard. Personnellement, je trouve ça crade et bizarre, mais je suis sûr que Théo ferait un truc aussi ringard. Je vais te donner une bouchée et tu vas faire semblant de ne pas détester ça, dac ?

Son regard devient suspicieux.

— Tu es sûr que les couples font ce genre de chose ?

— Certains. Dans des films à la con. S'ils sont super romantiques.

— Mais toi, tu ne l'as jamais fait.

— Non. Mais je ne suis pas super romantique, dis-je en riant.

— Alors pourquoi tu le ferais maintenant ?

— Pour t'apprendre, quelle question !

Elle fronce les sourcils, mais entrouvre les lèvres et attend patiemment. Je mets un peu de panna cotta au bout de ma fourchette et la tends en espérant qu'Alice ne remarquera ni mes mains tremblantes ni mes pensées cochonnes. Sa bouche est vraiment ravissante. J'aimerais lui faire des trucs bien coquins. Non, putain ! Je ne ferais rien qu'Alice ne me demanderait pas. Et elle ne veut pas de trucs sales. Elle veut des trucs calmes, doux et gentils de la part de garçons calmes, doux et gentils.

Ce que je ne suis pas.

Elle prend le morceau de panna cotta avant de se reculer pour le savourer. Son sourire ne la quitte pas.

— C'est... c'est vraiment délicieux.

— Il y en a d'autres, dis-je avant de faire glisser mon assiette vers elle.

— Non, vraiment, je ne peux pas, dit-elle en la repoussant.

— Allez ! Ce petit dessert chelou ne va pas te tuer ! Je te le promets.

— Tu as une idée du nombre de calories que ce genre d'agglomérat laitier bien compact contient ?

— Et toi, est-ce que tu sais combien de « taratata, oh ! regarde, j'ai arrêté de faire attention » tu contiens ?

— Ce que tu peux être énervant, par moments...

Je lui adresse un clin d'œil en lui tendant de nouveau l'assiette.

— Je prends ça pour un compliment.

Elle garde les lèvres fermées. Mais je la surprends en train de picorer lorsque le serveur arrive avec l'addition. Je règle la note à laquelle j'ajoute dix dollars en guise de pourboire.

— Attends une seconde, m'ordonne Alice. C'était combien ? Je paie la moitié.

Elle fouille dans son sac à main quand je me lève et m'étire.

— Ne t'en fais pas pour ça, Princesse. C'est la maison qui régale.

— C'est ridicule, s'énerve-t-elle. Il est hors de question que je te laisse m'inviter à dîner.
— Trop tard ! C'est déjà fait. Allez, tirons-nous d'ici.

Elle mange une dernière bouchée de panna cotta avec un air furieux. J'enfile ma veste en cuir et siffle innocemment tandis qu'elle me foudroie du regard. Elle se met debout à son tour et passe son pull-over avant de me suivre. Ou disons que c'est ce que je crois parce qu'elle fourre quarante-deux dollars et cinquante centimes dans ma paume au moment où je me retourne.

— Hé ! oh ! Reprends ça tout de suite ! Comment tu...
Je compte à toute allure.
— Comment tu savais que ça ferait la moitié ?
— J'ai jeté un coup d'œil à la carte posée sur la table d'à côté et j'ai fait le calcul. Avec le pourboire. C'est ma part.
— Putain ! je souffle en me frappant le front avec la main. J'aurais dû y réfléchir à deux fois avant d'essayer d'inviter un génie comme toi.

Elle se contente de mettre les billets dans ma poche et de se précipiter dehors.
— Hé ! Reviens ici !

Je m'élance à sa suite. Il pleut à verse. Je remonte ma capuche sur ma tête. Alice est plantée sur le trottoir, ruisselante. Je la rejoins à toute allure et tends ma veste au-dessus de nous.
— Qu'est-ce que tu fous, putain ? je crie en haletant.

Alice avance une main délicate sous les gouttes, qui martèlent sa paume, visiblement fascinée par ce spectacle. Son regard bleu voilé et distant révèle qu'elle est partie très loin.

— Ça fait du bien de sentir la pluie sur sa peau, murmure-t-elle. De se rappeler qu'on est un être humain capable de ressentir des choses, quoi que les autres en disent.

Je repense au moment où elle s'était mise en colère lorsque je l'avais traitée de robot. Elle se tourne vers moi, et semble soudain perdue et minuscule sous mon énorme veste.

— Si je peux sentir la pluie, ça signifie que je suis capable d'éprouver de l'amour, non ?

Mon cœur me donne l'impression de se fendiller à ces mots.

— Mes sentiments pour Théo, c'est de l'amour, non ? insiste-t-elle. Je n'en sais rien parce que je n'ai jamais aimé auparavant. Mais je crois que ça y ressemble. Ça en est, n'est-ce pas ?

— Euh... ouais, je bafouille après avoir retrouvé ma voix. C'est de l'amour.

Alice sourit. Je résiste à l'envie de l'embrasser. Une fois de plus. Je lui ébouriffe les cheveux à la place.

— Arrête de te faire du souci, espèce d'imbécile.

Elle fronce les sourcils. Je tends les doigts pour les lisser. Je rêve peut-être, mais ses joues me semblent plus rouges que d'habitude. Ça doit être l'air frais du soir.

— Ne me touche pas les cheveux, proteste-t-elle sans s'écarter. Tu vas ruiner ma coiffure.

— Je ruine ce que je touche. C'est mon karma.

Je l'entraîne vers mon pick-up en marchant lentement tout près d'elle pour éviter qu'elle se fasse mouiller.

— Et on pourrait savoir en quoi ton karma consiste, exactement ? demande-t-elle d'une voix curieuse.

— Champion mondial et toutes catégories de démolition.

— En plus de ton titre olympique de celui qui mange le plus mal, tu veux dire ?

— Champion de tout ce que tu veux sur cette Terre !

Elle lève les yeux au ciel et me donne un coup de coude dans les côtes, mais je ris si fort à la vue de sa tête que je ne ressens rien.

6

En attendant que le feu piéton passe au vert, je relis le SMS de Ranik pour m'assurer que je suis au bon endroit.

Retrouve-moi @ starbucks face au bâtiment Garfield dès que possible. besoin de mes devoirs

Je traverse la rue et pénètre à l'intérieur du café en ôtant mon écharpe. J'aperçois la coiffure et la veste en cuir de Ranik aussitôt et me précipite dans sa direction, une diatribe bien sentie aux lèvres.
— Je n'ai pas arrêté de t'envoyer des textos pour que tu viennes récupérer tes devoirs hier. Tu as ignoré tous mes messages, et maintenant tu m'ordonnes de te retrouver ici et de te les apporter comme un banal livreur de journaux ! Tu sais que j'ai dû marcher un quart d'heure pour arriver jusqu'ici ? Et qu'il faut que je sois dans un laboratoire à l'autre bout du campus dans sept minutes ?...

Un Frappuccino au caramel et un muffin chaud aux pépites de chocolat soudain glissés dans ma main me coupent la parole. Mes glandes salivaires affamées par le régime entrent aussitôt en action, mais je me retiens. Le sourire de Ranik est trop éclatant pour une heure aussi matinale, ses boucles sombres trop froissées par le sommeil et ses yeux trop dorés par le reflet du soleil sur notre table.

— C'est quoi ? je demande.
— Un pot-de-vin.

Mon air perplexe lui arrache un rire.

— Je plaisante ! J'ai juste pensé que tu aurais besoin de carburant.
— Je mange rarement le matin, et je dois vraiment y aller…
— Ah ! ouais ? Tu ne m'avais pas dit que c'était ton repas préféré ? Ce petit déjeuner ferait un bien fou à une pauvre et frêle créature comme toi.
— Je ne suis ni pauvre ni frêle. Ta soudaine attention maternelle est touchante, mais vraiment pas nécessaire, je proteste en laissant tomber une enveloppe en papier kraft entre nous. Tiens, tes devoirs. Allez, je file.

J'ai à peine fait deux pas vers la porte qu'il bondit déjà de sa chaise.

— Eh ! Attends ! lance Ranik en courant pour me rattraper, le Frappuccino et le muffin à la main. Tu veux que je te dépose ? Comme ça, tu seras à l'heure.
— Pourquoi ?
— Pourquoi, quoi ?
— D'abord, tu m'offres le petit déjeuner, et maintenant tu me proposes de me conduire quelque part, je commente en plissant les yeux. Serions-nous en

pleine leçon d'acceptation de cadeaux de la part de garçons dont tu aurais oublié de me parler ?

— Euh... non.

— Alors pourquoi toutes ces faveurs ? Je peux m'occuper de moi toute seule.

Ranik paraît surpris, ce qu'il camoufle aussitôt derrière son habituel sourire canaille.

— Tu sais que n'importe quelle fille accepterait sans hésiter ?

— Je ne suis pas n'importe quelle fille, j'articule sûre de moi en remontant mes lunettes sur mon nez. Maintenant, laisse-moi passer.

Durant quelques secondes, j'ai l'impression d'avoir gagné et qu'il va enfin daigner me ficher la paix. Mais le ronflement sourd d'un moteur qui me suit lentement le long du trottoir me parvient soudain. Je lève la tête et marche plus vite. Le pick-up de Ranik avance à la même cadence que moi. Il baisse la vitre et crie :

— Allez, Princesse !

Je l'ignore.

— Tu arriveras en retard même si tu cours. Ce sera ma faute. Allez quoi, monte !

— Je préfère être en retard, je réplique.

— Madame fait sa fière ! siffle-t-il. Tu vas être à la bourre. Ça risque de foutre en l'air tes résultats en labo pour le semestre.

Je bouillonne de rage lorsque je comprends qu'il a raison. Je pivote sur mes talons et ouvre la portière d'un coup sec avant de grimper sur le siège passager et de fixer droit devant moi.

— Démarre.

Ranik a toujours son petit sourire en coin au moment où il repasse la vitesse. Mon carnet de poésie glisse de mon sac. Nous faisons une embardée. Je me penche pour le ramasser et le ranger, mais trop tard pour échapper au regard perçant de Ranik.

— Ouh là ! Qu'est-ce que c'est que ça ?

— Ça ne te concerne pas.

— Il ne ressemble pas à tes autres carnets, insiste-t-il en fronçant les sourcils. Ils sont tous noirs. Pourquoi celui-là a-t-il des fleurs dessus ? Et une serrure ? Qu'est-ce qu'il a de différent ?

Je m'apprête à répliquer quand je me souviens de mon poème avec l'aigle de l'autre nuit, et rougis.

— Il est… très spécial.

— Tu me permettrais d'y jeter un œil ?

— Il en est absolument hors de question.

Ranik s'arrête sur le parking en riant.

— C'est vraiment dommage. Mais j'imagine qu'on a tous notre jardin secret ?

Au lieu de me laisser descendre à la vue de tous, Ranik fait le tour du bâtiment pour se garer près des poubelles avant de m'adresser une petite révérence.

— Je crois que vous êtes arrivée, madame.

Je commence à m'extraire de la cabine quand je le trouve planté derrière ma portière, la main tendue pour m'aider. Je l'ignore et lui lance un regard mauvais.

— Je ne sais pas quelle mouche t'a piqué, mais j'espère que tu n'en mourras pas avant d'avoir fini nos leçons.

Ranik émet un rire tonitruant puis s'adosse contre le coffre de son véhicule.

— Ne fais pas attention à moi. Je me suis juste réveillé… d'une drôle d'humeur. Tu serais dispo pour une autre leçon, ce soir ? Sept heures, ça t'irait ?

— Ce serait parfait. Mais ma coloc sera peut-être là.

— Ce cours sera public, déclare-t-il en souriant.

Il m'adresse un clin d'œil lorsqu'il me voit ouvrir la bouche pour protester.

— T'inquiète, je ne te parle pas d'un resto en ville, mais d'un truc loin du campus, chez un ami. Ce serait bien si tu venais en robe. Si tu en as une.

La perspective d'une nouvelle séance publique rend mes paumes moites de sueur. Je suis à peine remise de ma gêne du dîner. Mais je ravale aussitôt ma peur et prends sur moi.

— D'accord. On se retrouve ce soir.

— Parfait ! Et bonne chance pour ton partiel au labo.

— Je n'ai pas besoin de chance, j'assène en me retournant. J'ai juste besoin de tes cours.

À ces mots, Ranik me lance le muffin, que j'attrape de justesse avant qu'il atterrisse sur mon visage.

— Leçon deux et demie : fourre un peu de chair sur ces os.

— Mais... Grace est mince, dis-je en regardant la pâtisserie.

— Et alors ?

— Et alors, je devrais...

— C'est pour ça que tu fais la diète ? Arrête ça tout de suite, déclare-t-il avec virulence. Tu es très intelligente, Princesse. Beaucoup plus que ça, même. Ne fais pas un truc aussi stupide. Même pour Théo.

Je contemple le muffin tout en m'éloignant. Arrivée en cours avec une minute d'avance, j'en profite pour dévorer cette merveille sans en laisser la moindre miette. Je me sens rassasiée pour la première fois depuis plusieurs jours.

J'envoie un texte à Ranik : *Merci. C'était vraiment délicieux.*

Ranik ne m'a toujours répondu lorsque je place les dernières bactéries E.coli dans l'incubateur et stérilise mon tablier et mes gants à la fin du cours de bio. Est-il en colère ? Occupé ? Pourquoi me reprocherait-il mes habitudes alimentaires ? Je voulais juste perdre du poids. Mais je me rends compte à présent que ce n'était pas la bonne façon de m'y prendre. Ma détermination m'a tellement aveuglée que j'ai failli engager mon corps dans une voie de destruction massive, ce que Ranik m'a aidée à comprendre. J'ai le sentiment que je devrais m'excuser auprès de lui. Mais pourquoi ? C'est mon corps. Pourquoi s'inquiéterait-il pour moi ? Nous avons une relation professionnelle contractuelle, rien de plus. Mon bien-être ne le regarde en rien. Tant que je fais ses devoirs à sa place, il ne devrait pas fourrer son nez dans mes affaires.

Énervée, je rejoins Charlotte pour déjeuner au *Récif*, un café installé sur le campus. Elle commande des tacos au poisson et moi une salade de pommes de terre. Je reste silencieuse tandis qu'elle me décrit en détail son nouveau petit copain, Nate. Le premier indice qui lui indique que quelque chose ne va pas.

— Qu'est-ce que tu as ? Pourquoi tu ne dis rien ? m'interroge-t-elle, perplexe. Normalement, à ce stade de la conversation, tu devrais ronchonner, lever les yeux au ciel et me dire qu'il est complètement naze. Voire m'annoncer qu'il me trompera et qu'il me brisera le cœur.

— Il le fera sûrement. Enfin, peut-être. Les hommes sont des créatures peu fiables, je déclare. Mais tu semblais tellement heureuse, ces derniers temps, que je ne voulais pas interférer. Je ne le connais pas, mais un garçon qui te rend à ce point heureuse est forcément quelqu'un de bien.

Charlotte me dévisage, suspicieuse, puis se penche vers moi pour poser une main sur mon front.

— Qu'est-ce que tu fais ? je lui demande en lui donnant une petite tape.

— Pas de fièvre, marmonne-t-elle, ce qui laisse une seule option : une commotion cérébrale.

— N'importe quoi ! Je me sens parfaitement bien !

— Qui est entré en possession de ton corps, alors ? Où est la vraie Alice, celle qui considère les mecs comme la lie de l'humanité ?

Je fronce les sourcils.

— Je ne... je ne suis quand même pas mauvaise à ce point, si ?

— Évidemment que tu n'es pas mauvaise ! Tu détestes juste les garçons. C'est un fait, comme de constater que le ciel est bleu et que l'Arctique est froid.

— J'ai horreur des crétins. Ce n'est pas pareil. Je n'y suis pour rien si la grande majorité d'entre eux sont des mâles.

Charlotte éclate de rire.

— Ah ! La revoilà ! Elle est de retour !

Je souris pour la première fois depuis des jours. Nous restons silencieuses, nous contentant d'observer les gens autour de nous. Charlotte sirote son thé glacé et je bois mon eau à petites gorgées. Elle relève son nez à la vue d'une fille aux cheveux roses et aux collants noirs déchirés – celle qui m'était rentrée dedans et qui m'avait dit que je me fondais dans le paysage.

— Tiens, tiens ! Miranda, ricane Charlotte.

— Miranda qui ?

— Miranda-qui-traîne-avec-Ranik. Elle est en première année.

Je pivote sur ma chaise pour la regarder. Malgré sa maigreur, elle se déplace avec une grâce étonnante, un peu comme un chat de gouttière. Elle a des yeux verts légèrement bridés tout aussi félins et de hautes pommettes anguleuses. Ses cheveux roses retombent sur ses épaules ; son sweat à capuche et sa jupe violette tranchent avec le décor environnant. Elle crie à l'encontre d'un petit nouveau qui vient de jeter son emballage de Cheetos par terre. Elle le ramasse et le flanque à la poubelle. Le garçon décampe, visiblement terrifié.

— Elle n'a pas l'air si mal. Tous ceux qui luttent contre les détritus ne peuvent pas être complètement mauvais.

— Faux, soupire Charlotte. Elle est accro aux médocs, genre anxiolytique. Elle a failli se faire virer l'année dernière après s'être battue avec un ami de mon frère. Quelqu'un a mis le feu à son sac de foot après ça, mais on n'a jamais retrouvé le coupable. Tout le monde sait que c'était elle. Les gens disent qu'elle est folle.

— Les gens prétendent que je suis un robot. Ça veut dire que c'est vrai ?

Charlotte grimace.

— Non ! Bien sûr que non, espèce de débile. Miranda est complètement psychopathe, elle, en revanche.

Charlotte se lève pour aller chercher une part de gâteau. Je m'éclaircis la voix au moment où elle revient.

— Charlotte, tu t'y connais en matière de garçons. Tu comprends leurs comportements et ce qu'ils signifient, n'est-ce pas ?

Elle pouffe de rire.

— Oui, enfin, disons que j'ai plus d'expérience que d'autres. Plus que toi en tout cas. Sans vouloir t'offenser.

— Aucun problème, je réponds. Donc, si je te présentais une situation théorique qu'une... amie à moi vit en ce moment et qu'elle m'a racontée, tu serais capable de m'expliquer à quoi le garçon de ce cas concret pense et quel est son but.

— Peut-être. Ça dépend.

J'inspire à fond. Ça vaut la peine de tenter le coup. Je me sens complètement perdue et Charlotte est mon seul espoir.

— Mettons que ce fameux garçon et que mon amie travaillent ensemble sur un projet. Ils sont d'accord pour collaborer ensemble dans ce seul cadre et sur le fait que leur relation resterait professionnelle. Ce type et mon amie se sont même avoué qu'ils n'étaient pas le genre l'un de l'autre.

— Eh bien... C'est déjà un bon sketch, commente Charlotte en plissant le nez.

— Ce que j'essaie de t'expliquer c'est..., je tente d'articuler en parlant un peu plus vite. Disons que ce garçon commence à... faire des choses pour mon amie.

— Comme quoi ? demande Charlotte en se penchant en avant, soudain intéressée.

— Il lui apporte des cafés, il l'invite au restaurant, il lui propose de la raccompagner en voiture, il s'inquiète de son bien-être... Pourquoi il fait ça, d'après toi ?

— Parce qu'il flashe sur elle, rit Charlotte. Ce n'est pas très difficile à comprendre.

Un nœud glacé se forme au fond de ma poitrine.

— Mais si cette fille – mon amie – n'éprouvait pas la même chose ?

— Alors elle va devoir se montrer ferme ! tranche Charlotte en tapant du poing sur la table. Quand on bosse sur un projet avec quelqu'un, il faut rester concentré. Les études comptent plus que le coup de cœur d'un garçon à la con. Elle doit tuer le mal à la racine ! L'arracher avant qu'il ne tienne plus dans le pantalon de ce mec !

Charlotte m'encourage à poursuivre. Je lève les yeux au ciel. Mais elle a raison. Je ne peux pas laisser une toquade compromettre mon parcours scolaire. Je réfléchis avant de poser un billet de dix dollars sur la table.

— Il faut que j'y aille. Règle pour moi, tu veux ?

— Où est-ce que tu files comme ça ?

— J'ai oublié de revérifier une citation d'Edme Dumont dans ma disserte d'histoire de l'art, j'invente aussitôt. On se retrouve ce soir.

— OK ! lance-t-elle en agitant la main.

Je marche d'un bon pas vers la bibliothèque tout en téléphonant à Ranik. Cela sonne deux fois dans le vide avant qu'il décroche.

— Allô ?

— Je t'interdis d'être sympa avec moi, j'assène aussitôt.

À l'autre bout du fil, pas de réponse. Ranik sait très bien que c'est moi : il a vu mon numéro.

— J'ai le droit d'être sympa avec qui je veux, finit-il par déclarer.

— Nous avons une relation de travail, j'insiste. D'étudiante à professeur. Je ne tolérerai pas que tu m'apprécies.

— Que je *t'apprécie* ? bafouille-t-il. Qu'est-ce qui... qu'est-ce qui te fait penser que je... ?

— Je t'ai expressément demandé de ne pas m'apprécier.

— Tu m'as demandé de ne pas essayer de te sauter dessus, corrige-t-il.

— La seule façon pour moi de coucher avec quelqu'un serait de commencer par apprécier cette personne et d'entamer ensuite une relation au sein de laquelle elle et moi nous apprécierions mutuellement. Donc, tu ne peux pas m'apprécier. Parce que ce serait le premier pas pour coucher avec moi.

J'évite de justesse un garçon couvert de taches de rousseur planté là, visiblement sidéré par ma conversation, et passe devant lui. Ranik soupire.

— Tu te fais de fausses idées, Princesse. Je t'apprécie juste en tant que personne. Il n'y a rien de romantique derrière, OK ? Et Ranik Mason ne fait pas dans les sentiments, de toute manière.

Ranik m'apprécierait en tant que personne ? Je secoue la tête afin d'éclaircir mes pensées, tout en continuant à marcher.

— Alors, arrête. Arrête de faire des choses pour moi. Les cafés, les muffins, les propositions de me ramener en voiture... Ça suffit. Je peux m'occuper de moi seule comme une grande. À partir de maintenant, je refuserai tout ce que tu me donneras ou tout ce que tu feras pour moi en contrepartie de nos cours. C'est clair ?

— On ne peut même pas être amis ?

Je me fige sur place.

— Tu voudrais... qu'on soit amis ? Toi et moi ?

— Carrément ! Tu es plutôt cool, comme fille.

— Je suis ton élève.

— Et alors ? Un prof peut quand même être ami avec son élève, non ? interroge-t-il à l'autre bout du fil.

— Je suis un robot. Ennuyeuse. Et très naïve.

— Pas du tout. Celui ou celle qui t'a sorti ça a de la merde à la place du cerveau. D'accord, tu es un peu naïve. Mais ce n'est pas si mal. Ça signifie juste que tu as un peu plus de choses à appendre.

— Est-ce que tu fais ami-ami avec moi dans l'intention de me mettre dans ton lit ? je questionne, dubitative.

— Non ! Bon sang, Princesse, qu'est-ce que je dois faire pour que tu comprennes que je n'essaierai rien ? Je te jure de ne jamais chercher à te sauter ! Je le jure sur… le soleil ! Sur… la tombe de ma mère, d'accord ?

Mon cœur se broie à ces mots. La manière dont il a dit « sur la tombe de ma mère » avait quelque chose de particulier. De vrai.

— Jamais ? je murmure.

— Jamais, affirme-t-il. Tu n'as rien à craindre de moi. Je t'en fais la promesse. Tant que je respirerai, je ne tenterai jamais rien. Et même quand je ne respirerai plus. Juré craché. Et même si je revenais en mode zombie.

Je plisse le front avant de rire.

— C'est dégoûtant.

Il rit à son tour, mais de façon mal assurée.

— Très bien. Bon, maintenant que la situation est éclaircie, est-ce que je peux retourner préparer ta prochaine leçon ?

— Ranik ! crie une voix masculine dans l'appareil. Viens chercher ton cadeau !

— Une seconde, Barbara ! répond Ranik. Bon, je passe te prendre à 7 heures.
— Très bien.

Il raccroche en premier, me laissant là à me demander en quoi un homme prénommé Barbara pourrait bien l'aider à m'enseigner quoi que ce soit.

* * *

Après avoir terminé ma conversation avec Alice, je rejoins Miranda en cours de psycho. Je me glisse sur mon siège juste au moment où la cloche sonne. Miranda m'adresse un petit sourire narquois.

— Alors ? Qui est la charmante personne qui a failli te mettre en retard ?

— Tu me les brises menu...

Miranda fait basculer sa chevelure rose sur ses épaules en riant.

— Tu es toujours à l'heure pour ce cours, d'habitude. Tu l'adores.

— J'aime apprendre des trucs sur le fonctionnement de notre jolie petite cervelle comme tout individu sensé.

— Mais tu es à la bourre. Donc, je te repose la question : qui est la charmante personne qui te distrait ? Ne me dis rien, c'est la fille à qui tu envoies des SMS tout le temps. Pardon... le « mec poilu ».

Je râle et pose ma tête sur mon bureau.

— Il est *trop* sexy...

Miranda rit, mais se tait lorsque le professeur Greene lui lance un regard lourd de sous-entendus. J'essaie de prendre des notes et d'écouter du mieux possible. Miranda, quant à elle, en fait aussi peu que d'habitude. Ce qui ne l'empêchera pas d'avoir de super résultats, la garce. Après les cours, Miranda et moi allons fumer une cigarette sous un arbre sur la pelouse.

— Il fait beaucoup trop chaud pour qu'on soit à cinq jours de novembre, se plaint Miranda. Le Canada me manque.

— Ça te manque de te faire foncer dessus par des orignaux et de te geler les miches ? Tu es trop bizarre.

— Les marais et les fusils de chasse du Mississippi ne te manquent pas à toi ? rétorque-t-elle.

C'est comme si elle m'avait tiré une balle en pleine poitrine.

— Merde, tu m'as percé à jour. C'est vrai, je l'avoue. Je ne suis qu'un gros péquenaud.

Miranda pouffe puis éteint sa cigarette.

— Tu viens à ta fête surprise, ce soir, n'est-ce pas ?

— Je ne savais pas que vous prépariez une fête surprise. Encore moins depuis que vous avez planqué quatre boîtes de ballons de baudruche dans le placard il y a un mois.

— On s'est dit que tu les prendrais pour des capotes.

— Je suis débile, mais pas à ce point.

— Pas si sûr, vu tes résultats scolaires, fait-elle en m'ébouriffant les cheveux. Bon allez, je file au labo de science culinaire. On se retrouve à ta fête-surprise-qui-n'est-pas-du-tout-organisée-pour-toi.

— J'ai trop hâte ! je lance.

Miranda s'est éclipsée sans que ces paroles aient eu le temps de quitter mes lèvres. Elle me traite comme son petit-frère, ce qui m'horripile. Mais Trent, Seth et elle ont plus incarné une famille pour moi ces derniers mois que la mienne de toute ma vie. Ce dont je leur suis reconnaissant. On ne fêtait jamais mon anniversaire, avant.

Je traverse la pelouse en tirant sur ma cigarette quand je l'aperçois. Le *Récif* est un petit café pour bobos à la con rempli de barres à l'amande sans gluten et de smoothies à la tomate. La plupart des clients qui le fréquentent sont des tarés de vegans bien concernés par leur petite santé. Sauf qu'Alice s'y trouve. En compagnie d'une fille aux cheveux bouclés que je n'ai jamais vue. Et qui la fait sourire. Je marque un temps d'arrêt. Alice qui sourit franchement au lieu de ricaner... Son expression éclaire son visage comme un diamant et rend son habituel air sévère plus doux et chaleureux. Le soleil se reflète sur ses cheveux dorés et brillants. Elle est belle comme une peinture ancienne.

Mon cœur rue soudain comme un animal hors de contrôle enfermé dans une cage trop petite.

Avant que je me rende compte de ce que je fais, je la photographie avec mon téléphone. J'arrive à cadrer sur sa bouche malgré mon zoom pourri avant de contempler l'image et la vraie Alice tour à tour.

Qu'est-ce que je fous, exactement ? On dirait un pervers. Mon doigt plane au-dessus du cliché pour le supprimer, sans s'y résoudre. C'est trop rare. Le jeter reviendrait un peu à mettre un putain de tigre blanc à la poubelle. Je pourrais ne plus jamais revoir Alice sourire. Je suis même sûrement le dernier à pouvoir la revoir sourire un jour, étant donné qu'elle ne m'apprécie vraiment pas. Alors, je l'enregistre et le planque dans mon téléphone pour que cette petite fouineuse de Miranda ne le trouve pas. Mais je le garde. Pour le moment. Jusqu'à ce que mon côté flippant me fatigue moi-même.

C'est pour des recherches, me dis-je à moi-même tout en rejoignant en voiture le club de Barbara. *Pour l'aider à choper Théo. Ce sourire est un parfait exemple de ce qui fait battre le cœur des garçons. Je pourrais lui donner un cours entier sur le sujet. Non pas qu'elle mettrait longtemps à le maîtriser. Rien qu'avec ce sourire…*

J'allume une nouvelle cigarette en remuant la jambe furieusement.

— Ça suffit ! je me houspille moi-même. Arrête tes conneries, mec. Du boulot. Ce n'est que du boulot. Alice ne souhaite pas avoir quoi que ce soit d'autre à faire avec quelqu'un comme toi.

* * *

Je fais les cent pas dans la chambre en attendant le message de Ranik. Charlotte s'adosse contre sa tête de lit pour admirer son œuvre avec une mine béate.

— C'est ridicule sur moi, je constate en tordant les mains.

Je porte sa robe en soie noire qui m'arrive à mi-cuisse, au décolleté plongeant et aux épaules dénudées.

— Tu m'as demandé de te prêter une robe. Je t'en ai prêté une, ironise Charlotte avec un petit sourire en coin.

— Tu n'as rien de moins… de plus…

— Je te l'ai dit, c'est ce que j'ai de plus sombre et de plus austère dans ma penderie. À moins que tu préfères le modèle bustier vert citron…

Je fais la moue et me contemple une dernière fois dans le miroir. Charlotte se lève et vient me tapoter le dos.

— Tu es superbe, OK ? Fais-moi confiance. Mes

talents de maquilleuse et de styliste font toujours mouche.

Il est vrai que j'ai l'air un peu mieux que d'habitude. Charlotte a appliqué du gloss rose pâle parfumé à l'amande sur ma bouche et une bonne dose de mascara sur mes cils, ainsi que de l'ombre marron sur mes paupières. Cela change beaucoup de mon eye-liner et de mon baume à lèvres coutumiers. À la place de mon chignon bien tiré, elle a lâché mes cheveux, qui flottent librement autour de mes épaules.

— Où est-ce que tu m'as dit que ta fête se déroulait, déjà ? me demande Charlotte.

Elle est tout aussi ravissante et très bien maquillée, car Nate la rejoindra après mon départ.

— C'est un dîner, je mens. Organisé par l'association universitaire de Mooreland. Je dois y assister pour essayer d'obtenir une bourse d'études.

— Mais oui, c'est vrai ! Mon Dieu, j'avais oublié, vu que tu en as déjà tellement !

— Trente-deux bourses n'est pas beaucoup, franchement.

Charlotte éclate de rire avant de me prendre dans ses bras.

— Oh ! Ali... Ce que tu peux être bête à propos de certains sujets ! Et merveilleuse. Mais bête, surtout.

Mon téléphone vibre. Je le sors aussitôt de la pochette noire que Charlotte m'a prêtée. C'est Ranik. Charlotte tend le cou pour jeter un coup d'œil, mais j'attrape ma veste et quitte notre chambre.

— Ne m'attends pas ! je lui lance en souriant. Et sors couverte !

— Pouah ! Dégage d'ici ! fait Charlotte en balançant un coussin contre la porte.

Je descends l'escalier en titubant sur mes talons hauts. Maman m'obligeait à en porter pour les concours d'orthographe ou de maths et autres occasions du genre, mais j'ai vraiment du mal à marcher avec. J'ai demandé à Charlotte si les garçons aimaient vraiment ça, et elle m'a répondu par l'affirmative. Grace ne semble pas du style à en mettre. Mais si tous les hommes adorent les escarpins, alors Théo aussi, sûrement. Je dois m'entraîner, et en robe, si je veux qu'autre chose que de l'amitié fadasse fasse pétiller son regard. Je sors lentement du bâtiment et me dirige à l'arrière. Les lumières du pick-up de Ranik se découpent dans la nuit brumeuse. Il en descend aussitôt.

— Hé, toi ! Tu...

Il fait le tour du véhicule avant de se figer, bouche bée. Je jette un coup d'œil derrière moi pour m'assurer qu'aucun ours sauvage ou, pire, aucun Théo, n'a surgi.

— Quelque chose ne va pas ?

Ranik détourne la tête et se racle la gorge.

— Non, non. Tout va bien. À part que j'ai cru voir une chauve-souris derrière toi ! Monte vite avant qu'elle te suce le sang et qu'elle te transforme en vampire.

— Cette idée fausse est trop largement répandue. La plupart des chiroptères sont insectivores, je rectifie tout en me glissant tant bien que mal sur le siège passager.

J'entends Ranik rire alors qu'il fait le tour de la cabine pour rejoindre le côté conducteur et démarrer.

— Tu sais mettre l'ambiance grâce à une conversation sexy, toi, alors...

— Je ne sais pas pour toi, mais personnellement,

je trouve les habitudes alimentaires des chauves-souris excessivement érotiques.

Ranik m'observe soudain entre ses paupières plissées puis s'exclame :

— Tu viens de faire une blague ? Est-ce que... tu viens... de faire... une putain... de blague ? Loué soit le Seigneur ! Il y a de l'espoir ! raille-t-il avant de jeter les mains en l'air.

J'attrape aussitôt le volant, paniquée. Il éclate de rire et repousse mes bras.

— Pardon ! Je vais essayer de ne pas nous tuer, promis !

Je le regarde pour la première fois : il porte une chemise noire boutonnée jusqu'au cou assez surprenante sur lui, mais qui lui va plutôt bien, d'une certaine façon. La rose tatouée pointe de son col. Ses cheveux sombres normalement en bataille sont bien coiffés et son jean intact. J'aperçois même une ceinture en cuir dans les passants. Son parfum à la fois léger et vif se mêle à l'odeur de cigarette.

— Où est-ce qu'on va, déjà ? je lui demande.

— Dans une boîte, répond-il. Elle appartient à un ami.

— Je ne sors jamais en boîte. Je les trouve moites et déprimantes.

Il rit.

— Ouais, je n'aime pas trop ce genre d'endroit, moi non plus. Mais c'est une occasion spéciale.

— Ah bon ? Pourquoi ?

— C'est, euh..., fait-il en se massant le cou et en cherchant ses mots. Rien, oublie. Tout ce qui compte, c'est la leçon de ce soir.

— Qui porte sur quel sujet ?

Il m'adresse un sourire mauvais.

— La danse...

Le sang quitte aussitôt mes joues.

— C'est vraiment nécessaire ? Je suis nulle en danse. Et je ne crois pas que Théo danse, lui non plus.

— Peut-être, mais on ne peut merder avec les bases. Imagine qu'il veuille danser. Qu'est-ce que tu feras, dans ce cas ? Tu diras « je ne danse pas » et tu laisseras Grace prendre ta place ? Non... Et il ne s'agit pas seulement de danse. C'est un cours de conscience du corps, sur la façon de le gérer pour rendre Théo raide dingue de toi. Tu vas regarder les autres filles et tu les imiteras. Ça te permettra de choper des trucs sur la façon d'allumer les mecs.

— Les hommes aiment qu'on les allume ?

Ranik hausse les épaules.

— Parfois. Ça réchauffe l'ambiance. Mais ce qu'on veut surtout dans ton cas, c'est que Théo soit tellement chaud et focalisé sur toi qu'il sera obligé de répondre « oui » quand tu lui demanderas de sortir avec toi. C'est une super occasion de pratiquer.

— Je vais me ridiculiser.

— Pas du tout. Parce que personne n'en aura rien à foutre. Et dans le cas contraire, si jamais des gens t'embêtent, je leur casserai la gueule.

Il m'adresse un regard nerveux à ces mots comme s'il cherchait à savoir si cette dernière remarque n'était pas trop protectrice de sa part.

— Ou alors, je ne ferai rien du tout et je te laisserai te vautrer dans ta propre gêne.

— Je préférerais ça à ton côté chevalier blanc, c'est sûr.

— Ce n'est pas..., commence-t-il avant de se reprendre.

— Ce n'est pas quoi ?

— Rien. Oublie, soupire-t-il.

Pour une certaine raison, son ton produit des picotements douloureux dans ma poitrine. Ranik ne soupire pas souvent. Pas de façon aussi sonore et vaincue, en tout cas. Il est toujours léger et irrévérencieux, d'habitude. Je le tire visiblement vers le bas et cela me rend malade. Autant que de constater que je fatigue Charlotte. Un jour, il se lassera de jouer mon professeur, et je me retrouverai seule et perdue dans le vaste océan des rencontres.

— Je suis désolée, je murmure.

— Pourquoi ?

— Je ne voulais pas te traiter de chevalier blanc. J'apprécie l'intention.

Le silence s'installe jusqu'à ce que Ranik frappe le volant.

— Eh bien ! Que le ciel me tombe sur la tête ! Alice Wells vient de s'excuser ! Vis-à-vis de ma petite personne !

— Ne tire pas trop sur la corde, fais-je en plissant le front.

Ranik se contente de rire, ce qui est beaucoup mieux que de l'entendre soupirer.

Il finit par se garer. Je descends lentement du pick-up tandis qu'il s'étire sur le parking. Il paraît plus grand et ses épaules plus larges. Sa chemise, qui se soulève au moment où il lève les bras, dévoile les lignes de muscles courant vers l'intérieur de son jean. Je fixe, vaguement extatique, la zone souple en forme de V ombrée de poils noirs.

Ranik surprend mon regard, que je tourne aussitôt vers le sien.

— Tu as un très joli *os coxae*.

Ranik rougit tout en fronçant les sourcils.

— J'ai un quoi ?

— Un ravissant os iliaque, si tu préfères, ou *os coxae*, en latin.

— Oh, OK ! fait-il, les yeux pétillants. Qu'est-ce que *coxae* signifie, déjà ?

— Hanche, je réponds.

Ranik s'illumine comme s'il venait de découvrir le secret de la vie éternelle.

— La vache ! Le latin est vraiment trop cool.

— Oui, vraiment, j'approuve en souriant.

Ranik s'éclaircit soudain la voix avec un air ultrapro.

— Un conseil : la plupart des garçons n'en ont rien à foutre du latin.

— Et toi ?

— Moi si, parce que j'aime apprendre des trucs cool. Mais je ne fonctionne pas comme la plupart des mecs. Donc, dis-toi que des mots bizarres qui donnent l'impression que tu jettes un sort à quelqu'un ne passeront pas auprès de Théo, OK ? Si tu dois lui faire un compliment sur son putain d'os de la hanche, fais-le, mais pas en latin. Je sais qu'il est intelligent et qu'il capterait, tout ça, mais Grace ne le ferait pas, donc tu devrais éviter.

Je confirme tout en digérant soigneusement l'information.

— Je comprends.

— Et Grace ne sortirait pas « je comprends » non plus. Elle balancerait un « okidoki ! » ou un truc énervant du même style.

— Okidoki ! je reprends d'une voix douce et enthousiaste pour imiter Ranik.

Il semble tellement abasourdi, et moi aussi, que nous éclatons tous les deux de rire. C'est si peu naturel, si peu habituel et étrange que je me sens ridicule.

— Ne refais jamais cette voix-là, Princesse, souffle Ranik.

J'essuie une larme.

— Encore un point à ajouter à la liste des choses à propos desquelles nous sommes d'accord. Elle devient longue.

Ranik m'adresse un petit sourire en coin légèrement triste.

— Oui, hein ?

Avant que j'aie pu lui demander ce qu'il veut dire, il s'éloigne vers l'entrée de la boîte de nuit, dont l'enseigne au néon rose criard donne à lire : « VENN ». Ce devrait être la cohue, un vendredi soir. Mais personne ne fait la queue. Il n'y a qu'un videur, un grand costaud avec un faucon tatoué sur son crâne rasé.

— Ranik, lance-t-il à mon chaperon en le saluant de la tête. Et qui est cette charmante jeune femme ?

— Salut Lance. C'est ma, euh... ma...

— Son professeur particulier, je coupe en tendant la main. Je l'aide en maths. Alice, enchantée de vous rencontrer.

— Alison, intervient aussitôt Ranik. Elle s'appelle Alison. Dis-moi, on peut entrer ou pas ?

— Attends, laisse-moi vérifier, répond Lance en lui adressant un clin d'œil avant de regarder à l'intérieur par les portes entrebâillées.

Son attitude m'étonne, mais Ranik se tourne alors vers moi et me tire de mes pensées.

— Écoute, tu devrais éviter d'utiliser ton vrai prénom, ce soir, dac ?

— Pourquoi ? Ces gens ne sont pas tes amis ? Je ne devrais pas leur mentir, il me semble.

— Oui, mais…, fait-il, le visage soudain crispé. Si jamais Théo apprend que tu étais là… Beaucoup d'étudiants de la fac traînent ici. Et donc, je ne voudrais pas que… que le fait qu'on nous voie ensemble gâche tes chances, tu comprends ? Tu bosses dur. Ce serait dommage que ma réputation de merde compromette tout ça.

Lance revient avant que j'aie pu argumenter.

— C'est bon, ils sont prêts.

Ranik soupire.

— Allons-y.

Lance nous guide à l'intérieur de la boîte plongée dans le noir. Nous avons à peine fait quelques pas quand les lumières s'allument brusquement. Une quarantaine de personnes crient aussitôt « surprise ! » en jetant des confettis, des paillettes et des serpentins sur nous. Je cligne des yeux tandis que Ranik passe une main dans ses cheveux bouclés, hilare, alors que Miranda et un grand chauve viennent le prendre dans leurs bras. Tout le monde applaudit. Des ballons vert émeraude et bleu nuit tapissent le plafond et une banderole avec un : « JOYEUX ANNIVERSAIRE RANIK ! » inscrit dessus pend au-dessus du bar éclairé par des leds fluorescentes. La piste de danse vide et illuminée par des néons attend seulement que la fête commence. Un Noir avec des lunettes à monture en corne fend la foule avec un gâteau géant. Les convives entonnent « joyeux anniversaire ». Ranik bouge nerveusement sur ses pieds en adressant des doigts d'honneur puérils et coléreux à certains d'eux, mais ses joues rougies et son sourire prouvent qu'il est ravi. Il souffle ses bougies, puis les acclamations retombent. Le gâteau rejoint le bar, où quelqu'un se charge de le couper. Miranda en profite pour en prendre un petit morceau et l'étaler sur le visage de Ranik, bientôt imitée par le grand chauve, mais cette fois armé d'une part entière. J'aurais pensé que Ranik serait furieux, mais il rit. Il ressemble à un mime blanc avec cette crème sur le visage. Je me tourne vers Lance alors que des parts intactes circulent et que mon professeur part se nettoyer aux toilettes.

— Il ne m'avait pas dit que c'était son anniversaire.

— Ranik est plutôt secret, répond Lance en souriant. Il préfère garder certaines choses pour lui. Il n'a pas vraiment eu de vie de famille. Ça peut pousser à se fermer aux autres, à avoir peur de partager. Mais on a quand même réussi à lui soutirer l'info.

— Et... tous ces gens le connaissent ?

— Bien sûr. Ce sont des clients réguliers. Quand Ranik a emménagé ici, il a commencé par être videur avec moi. C'est Barbara qui lui a donné ce boulot, m'apprend Lance en désignant de la tête un homme jovial avec du rouge à lèvres rose et une perruque blonde en train de préparer de façon spectaculaire des cocktails derrière le bar. Comme il n'avait nulle part où aller, il a dormi dans la réserve pendant quelque temps.

J'imagine mal l'impudent Ranik sur un lit de camp à l'arrière d'une boîte de nuit dirigée par un travesti. Je me le représente indépendant et désinvolte, et avec une fille différente chaque soir dans un appartement cradingue.

— C'est un chouette gosse. Juste un peu rebelle. Mais pas bête pour un sou, dès qu'on lui explique des choses, poursuit Lance avant de me tapoter l'épaule. Merci pour l'aide que tu lui apportes en maths. Ça compte beaucoup pour nous. On veut tous qu'il réussisse ses études.

— Du gâteau ?

Miranda arrive à notre hauteur avec deux assiettes en carton surmontées de délices sucrés. Lance en accepte une avec un air jovial et moi, l'autre, mais intimidée par la façon dont cette fille me détaille.

— Merci.

— J'ai l'impression de t'avoir déjà vue, finit-elle par dire.

— Je suis Alice... Alison. La prof particulière de maths de Ranik.

Ses sourcils roses se haussent jusqu'à la naissance de ses cheveux de la même couleur. Elle sourit comme un chat qui viendrait d'attraper un oiseau.

— Oh ! vraiment ?

— Tiens, Miranda. Prends-en une part avant qu'il n'y en ait plus.

Le grand chauve s'avance vers elle avec une assiette. Miranda se met à picorer des petits bouts sans me quitter des yeux. Son compagnon me sourit, lui, en revanche. Sa veste en jean déchirée souligne un peu plus ses énormes bras. Il est encore plus carré que Lance.

— Je suis Trent, dit-il en me tendant une main deux fois large comme la mienne. Enchanté.

— Alison, je réponds. Ravie de te rencontrer.

Trent désigne alors le type avec les lunettes.

— Là-bas, c'est Seth. Il cherchera sûrement à te

parler d'obscurs groupes grunge, à un moment ou un autre de la soirée. Nous sommes les colocs de Ranik. Derrière le bar, c'est Barbara. Et tu connais déjà Lance. Merci d'être venue, en tout cas. Si je peux me permettre, comment as-tu rencontré Ranik ?

— Alison lui donne des cours de maths, intervient Miranda en flanquant un petit coup de coude dans les côtes de Trent.

Ranik revient ⎯ ⎯ ge à force d'avoir été frotté e⎯ ⎯ 'a main.

Ça m'avait pris des ⎯rent.

devant le miroir,

er une fille qui
ır ce ton, pro-

Treize ans ?
ssion inno-

intégrale-

s courts
r dans

et
ses

—
Cc ⎯⎯ce alors
des bɛ
— ⎯ ⎯ ⎯⎯ répond Ranik.
Il se ⎯ ⎯rs moi et m'entraîne à l'écart :

— Je suis vraiment désolé.

— Désolé ? Pourquoi ? je m'étonne en penchant la tête sur le côté. Je trouve ça charmant. Joyeux anniversaire, au fait.

Son expression se transforme à ces mots. Si j'osais, je dirais en joie aussitôt refoulée.

— Je ne voulais pas... J'ai juste pensé que ce serait une bonne occasion. J'aurais dû choisir une autre boîte et un jour différent. Mais je souhaitais que tu...

— Tout va bien, je le coupe. Et tu devrais rejoindre tes invités surprise. Ils t'attendent. C'est ta soirée. Ce serait vraiment malvenu de ta part de les négliger.

— Ça te dérange si..., commence-t-il avant de s'interrompre. J'espère que tu ne le prendras pas mal si je te dis que... tu es ravissante.

Sa remarque me surprend, ce dont il se rend compte puisqu'il se justifie aussitôt.

— Je ne voudrais pas que tu penses que je te drague, parce que ce n'est pas le cas. Je souhaite juste que tu saches que tu es très belle habillée comme ça. Je n'en ai pas parlé parce que je ne voulais pas que tu... Que tu sois à nouveau en rogne après moi. Je ne cherche pas à coucher avec toi. Mais tu es vraiment très jolie ce soir. Comme tous les autres jours, d'ailleurs. Eh, merde !

Une étrange chaleur s'empare de mon cœur. Ranik grimace et tape du pied avant de relever la tête d'un coup sec, les yeux pétillants.

— C'est la suite de notre cours, avance-t-il aussitôt. Ouais, voilà ! Pour que tu apprennes à accepter vraiment les compliments de la part d'un mec. Alors, permets-moi de te redire que tu es vraiment ravissante. Sans t'énerver. Juste une fois.

— Tu radotes…

— C'est vrai ! OK, j'arrête. De toute façon, cette leçon est terminée. Définitivement. J'espère que tu l'as assez entendu parce que c'était la dernière fois. Je reviens te voir tout à l'heure. On pourra tester l'autre thème du jour. Tu restes, d'accord ?

— D'accord. Mais je m'en sortirais mieux si tu me donnais des consignes pendant que je t'attends.

— Euh…, fait Ranik en regardant autour de lui avant de se focaliser sur le bar. Va discuter avec Barbara. Nous avons discuté, elle et moi. Elle te filera des informations de base.

— Merci. Je me sens beaucoup plus à l'aise dans un nouvel environnement social quand je suis productive.

Ranik sourit avant de disparaître dans la foule. Les deux filles s'accrochent aussitôt à ses bras, et je le remarque avec une certaine amertume. Mais je ne relève pas. Je n'ai pas de temps à consacrer à ce genre de bêtise. J'ai un cours à prendre. Pour Théo.

Je marche jusqu'au bar avant de me planter tout au bout en hésitant. Barbara porte un magnifique négligé en soie rose et des chaussons duveteux. Elle plaisante et drague les clients tout en préparant des cocktails sophistiqués à la vitesse de l'éclair. Sa capacité à faire plusieurs choses à la fois me sidère tellement que je ne la vois même pas se tourner pour m'observer.

— Chérie ? fait Barbara en agitant une main devant mon visage. Youhou ! Qu'est-ce que tu veux boire ?

— Oh ! désolée. J'étais complètement fascinée

par vos gestes, votre rapidité et votre précision sont incroyables. *Vous* êtes incroyable.

Barbara me lance un clin d'œil.

— Oui, on me l'a déjà dit.

— Pourquoi vous frappez les feuilles de menthe avant de les incorporer dans un verre ? Pourquoi vous ne les écrasez pas simplement ?

— Parce que ça les rend visqueuses et amères, m'explique-t-elle.

— Bien sûr ! je songe. L'amertume doit provenir de la chlorophylle qui se déverse de la membrane cellulaire de la feuille...

Barbara roucoule de rire avant de poser une main sous son menton.

— Toi, tu dois être Alice. Ranik m'a beaucoup parlé de ton gentil petit cerveau. Tu es beaucoup plus jolie en vrai !

— Merci. Ranik a insisté pour qu'on m'appelle Alison, ici.

— Oui, c'est vrai. Va pour Alison, dans ce cas. Qu'est-ce que je te sers ?

— Je ne bois pas. Mais il m'a dit que vous auriez « des bases » pour moi.

— C'est exact. Naomi ! lance Barbara à la cantonade.

Une femme aux flamboyantes boucles rousses sort alors de l'assistance.

— Occupe-toi du bar une minute, tu veux ? Je vais danser avec une amie.

— Bien sûr, sourit Naomi.

Barbara fait le tour du comptoir, puis fourre l'une de ses énormes mains dans la mienne avant de m'entraîner dans un coin au bord de la piste désormais bondée.

— Bon. On va commencer par observer, car c'est la meilleure façon d'apprendre, m'explique Barbara en désignant un couple parmi les danseurs.

— Tu vois ces deux-là ?

La fille, une blonde pulpeuse, est affublée d'un impressionnant postérieur qu'elle agite devant l'entrejambe de son compagnon avec une lubricité évidente.

— Oui, et alors ? Ils sont tout à fait quelconques.

— Regarde mieux.

Je m'exécute. La fille s'écarte de son cavalier et ondule son buste avec grâce tandis que le reste de son corps le suit comme une vague. Elle se tord comme un serpent à sonnette avec une élégance et un sex-appeal naturels. L'homme l'attire contre lui, puis ils recommencent à se frotter. Mais son geste continue de me fasciner.

— C'est ce que tu dois trouver, m'interrompt Barbara. Cette façon de bouger fluide, sexy et attirante. C'est vraiment la base, et tu peux maîtriser ça en très peu de temps.

Barbara le fait alors devant moi sans la moindre hésitation. Malgré l'absence de courbes féminines, ses mouvements sont hypnotiques et sans défauts.

— Allez, à ton tour.

— Je... j'ai une très mauvaise coordination.

— Pas de panique ! C'est vraiment facile !

À ces mots, Barbara se plante derrière moi avant de positionner mes hanches et mes épaules avec des mains fermes quoique légères.

— Maintenant, ouvre ta poitrine comme si tu inspirais à fond et laisse rouler l'air le long de ta colonne vertébrale jusqu'à ton popotin.

Je tente de suivre son conseil en grimaçant, mais je vacille seulement avec raideur. Barbara fronce les sourcils et me repositionne. Je réessaie, mais échoue cette fois encore. Elle me désigne plusieurs filles qui chaloupent juste devant moi. Je les observe intensément, puis Barbara et moi essayons de bouger ensemble... pour un résultat tout aussi médiocre.

— Mmm..., Barbara en plissant le front. Comment t'expliquer ça de façon plus simple pour que tu comprennes ?

— C'est bon. Je suis un cas désespéré, dis-je. Vous devriez retourner au bar ou danser avec quelqu'un d'autre. Vous perdez votre temps avec moi.

La main large de Barbara me tapote la tête en guise de réprimande.

— Ne sois pas bête. On va y arriver. Oh ! je sais ! Les pectoraux.

— Quoi, les pectoraux ?

— Tu es une scientifique, n'est-ce pas ? Pour commencer, tu les tends en les poussant le plus loin possible. Ensuite, tu les ramènes vers l'intérieur pour les rapetisser au maximum. Après ça, tu fléchis le haut de tes abdominaux pour les rendre plus gros, puis tout petits. Ensuite, tu enchaînes avec les abdos du bas, et pour finir, tu donnes un coup rapide avec ton, euh... avec les os de tes hanches.

— Avec l'os iliaque.

— Oui, voilà. Essaie de te représenter un modèle anatomique. Ça t'aidera peut-être.

Je regarde Barbara le refaire quand tout s'éclaire soudain. Je parviens à voir les divers muscles se contracter ensemble et imprimer un mouvement fluide à son torse. Je tente de l'imiter, d'abord lentement, puis plus vite. Barbara applaudit et pousse des cris perçants.

— C'est exactement ça ! Tu as réussi !

Une fierté comparable à celle que j'éprouve quand j'obtiens un vingt sur vingt monte en moi. Je recommence à plusieurs reprises, puis Barbara prend le temps de me montrer d'autres pas. Assez simples, pour la plupart. Elle les décompose du mieux possible et je l'aide à les nommer en listant les différents groupes de muscles impliqués. Ensemble, nous finissons par apprendre à mon corps des mouvements de base. Une fois Barbara satisfaite, elle m'entraîne sur la piste.

— Allez, mon ange ! Le moment est venu de mettre ces acquis en pratique.

— Mais je…

J'observe la foule autour de moi, effrayée que quelqu'un remarque mes qualités de danseuse rudimentaires. Barbara attrape mes mains et commence à les balancer.

— Si tu as peur de ce que les gens pensent de toi, ça se verra. Tes gestes seront tendus et maladroits. Tu veux être bien, n'est-ce pas ? Que ta gestuelle soit au point pour ce garçon que tu cherches à impressionner ?

J'acquiesce. Barbara sourit.

— Si tu n'y arrives pas ici, tu n'y arriveras jamais devant lui.

Son point de vue est irréfutable. Je teste quelques mouvements. Barbara m'encourage de la tête et avec des « vas-y, mon ange », des « c'est ça ! » et des « très sexy ! ». Je devrais être mal à l'aise, mais chaque fois qu'elle croise mon regard, elle exécute des pas de danse bizarres, qui m'arrachent un fou rire. Elle le fait pour moi, pour que je me sente bien, ce dont je lui suis infiniment reconnaissante.

Je finis même par ne plus m'inquiéter. Portée par la chaleur des corps autour de moi, la musique qui anéantit toute réflexion, et l'enseignement de Barbara, j'arrive peu à peu à bouger toute seule sans m'arrêter, en rythme, et au milieu d'inconnus avec une facilité qui me surprend moi-même. Barbara regagne le bar, d'où elle m'adresse des pouces levés. Miranda et Seth dansent ensemble. Ce dernier paraît beaucoup apprécier la manière dont sa cavalière glisse ses mains le long de ses hanches. Trent danse avec Naomi. Un type avec un piercing sur le sourcil et un visage plutôt agréable me sourit avant de m'attirer face à lui. Je ne le connais pas. La nervosité me brûle l'estomac comme de l'acide, mais me lâcher avec lui rendra n'importe quelle danse avec Théo légère comme le vent. En théorie. Je rassemble mon courage et souris en imaginant la façon dont Grace réagirait et dont elle bougerait. Mes mouvements sont aussitôt plus fluides. Je me sentirais presque à l'aise. Le regard de mon cavalier devient étrangement vitreux tandis que je balance les hanches. J'efface mentalement ses traits pour les remplacer par ceux de Théo. Une astuce qui fonctionne si bien que je ne l'arrête pas au moment où il passe une main autour de ma taille pour m'attirer contre lui. Mes yeux en aperçoivent d'autres, vert doré, au milieu de l'assistance. Le visage auquel il appartient est choqué, figé à ma vue.

Désireuse de montrer à mon professeur tout ce dont je suis capable, je me mets à onduler du bassin et de la poitrine. *Regarde, Ranik ! Regarde ce que je sais faire, maintenant ! Je danse avec un parfait étranger ! Est-ce que tu n'es pas fier ?* Mais l'expression de Ranik ne s'illumine pas. Bien au contraire, même. Il se faufile au milieu de la foule avant de me tirer brutalement par le bras loin de l'autre garçon.

— Hé ! Qu'est-ce que tu..., s'insurge ce dernier.

Ranik grogne quelque chose de façon incompréhensible à son intention. Toute protestation est impossible. Mon professeur m'entraîne loin de la piste, puis à l'extérieur dans l'air frais nocturne. Il se tourne et me tombe dessus à la seconde où il lâche ma main.

— C'était quoi, ça ?

— Je faisais juste ce que tu m'avais demandé, dis-je en tentant de rester calme. Barbara m'a appris à danser. Je pratiquais.

— Avec ce débile profond !

— Lui ? Je ne le connais pas. Je me moque de savoir s'il est débile ou pas. Je ne vais sûrement jamais le recroiser.

Ranik devient rouge.

— Tu... Tu...

— Tu m'as vue danser, quand même ? j'insiste avec une pointe d'excitation. J'essayais de te faire une démonstration. Tu as vu comme mes mouvements étaient fluides ? Je n'aurais jamais cru ça possible, mais j'ai appris à danser ! Je ne suis pas très douée, mais au moins passable ! Barbara est un merveilleux professeur.

Une sorte de douceur traverse alors le regard de Ranik.

— Tu voulais me montrer ?

— Oui. Je pensais que tu serais content.

Il ne dit rien. Il réfléchit un moment avant de

s'adosser contre une voiture, les paupières étonnamment tombantes.

— Fais voir.
— Quoi ?
— Montre-moi comment tu t'y prends.
— Mais je l'ai déjà fait...
— Je n'ai pas fait attention, tout à l'heure, déclare-t-il d'une voix soudain dure. Recommence.

Mes joues s'embrasent à cette demande. La musique n'est qu'un bruit sourd distant sans masse de corps dans laquelle me perdre, là dehors. Il n'y a que moi, Ranik avec ses prunelles noisette étincelantes et la nuit. Nous sommes seuls sur le parking, ce dont je suis très consciente alors que je me mets à danser. Je m'arrête brusquement.

— Je ne peux pas. Pas comme ça. C'est trop bizarre.
— Ça ne semblait pas te déranger quand tu frottais tes fesses contre l'entrejambe de l'autre mec.
— Com... comment oses-tu ? je balbutie. Tu me demandes d'apprendre et quand je le fais, tu me le reproches ?
— Je t'ai dit de choper les bases avec Barbara, pas de te trémousser contre la queue d'un inconnu.
— Pourquoi es-tu aussi... négatif ?

Ranik se fige, les poings roulés en boule.

— Je ne suis pas négatif. Je veille sur mon élève. Apprendre à danser est une chose. Le faire avec un connard ne risque pas de t'aider à séduire Théo. Ça ne sert juste à rien.
— C'était un entraînement !
— Tu veux t'entraîner ? Alors, fais-le avec quelqu'un qui ne cherchera pas à te sauter !

— Comme toi, peut-être ? je me moque.
— Exactement ! répond-il d'une voix rageuse.
— Très bien !

Je m'avance vers lui et écoute la musique au loin en essayant de me concentrer sur le rythme. Je ne touche pas Ranik. Je reste hors de portée, mais roule les hanches et bouge avec plus d'élégance qu'au début. Si je l'oublie, j'arrive à danser sans retenue comme si j'étais à nouveau dans la foule, avec un Théo fantasmé pour cavalier. Je finis par me perdre au point d'entendre à peine Ranik lorsqu'il se met à gémir. Je perçois parfaitement le poids de son corps contre mes fesses, mon dos et mes épaules lorsqu'il s'appuie contre moi en blottissant sa tête dans mon cou. Il sent le pin, la fumée de cigarette et le whisky.

— Alice..., murmure-t-il.

Ses mains encadrent ma taille, puis descendent dans un geste douloureusement lent le long de ma robe avant de se poser sur mon bassin. J'imagine tellement Théo que je soupire de plaisir. Mais une protubérance brûlante contre mon dos me tire brusquement de ces douces pensées. La magie se rompt. Je m'écarte aussitôt.

— Je suis désolé, je...

Je me couvre le visage des mains, mortifiée.

— Princesse, excuse-moi... Je ne voulais pas...
— Je dois rentrer, je bafouille entre mes doigts.
— Je...
— S'il te plaît, ramène-moi.

J'ai vraiment besoin de me retrouver chez moi. Je ne peux pas lui faire confiance ni compter sur lui. Pas après ce qui s'est passé avec le café, le trajet jusqu'à la fac, et ses appels. Pas après avoir senti contre mon dos son sexe en érection, qui a trahi ce qu'il éprouve réellement. J'aurais dû savoir qu'il n'était pas fiable. C'est Ranik Mason, après tout. Il veut juste coucher avec tout ce qui bouge, peu importe ses promesses. Il n'est qu'un menteur.

Je pivote sur moi-même et reprends le dessus, abandonnant la fille enflammée qui danse sans se soucier de rien pour retrouver celle, logique et indépendante, que je suis.

— Laisse tomber. Je vais appeler un taxi. Profite bien de ta fête.

— Princesse, attends !

Je n'attends pas. Je ne peux pas.

Je m'éloigne si vite que je ne remarque pas le trottoir dans l'obscurité et pose le pied en travers sur le bord. Ma cheville, qui se tord, m'arrache un cri et mon talon haut de dix centimètres quitte mon pied avant de me faire tomber. Le bitume râpe mes cuisses et mes bras telle la langue d'un chat. Les paumes de mes mains me brûlent avec férocité. Ranik a un hoquet de surprise, puis se précipite vers moi.

— Alice ! Ça va ?

Malgré la douleur, je le dévisage avec un air sidéré.

— C'est la première fois que tu m'appelles par mon prénom.

Il se fige une seconde avant de sortir son téléphone et d'envoyer un SMS en silence. Puis il me regarde.

— Tu saignes. Tu es sacrément amochée, commente-t-il en me tendant mon escarpin au talon cassé. Et ce machin est foutu.

— Je survivrai, je déclare en reniflant. Le corps humain est tout à fait capable de gérer les blessures cutanées sans importance.

Je tente de me relever lorsque j'entends Ranik protester.

— Ouh là ! Tu ne devrais pas te lever tout de suite.

— Je dois rentrer, dis-je d'un ton morne tout en continuant d'essayer. Et m'occuper de ces plaies avant qu'elles ne s'infectent.

— Je viens d'envoyer un texto à Trent et Seth. Ils viennent te chercher, OK ?

Je boitille. Mon premier pas confirme mes pires craintes : j'ai trop mal pour marcher. Je dois malgré tout rentrer chez moi seule. Je réprime un cri de douleur et m'effondre à moitié lorsque le bras de Ranik s'avance brusquement pour me retenir par les épaules. L'odeur de pin et de fumée est partout autour de moi.

— Je n'ai pas besoin de l'aide de tes amis, j'assène entre mes mâchoires serrées, ni de la tienne. Retourne à ta fête et fous-moi la paix.

— C'est ça ! Quelle idée de génie ! Je vais abandonner une fille en sang sur le bord de la route au beau milieu de la nuit.

— J'appellerai un taxi. Laisse-moi, maintenant.

— Dans tes rêves, Princesse, fait Ranik en secouant la tête. Je vais rester jusqu'à ce que le pick-up arrive.

À ces mots, des phares illuminent la rue, puis un énorme engin rouge s'arrête devant nous. Trent et Seth en descendent avec des visages visiblement crispés. Pourquoi s'inquiètent-ils pour moi ? Ils me connaissent à peine. À moins qu'ils se fassent du souci pour Ranik ?

— Tout va bien ? demande Trent en haletant.

Seth s'agenouille près de moi et se met aussitôt à scruter mes plaies dans la lumière des réverbères.

— Tu ne peux rien faire pour moi, je proteste.

Seth me regarde alors avec un sourire goguenard.

— Oh ! Je crois que si. Je suis étudiant en médecine.

Étudiant en médecine… Je ne fais peut-être pas confiance aux étrangers, mais j'ai foi dans le savoir. Je décide de lui permettre d'intervenir lorsque ses doigts commencent à palper ma cheville.

— Rien de cassé, résume-t-il. Mais tu t'es fait une sacrée entorse. On va devoir t'asseoir et nettoyer ces blessures.

— Je préférerais que vous me déposiez à ma résidence universitaire. Je pourrai m'occuper de ces écorchures moi-même.

Seth me dévisage longuement.

— Notre appartement est beaucoup plus près. Il faudrait vraiment désinfecter ces plaies le plus vite possible. Elles sont couvertes de gravier.

Je grimace en tentant de me relever.

— Arrête d'essayer de marcher, Princesse ! Laisse-nous t'aider ! lance Ranik d'un ton rageur.

— Je ne peux pas, je chuchote. Je ne peux pas te faire confiance.

— Si, tu le peux ! insiste Ranik avec un regard meurtri et une voix brisée. C'est moi, pour l'amour de Dieu ! D'accord, je ne suis pas ton meilleur ami, mais je ne suis pas un inconnu non plus, si ?

Trent nous observe discrètement avec une expression déroutée. Je reste silencieuse. Les poings de Ranik se serrent. Sa colère est bien palpable. Mais il finit par souffler un grand coup et par se calmer, puis par parler plus doucement.

— Je t'ai aidée, jusque-là, Princesse. Tout ce que je t'ai enseigné a marché jusqu'à aujourd'hui, non ?

Je ne peux pas le contredire.

— Alors s'il te plaît, murmure-t-il. Si tu ne me fais pas confiance, crois au moins en ce que je t'ai appris. Quand je dis que je fais les choses, je les fais. Laisse Seth s'occuper de tes plaies à la maison. Je te promets de te ramener chez toi tout de suite après.
— Vraiment tout de suite ?
— Dès que tu me le demanderas, accorde-t-il.
Une immense fatigue m'accable soudain. Je n'ai pas le courage de lutter.
— D'accord.
Seth s'installe au volant. Avant que j'aie eu le temps de bouger, Trent s'avance pour m'aider à me lever. Plus rapide, Ranik met un bras dans mon dos et un autre derrière mes genoux, puis, avec une force et une agilité étonnantes, il me soulève et m'assoit sur le siège passager. Je regrette presque la tension agréable de son torse sous ma tête et le son profond des battements de son cœur lorsqu'il me repose. Je mets ma ceinture, puis Ranik et Trent sautent sur la plateforme du pick-up. Seth s'arrête devant la boîte. Miranda monte avec eux à l'arrière. Je m'endors par intermittence, mais la douleur palpite puissamment et me réveille à chaque fois. Seth ne dit rien. Il se contente de conduire. Je n'entends pas la conversation derrière moi. Cela vaut peut-être mieux : Trent paraît en colère et Miranda choquée. Je ne vois pas le visage de Ranik, qui est appuyé contre la vitre de séparation. Mais j'aperçois sa bouche et sa tête bouger par moments. Seth gare le pick-up sur le parking d'un immeuble de deux étages. Il est long et bleu délavé avec des portes qui grincent. Ranik bondit avant de monter les marches deux à deux pour aller ouvrir l'appartement 205, au premier. Trent s'avance vers moi, mais je le repousse.

— Ça ira, merci.

Je chancèle. Miranda ronchonne avant de coller une épaule sous la mienne pour me stabiliser.

— Mon cul, oui !

L'escalier me donne du mal, mais je finis par le gravir et par entrer dans l'appartement. Les lumières sont allumées et la cuisine d'angle en pagaille. Le salon abrite deux canapés et une énorme télé ainsi que plusieurs consoles de jeux. Des posters d'Arnold Schwarzenegger, de mangas japonais et de personnages de jeux vidéo sont placardés sur les murs. Une poupée gonflable en chemise hawaïenne est assise dans un coin, le visage gribouillé d'une impressionnante moustache et d'un monocle. Un rire m'échappe devant cette étrange vision. Miranda sourit, goguenarde.

— Tu as rencontré M. Pibbles, à ce que je vois. C'est notre mascotte.

Des vêtements et des papiers dans les mains, Ranik sort d'une pièce au bout du couloir dans laquelle il nous fait signe d'entrer.

— Par ici.

La chambre est petite et bleu nuit avec des étoiles phosphorescentes collées au plafond. Le large lit, recouvert d'une couverture à motif écossais, semble à peine fait. Des boîtes remplies de vêtements et de livres sont alignées contre un mur. Hormis un ordinateur sur un bureau et une chaise, il n'y a pas de meubles. Des affiches de grands classiques du cinéma décorent la pièce et un étui de guitare repose dans un coin. La fenêtre donne sur la ville, dont les lumières brillent à travers le rideau. Cela sent le pin et le vieux tissu. Miranda m'aide à m'asseoir sur le matelas. Ranik reste sur le seuil de la porte. Seth l'écarte pour s'avancer avec un kit de premier secours.

— Bon, tout le monde dehors, ordonne-t-il. Je vais avoir besoin d'espace pour travailler.

— Essaie de ne pas la tuer, ironise Miranda en lui adressant un clin d'œil.

Seth soupire en guise de réponse. Ranik sort en dernier avant de refermer la porte. J'entends la télé aussitôt après. Les longs doigts gracieux de Seth nettoient doucement mes plaies. Je me mords les lèvres de douleur.

— Tu as fait une sacrée chute, déclare Seth.

Je me concentre sur le poster d'une femme quasiment nue en serrant les dents. Elle est brune et incroyablement bien faite ; tout l'opposé de moi.

— Je ne perds jamais l'équilibre, normalement, dis-je en scrutant les lieux pour ne plus penser à cette photo dénudée. J'étais distraite.

— Ranik et toi semblez très bien vous distraire l'un l'autre. Il t'a regardée toute la soirée.

— Je peux t'assurer qu'il a regardé plein d'autres filles.

— Non, pas ce soir. Je le connais assez pour savoir quand il est focalisé sur quelqu'un, ajoute Seth d'un ton léger avant d'étirer une bande autour de ma cheville, que je l'aide à enrouler.

Là-dessus, il tamponne mes paumes avec un coton avant de suturer les entailles. Il jette ensuite un dernier coup d'œil à ma cheville et soupire.

— Tu vas devoir éviter de poser le pied et porter une attelle. On en trouve dans la plupart des pharmacies.

— Merci pour tout ce que tu as fait pour moi.

Mais j'ai des cours auxquels je dois assister. Je vais avoir besoin de marcher. Il n'est pas question que je reste immobile.

— Tu n'as pas de voiture ?

Je secoue la tête sans mot dire… Maman ne m'a jamais appris à conduire. Elle ne me faisait pas confiance. Elle s'imaginait que je me rendrais à des fêtes en voiture, que je tomberais enceinte, ou que je ferais une overdose.

Seth soupire.

— Bon, essaie de te faire déposer et de prendre le bus le plus possible, dans ce cas.

— D'accord.

Une immense fatigue m'accable de nouveau, mais beaucoup plus forte, cette fois. J'ai beau lutter, mon crâne atterrit malgré moi sur l'oreiller. Seth referme sa trousse de secours et se lève pour repartir. Je l'interpelle.

— Seth ?

Il se tourne.

— Oui ?

— Tu pourras dire… tu pourras dire à Ranik que je suis désolée d'avoir gâché son anniversaire ?

Seth sourit tristement.

— Bien sûr.

Mes paupières se ferment, puis le sommeil m'entraîne.

7

Trent allume la télé, mais la tension palpable qui règne dans le salon ne retombe pas pour autant. Le salon n'est jamais silencieux, d'habitude. Pas de cette façon. Il y a toujours des conversations à bâtons rompus, une partie de jeux vidéo en cours, des éclats de rire. Miranda tape du pied. Trent continue de mater l'écran avec un air déterminé.

— Bon, ça suffit. Qui est cette fille, Ranik ? finit par me demander Miranda avec un regard affûté.

— Je te l'ai dit, elle m'aide pour...

— N'importe quoi, intervient Trent d'une voix calme. D'après ce qu'on a entendu, c'est plutôt toi qui lui as appris des trucs, pas l'inverse.

— J'ai... nous avons... bossé sur un projet ensemble. Pour la fac.

— Dans quelle matière ? interroge Trent.

— Tu as vu rouge, m'interrompt Miranda sans me laisser le temps de développer. Tu l'as vue danser avec Ned, tu as pété les plombs et ensuite, tu l'as traînée dehors. C'est ton dernier plan cul en date, c'est ça ? Elle doit vraiment être un super coup pour que tu sois jaloux.

— Pas du tout ! je proteste en roulant mes poings en boule. Et ne parle pas de trucs que tu ne comprends pas.

— Aide-moi à comprendre, alors.

— Qui est-elle ? demande Trent dans un murmure.

Je jure dans ma barbe et m'enfonce dans le canapé, puis me penche à nouveau en avant en m'ébouriffant les cheveux. Les blessures d'Alice m'inquiètent, mais je ne peux pas aller la voir et l'importuner. J'ai reconnu le regard qu'elle a eu. Elle ne me fera plus jamais confiance. Je le mérite. Je ne suis qu'un sale type. C'est mon karma ! J'ai pété les plombs sans raison à cause de la façon dont elle s'est lâchée avec Ned, ce qui l'a poussée à partir et à tomber sur ce putain de trottoir. La question ne se pose plus : elle me déteste. Elle ne pourra jamais m'aimer.

— Vous ne direz rien à personne, d'accord ? je lance à Trent et Miranda, qui acquiescent aussitôt. Parce que je compte sur vous, sur ce coup.

— On ne dira rien, Ranik, déclare Trent.

— Promis juré, ajoute Miranda en opinant furieusement de la tête.

Je soupire avant de m'expliquer.

— Alice est amoureuse de Théo Morrison. Elle m'a demandé de lui montrer comment faire pour le choper. Et en échange, elle fait mes devoirs.

— Le mec de la radio ? s'étonne Miranda en écartant les narines, amusée. Celui qui ressemble à Ken, le mec de Barbie ?

Un petit rire sombre m'échappe.

— Lui-même.
— Et tu lui as appris... quoi, exactement ? intervient Trent.

Je hausse les épaules.

— C'est une vraie bleue question drague. Juste des trucs innocents : à se tenir la main, quel genre de culotte porter. Des trucs que toutes les filles devraient savoir, mais que, pour une raison ou une autre, elle ignore. C'est comme si personne ne lui avait jamais rien expliqué.

— Ou comme si elle n'en avait pas eu le temps, murmure Miranda. Elle vit à la bibliothèque ! Elle devait déjà être comme ça au lycée.

— Et ce soir ? demande Trent.

— Ce soir, je lui ai appris à danser. Enfin Barbara l'a fait, plutôt.

— Et ensuite, tu as pété les plombs ! lance Miranda d'un ton joyeux.

— Je ne comprends pas ce qui s'est passé, alors lâche-moi, d'accord ? C'était sûrement à cause de l'alcool.

Miranda rit et se lève pour aller chercher un verre d'eau dans la cuisine. Trent me dévisage en secouant la tête.

— Ce n'était pas l'alcool, Ranik.
— Ce qui signifie ?
— Oh ! rien... Juste que j'ai vu ta tête à notre arrivée... Tu ne t'es jamais fait du souci pour une fille de cette façon auparavant.

— N'importe quoi, j'objecte en m'asseyant en arrière et en étendant les bras et les jambes. Est-ce que j'ai l'air nerveux ?

Trent ne répond pas et recommence à regarder la

télé. Miranda ouvre un sachet de chips et se met à mâcher bruyamment tout en fouillant dans le frigo. J'entends Seth sortir de ma chambre et en refermer la porte. Je me redresse aussitôt et me jette sur le dossier du canapé pour l'intercepter.

— Alors ? je lance.

L'expression de Seth est sérieuse, mais souriante.

— Elle s'est endormie comme une masse. Elle m'a demandé de te dire qu'elle était désolée d'avoir gâché ta fête d'anniversaire.

— Elle... elle n'a rien gâché ! je bafouille.

Seth rit.

— Tu le lui expliqueras demain matin. Pour le moment, elle a besoin de se reposer.

— Je peux sortir le matelas gonflable, me propose Trent.

— Nan, c'est bon. Je vais dormir sur le canapé.

— Tu détestes ce canapé...

— J'ai dit que c'était bon, OK ?

Trent lève les mains en signe de reddition avant d'éteindre la télé et de rejoindre sa chambre d'un pas lourd.

— Je suis crevé. Bonne nuit.

— Salut ! gazouille Miranda en passant devant moi avec un lait au chocolat.

Seth lui emboîte le pas et me tapote l'épaule sur son passage.

— Elle va bien, Ranik. Essaie de te reposer un peu.

Je rougis.

— Comme si j'en avais quelque chose à foutre !

Seth se contente de pouffer et de refermer la porte de sa chambre. Le salon est enfin calme. Je nettoie les chips que Miranda a fait tomber puis sors une couverture du placard et m'écroule sur le canapé. Les ressorts s'enfoncent dans mon dos et mes pieds pendent dans le vide, mais peu m'importe. Ça en vaut la peine, si Alice passe une bonne nuit dans mon lit. *Mon lit.* Alice dans mon lit... Même là, alors qu'elle me déteste et qu'elle est blessée, ma bite ne renonce pas. Elle se réveille tandis que j'imagine ses cheveux étalés sur mon oreiller, ses jambes entortillées dans mes draps. Ça suffit ! Je n'ai pas quinze ans. Et j'ai eu trop de femmes pour pouvoir les compter. Je savais encore où j'en étais en début d'année, mais j'ai perdu le fil quand les filles de la fac ont décrété qu'elles aimaient les tatouages et les mecs avec des sourires en coin. Je ne suis ni un préado ni un gars inexpérimenté... je devrais savoir contrôler une érection.

Je grogne et me tourne, mais sans débander pour autant. Me voilà, excité comme un taureau à cause de la seule fille que je ne pourrai jamais avoir et qui dort à cinq mètres de moi dans mon propre lit. Je me retiens d'entrer sur la pointe des pieds et de la regarder. Mais j'ai fait assez de dégâts comme ça. La meilleure chose que je puisse faire, là maintenant, c'est d'aller mieux. Baisser la pression. Je devrais être plus comme elle : concentré sur les études, professionnel, distant. J'ai tout fait foirer en étant moi-même ; j'ai même gâché les chances qu'on soit amis. Et elle s'est blessée par ma faute. Il faut absolument que je me calme. Je peux le faire. J'y suis déjà arrivé auparavant. Avec toutes les autres. Ce sera facile. Ce n'est qu'une histoire de concentration. Oublier Alice en train de danser, de balancer ses délicieuses hanches, son corps ondulant comme j'aimerais qu'il le fasse avec moi... Je me mords la lèvre et jure dans mon poing. Ça devient ridicule. Pourquoi est-ce que je m'accroche à elle comme ça ? Ce n'est qu'une fille parmi d'autres. Elle est juste... Je sors mon téléphone et me retrouve soudain à mater les photos que j'ai prises en douce lorsqu'elle était au café. Ce n'est pas n'importe quelle fille. Elle est géniale. Son sourire est tellement radieux, presque autant que celui qu'elle avait ce soir lorsqu'elle dansait. J'ai cru que c'était à cause de Ned. Mais elle ne souriait pas à cause de cette espèce de connard. Elle souriait parce qu'elle était fière. Parce qu'elle apprenait vite et bien. Parce qu'elle voulait que je sois content d'elle. Et ma réaction à la con a tout cassé. Je me souviens de la courbe de ses hanches, de son soupir, du parfum de rose de ses cheveux... Je grogne à nouveau et remonte la couverture sur mon visage. Je suis complètement paumé et j'ignore pourquoi. Alice est toujours triste, d'habitude. Mais quand elle sourit comme ça, elle me fait perdre tous mes moyens.

Tout ce que je sais, c'est que je dois changer d'attitude. Mieux me comporter, prendre mes distances. Pour Alice. Je dois être un meilleur professeur pour que bientôt elle puisse séduire le mec qui lui plaît vraiment. Je dois arrêter de faire n'importe quoi si je veux qu'elle soit heureuse.

* * *

Mes paupières sont lourdes, au moment où j'ouvre les yeux. L'odeur de pin est partout. Le soleil de midi, qui filtre par les fenêtres, illumine le couvre-lit écossais. Écossais ? Où est ma couette violette ? Où suis-je ? Dans la chambre de qui ? Mon cœur bondit dans ma poitrine ; c'est la première fois que je me réveille dans le lit de quelqu'un d'autre. Il cesse presque de battre quand je me rends compte que c'est celui de Ranik. Je regarde autour de moi. Le poster de la femme à moitié nue sur la porte me rappelle les nombreuses filles qui se sont retrouvées à ma place.

Je ne peux m'empêcher de remarquer que la pièce est simple et bien rangée. Ranik ne possède pas grand-chose : une guitare, quelques livres. L'unique photo posée sur le bureau dans un cadre en verre montre une magnifique femme aux cheveux sombres élégante et souriante avec un bébé aux cheveux tout aussi sombres dans les bras. Est-ce Ranik ? Et cette femme, sa mère ? Non. Ça ne va pas. Je ne devrais pas être là. Je repousse les couvertures et grimace en me levant. Chaque écorchure me torture et les pansements sur mes mains et mes cuisses sont légèrement rouges. Je porte toujours la robe noire que Charlotte m'a prêtée et ma pochette est sur la table de chevet. Mon téléphone déborde de SMS qu'elle m'a envoyés. Je lui réponds aussitôt pour la rassurer et lui dire que je rentrerai bientôt. Je l'éteins ensuite pour préserver la batterie et gagne en boitillant la porte, derrière laquelle je trouve Ranik, un plateau entre les mains.

— Hé ! me lance-t-il en souriant. Bonjour, Princesse ! Je sais que tu aimes petit-déjeuner et je me suis dit que tu aurais sûrement besoin d'énergie, vu tes émotions d'hier soir...

Je recule et l'observe poser le plateau sur le lit. Il y a du jus d'orange, des toasts beurrés à la cannelle, des tranches de poires et de fraises décorées de feuilles de basilic au sommet.

— Tu n'es pas obligée de manger, avance-t-il

aussitôt en faisant tinter ses clés de voiture. On peut filer tout de suite, si tu préfères. Oh ! Mais tu auras peut-être envie de prendre ça pour la douleur, en revanche, suggère-t-il en désignant deux cachets d'Advil à côté du verre.

Je lance un discret coup d'œil aux toasts.

— Est-ce que tu... tu as dessiné un smiley avec du sucre ?

— Hé ! hé !... Tu as remarqué. Ma mère disait toujours que la nourriture heureuse rendait les ventres heureux.

Son rire est léger, mais son ton s'assombrit durant un bref instant.

— Que lui est-il arrivé ? je demande avec douceur. Mais tu ne souhaites peut-être pas en parler...

Le regard vert de Ranik se pose sur la photo derrière moi. Ses lèvres se serrent.

— Elle est partie un jour dans le bois derrière le lotissement de mobile homes et on ne l'a jamais revue.

Je reste muette. Ranik émet un rire amer.

— Enfin, ce n'est pas tout à fait vrai. Elle est revenue. Dans un sac.

— Je... je suis désolée.

— Ne le sois pas. Ça remonte à longtemps. Mange. Et... tu trouveras de quoi te changer si tu n'es pas bien dans cette robe. Des affaires de Miranda. Elle a dit que tu pourras les lui rapporter à la fac. La salle de bains est juste de l'autre côté du couloir, si tu as envie de prendre une douche.

Il désigne au bout du lit un tee-shirt avec un crâne, un short en jean noir et des tongs avant de tourner les talons.

— Je serai dans le salon quand tu seras prête à partir.
— Ranik...
Il fait volte-face.
— Je te suis très reconnaissante. Vraiment.
Ses yeux pétillent de joie à ces mots.
— Reconnaissante, Princesse ? Pour quoi ? Tu ne crois quand même pas que c'est gratuit, j'espère ? C'est une même et grande leçon : le cérémonial du matin après avoir passé la nuit avec un mec.
— Ce n'est pas moi qui aurais dû préparer le petit déjeuner, dans ce cas ?
— Carrément pas. C'est au mec de le faire. Si jamais un gars attend ça de toi alors que tu lui as fait l'honneur de coucher avec lui, c'est que tu as affaire à un gros macho flemmard et ingrat et que tu dois absolument le balancer.
— Et si j'ai envie de lui préparer le petit déjeuner ?
Ranik sourit.
— Alors ça voudra dire que ce mec sera un putain de petit veinard.
Il repart pour de bon à ces mots. Durant une seconde, j'hésite à lui demander de me ramener chez moi lorsque mon estomac gargouille comme jamais. Je m'assois sur le lit et grignote mes tartines en silence, pleine de joie à la vue du smiley en sucre. Le play-boy de l'université de Mountford prépare des toasts au sucre décorés de smileys... Si les gens savaient ça. J'avale les comprimés avant de manger quelques fraises. Ranik a tout disposé si joliment qu'on croirait presque la photo d'un magazine. Il a dû y passer du temps.
Je serre les vêtements de rechange contre ma poitrine. Ma robe me démange. Je ne la supporte

plus. Je me dirige tant bien que mal vers le couloir. L'appartement paraît vide, en dehors de Ranik, qui envoie des SMS assis sur le canapé. Je m'éclaircis la voix. Il sursaute avant de se lever d'un bond.

— Tu es prête ? me demande-t-il.

— Je... j'aimerais prendre une douche avant de partir, si ça te va.

— Oh ! fait Ranik en rougissant légèrement. Bien sûr. On n'est pas aux pièces. Enfin on peut l'être... Mais... Je...

Il se met à rire en se frottant le front.

— Je ne sais pas si je suis trop gentil ou pas.

— C'est bon, dis-je. Tout ça n'est qu'une leçon, n'est-ce pas ?

Le visage de Ranik s'illumine.

— OK, j'ai pigé.

J'entre dans la salle de bains et verrouille la serrure derrière moi. Le maquillage de Miranda et les peignes de Seth sont disséminés un peu partout. Les nombreuses bagues en argent de Ranik pendent à un anneau en plastique transparent accroché à la porte et la gigantesque serviette de Trent éclipse toutes les autres sur le portant. Je fouille dans le placard et en trouve une de propre. Je retire mes pansements en haletant. Les écorchures n'ont pas l'air trop mal, mais elles suintent.

L'eau chaude me revigore. Elle balaie une nuit de crasse, de paillettes et de fumée. Je verse délicatement un peu de shampoing dans mes paumes et me lave les cheveux. Les affaires de Miranda sont à ma taille, juste un peu trop petites. Je bande mes blessures et me sèche tant bien que mal les cheveux avant de sortir.

Ranik se lève aussitôt cette fois encore, les clés à la main.
— Tu es prête ?
— C'est bon. Je n'ai pas envie de rentrer tout de suite, ne te presse pas.
— J'ai promis, dit-il, légèrement crispé. Je t'ai promis hier soir de te ramener chez toi à ton réveil, donc...
— Je comprends. Merci de te préoccuper à ce point de mes désirs, mais j'aimerais finir mon petit déjeuner d'abord.

Je retourne dans la chambre et en rapporte le plateau, que je pose sur la table basse entre Ranik et moi. Il envoie des SMS avec une mine très concentrée. Je croque un morceau de poire et prends un peu de jus d'orange. Ranik s'interrompt pour humer l'air avant de rosir et de recommencer à taper sur son portable.
— Quelque chose ne va pas ? je demande.
Il secoue la tête et plisse le front.
— Non, rien. Bon, puisque tu es là, on pourrait peut-être en profiter pour aborder ton nouveau cours ?
— Qui consiste en quoi ?
— Confidences sur l'oreiller.
Je hausse un sourcil. Il se racle la gorge.
— Normalement, on fait ça avant le petit déjeuner, ou avant la douche, et au lit. Mais on va faire avec ce qu'on a...

Je me lève et me dirige vers sa chambre avant de pointer une tête à l'angle du couloir quand je constate qu'il ne me suit pas.
— Tu viens ?
Il me répond d'une voix légèrement étranglée.
— Où ça ?

— Un apprentissage authentique nécessite une expérience authentique. Donc, nous allons nous allonger pour ce cours de conversation sur l'oreiller.

Je pénètre dans la pièce puis m'installe du côté droit du matelas. Ranik finit par arriver avec un air de gamin penaud convaincu qu'il va se faire gronder d'un moment à l'autre. Il s'assoit au bord du lit, sur la gauche.

— Tu es sûre, Princesse ?

Je le regarde avec tendresse.

— Évidemment. Tu es mon professeur, non ?

— Hier soir, tu as dit que tu ne me faisais plus confiance...

— J'avais mal. Et j'étais en colère.

— Mais tu l'as dit.

— Je peux dire des trucs méchants, par moments. Je suis désolée. J'espère que tu pourras me pardonner. Tu as été un très bon professeur et j'aimerais encore apprendre auprès de toi.

Ce dernier commentaire me vaut un rire sonore.

— Ce que tu peux parler sérieusement, quand tu t'y mets... Ça donne presque l'impression de discuter avec un personnage d'une autre époque ou je ne sais quoi.

Je recule, soudain honteuse.

— Désolée, je...

— Hé ! fait-il doucement avant de s'allonger enfin. Ce n'est pas mal. Ne t'excuse pas. C'est... différent. Au sens positif du terme.

— Tous les garçons ne partagent pas ton point de vue.

— Ouais, eh bien, ils sont crétins.

— Théo s'en fiche, lui aussi, dis-je en souriant. Il est très patient avec moi.

— Ah ! ouais ? Tant mieux.

Je roule sur le ventre pour regarder Ranik dans les yeux. Nous nous retrouvons si près que son bras touche ma taille. Je peux voir sa poitrine se soulever et retomber en rythme avec sa respiration.

— Bon, allons-y, professeur.

Ranik se fige durant une seconde avant d'inspirer et de s'allonger à son tour à plat ventre.

— Bon. Les confidences sur l'oreiller ont toujours lieu après le sexe.

— Évidemment.

— On discute de tout et de rien, en général. Je pourrais parler de mon enfance ou du boulot. Disons que Théo le ferait sûrement. C'est assez banal chez un mec basique.

— Et toi, quel sujet aborderais-tu ?

Un adorable sourire se dessine sur ses lèvres.

— Avec toi ? Putain, des trucs drôles ! Pour te faire rire. Comme... mon histoire de perroquet, ou celle avec l'échelle, ou du vieil homme aux sept cents patates douces...

— Sept cents patates douces ? je répète en écarquillant les yeux.

— Ouais ! Un jour, il les met dans son camion pour aller les vendre à un marché de producteurs au bas de la route. Lui et sa femme les chargent. Là-dessus, le bonhomme file au marché et réussit à toutes les vendre. Il est super excité à l'idée de rentrer chez lui annoncer la bonne nouvelle à sa femme. Mais une fois chez lui, il la cherche partout et ne la trouve nulle part.

Je fronce les sourcils. Ranik se penche vers moi. L'odeur de son après-rasage me parvient. J'aperçois des petits éclats dorés dans ses yeux, comme de la poussière d'étoiles.

— Du coup, il appelle la police pour signaler sa disparition. Les mois passent jusqu'au jour où elle finit par se pointer sur le pas de la porte comme par magie.

— Quoi ?

— Ouais ! Alors, le vieux type lui demande : « où est-ce que tu étais passée, chérie ? » Et là, sa femme lui répond : « tu m'as enterrée sous les patates pendant qu'on les chargeait, espèce d'idiot ! Tu m'as vendu au docteur Grayson au marché ! » En entendant ça, il lui demande : « pourquoi tu n'es pas rentrée plus tôt ? » Là, elle lui sort : « parce que j'ai dû attendre qu'il termine ses sacs de patates douces, espèce de crétin » !

Ranik se tord de rire à ces mots. La blague n'est pas drôle, plus un genre d'humour absurde version campagne. Mais sa réaction est tellement disproportionnée que je rigole à mon tour.

— Donc, les gens se racontent des blagues après avoir couché ensemble ? je lance une fois que nous sommes calmés.

Ranik hausse les épaules.

— Comme je viens de le faire ? Non. Avec moi, les filles prennent pas trop le temps de parler. Elles préfèrent partir vite ou me virer.

— Ce serait plutôt l'inverse, d'après certaines rumeurs. Ce serait toi qui les mettrais dehors. Sous la pluie, même.

Ranik paraît sidéré.

— Quoi ? Qu'est-ce que c'est que ces conneries ! Je n'ai jamais dégagé une nana de mon lit, et encore moins sous la pluie. Je te le jure ! Demande à Trent ou à n'importe lequel de mes colocs ! Je ne ferais jamais un truc pareil.

Je sonde son regard pour conclure qu'il dit vrai.

— Les rumeurs sont vicieuses.
— Celles sur toi ne sont pas très sympas non plus.
— Ah ! oui ? Raconte.
— Ça n'en vaut pas la peine, se reprend-t-il. En plus, personne ne les croit.
— Pourquoi ?
— Parce que personne ne te connaît. Les rumeurs ont toujours un fond de vérité quand elles sont concoctées par des gens qui te côtoient et qui te veulent du mal. Mais comme personne n'est vraiment proche de toi, on ne peut pas balancer des ragots qui fonctionnent.
— Charlotte est mon amie, je me défends. Mais elle ne lancerait jamais de fausse rumeur sur mon compte.
— Charlotte… La meuf aux cheveux bouclés ?
— Oui. On se fréquente depuis le collège.
— Trent et moi depuis le jardin d'enfants, confie Ranik. C'est chouette de connaître quelqu'un depuis aussi longtemps. Ça signifie que tu n'es pas un robot.

Je plisse le front.

— Merde… Désolé, Princesse. J'ai oublié que tu n'aimes pas ce nom.

Je contemple l'oreiller humide à cause de mes mèches mouillées.

— C'est comme ça que les autres m'appelaient, à l'école, j'articule lentement. « Tu t'exprimes comme un robot. Pourquoi tu ne demandes pas ça à Robot Girl ? On prend Robot Girl dans notre groupe, comme ça elle fera tout le boulot. Elle n'a pas de sentiments, c'est un vrai robot. Robot sans cœur. Sale garce de Robot Girl », j'énonce en souriant. J'imagine qu'ils devaient avoir raison, dans un certain sens.

— À propos de quoi ? Ce sont des conneries. Ces gens étaient juste jaloux de ton intelligence et de ta grâce. Tu as des sentiments. Et un cœur.

— Je n'ai pas été très sympa avec toi, au début.

Il hausse les épaules avec un petit rictus aux lèvres.

— Plein d'autres filles sont sympas avec moi.

Ma poitrine se serre étrangement à ces mots, mais je poursuis.

— Tu as essayé de m'apprendre des choses et j'ai été sur la défensive. Ça doit être vraiment difficile de m'avoir comme élève. Je crois… Je crois que j'ai peur, en fait. De ne pas bien m'en sortir avec ces cours et d'échouer à cause de ça. Je crains de tout gâcher avec Théo et j'ai rejeté la faute sur toi. Excuse-moi.

— Je te dois des excuses, moi aussi, fait-il en ébouriffant ses cheveux noirs. Pour hier soir. Je ne sais pas ce qui m'a pris de t'arracher à la piste de danse comme ça. Ce n'était pas très classe de ma part.

— Ce qui veut dire que tu crois l'être le reste du temps ? dis-je avec un petit sourire narquois.

— Évidemment ! Je suis peut-être débile et un peu prétentieux, mais je ne suis pas un connard. J'ai horreur des connards.

— Tu ne t'es pas comporté comme un connard. C'était sympa de rencontrer tes amis, hier soir, à la boîte.

Le silence retombe un instant. Je sens mon visage s'embraser.

— Et de danser avec toi…

À peine ai-je tourné la tête que ses lèvres frôlent les miennes. C'est un baiser léger comme une plume... mon tout premier. Mes yeux se ferment malgré moi. Ranik prend fermement ma joue dans sa paume et commence à caresser ma mâchoire du pouce. Il est tellement doux. Des étincelles courent sous ma peau jusque dans ma colonne vertébrale. Cela dure à peine une seconde et Ranik recule aussitôt.

— C'était pour la leçon, déclare-t-il d'une voix étranglée tout en passant la langue sur ses lèvres. Merde... Je n'ai même pas... Fais chier.

Il fourre son visage dans ses mains, son corps tendu de colère.

— Qu'est-ce qui ne va pas ? C'était aussi nul que ça ?

Ses yeux vert doré se tournent vers moi, son regard lourd de honte.

— Pas du tout ! Tu étais parfaite ! Je voulais juste dire que... c'était ton premier baiser. Et je te l'ai pris. C'est moi qui l'ai eu au lieu de Théo comme tu devais l'espérer. Je suis désolé. Sincèrement. Je ne réfléchis jamais avant d'agir et je merde systématiquement !

Il se rassoit en flanquant un coup de poing dans son coussin.

— Ne sois pas trop dur avec toi, je réponds en posant ma main sur son épaule. Je n'attache aucune importance au légendaire premier baiser. J'ai toujours trouvé plutôt étrange que les filles le mythifient autant. En plus, ce serait mieux que j'aie un peu d'expérience le jour où j'embrasserai Théo.

La honte s'éloigne de Ranik comme un nuage sombre. Il se redresse soudain avec un air déterminé, sérieux, et s'étire de tout son long sur le lit, ses longs membres tendus tels ceux d'un lion. Ses tatouages s'enroulent et se déroulent sur ses muscles fins.

— OK. Donc, ça ne te gêne pas qu'on s'embrasse ? Là, c'était presque rien. Enfin, pas amical quand même, on ne fait pas ce genre de trucs entre potes. On fait plutôt ça.

Il m'embrasse alors la joue pour me montrer.

— Mais ce n'était pas sexuel non plus. C'était… entre les deux. Un baiser de couple. Oui, je crois qu'on pourrait appeler ça comme ça.

— C'était très agréable, dis-je en souriant.

Ranik se radoucit, mais lutte pour conserver une attitude en apparence professionnelle.

— Je suis vraiment soulagé. Je m'attendais à ce que tu me détestes.

— Je ne peux pas te détester à cause d'une leçon, j'articule avec précaution. Tu m'apprends des choses. Et illustrer un cours par des exemples est une excellente manière d'enseigner.

— Donc, je pourrais t'embrasser là maintenant sans que ça ne te fasse rien ?

— Oui, tant que ça reste instructif.

Le sourire de Ranik devient soudain celui d'un prédateur. Il se penche vers moi et contemple ma bouche, son visage à quelques centimètres du mien. Je pourrais compter chacun de ses cils à cette distance, chacune de ses rides d'expression. Son haleine est chaude et mentholée et les cordelettes autour de son cou m'attirent. Ses lèvres s'avancent, aussitôt imitées par les miennes. Mais Ranik recule avant de rire doucement.

— Ha ! ha ! Princesse… Tu ne peux pas foncer comme ça avec tant d'enthousiasme. Théo pourrait se faire de fausses idées et imaginer que tu cherches autre chose.

Ranik ne bouge toujours pas. Il est si près et pourtant si loin que je me tortille en fronçant les sourcils, aiguillonnée par la sensation électrique de tout à l'heure. Ranik rit un peu plus.

— Ha ! ha ! Tu es trop mignonne quand tu fais la moue !

Le mot « mignonne » me fait l'effet d'une bombe. J'en reste abasourdie. Mignonne ? Personne ne m'a jamais appelée de cette façon, avec honnêteté et sincérité. Garce, oui. Snob, oui. Frigide, oui. Mais mignonne, jamais. Sauf que Ranik vient de le faire comme s'il le pensait vraiment. Je me penche sans lui laisser le temps de reculer et pose mes lèvres inexpérimentées sur les siennes. Mes dents égratignent sa lèvre du bas. Je m'attends à ce qu'il s'écarte, outré, mais le gémissement qui lui échappe me rend seulement plus téméraire. Je le mords un tout petit peu plus fort. Ranik grogne et plaque sa bouche contre la mienne, sa langue suivant le contour de mes lèvres avant de se glisser entre elles comme si elle cherchait désespérément à mémoriser chaque contour de ma bouche.

— Ceci..., halète-t-il entre deux rapprochements, est un baiser sexuel.

À ces mots, il se retrouve soudain sur moi, m'embrassant toujours, les jambes de part et d'autre de mon corps. Le sentir se pencher au-dessus de moi augmente un peu plus la sensation électrique qui picote ma peau. L'anticipation d'un événement inconnu quoique imminent grandit en moi, malgré moi. C'est tellement mieux que de me satisfaire toute seule dans mon lit en fantasmant sur Théo. Ce désir est plus brûlant, plus lumineux, plus réel. Mes lèvres me font presque mal quand Ranik finit par s'écarter. Il parcourt mon corps de haut en bas d'un regard légèrement voilé comme celui du garçon de la boîte de nuit. Sauf que celui de Ranik est mille fois plus intense, teinté de noirceur, d'attente douloureuse. Au moment où je pense qu'il va recommencer à m'embrasser, il enfouit son visage dans mon cou en reniflant. Je ne peux retenir le rire qui m'échappe alors.

— Excusez-moi, monsieur Mason, mais cela fait-il également partie de la leçon ?

— Désolé, c'est juste que tu as la même odeur que moi. Tu as utilisé mon shampoing.

— Et tu es si narcissique que tu aimes ça ? dis-je en souriant.

— J'aime ça, susurre gaiement Ranik à mon oreille, parce que l'idée de laisser mon odeur sur toi...

Il s'étouffe à ces mots et se redresse brutalement avant de rouler loin de moi. Il se lève du lit avec raideur. Ce changement soudain – de décontraction languissante à cette extrême tension – m'étonne tant il paraît peu naturel. Forcé.

— Ça suffira pour aujourd'hui, articule-t-il d'une voix étranglée. Tu devais connaître la différence entre le baiser innocent, celui d'un couple, et celui du sexe. Tu la connais, maintenant. La leçon est terminée. Allez viens, je te ramène chez toi.

Une étrange déception, que je chasse aussitôt, m'envahit alors. Je n'ai pas de temps à consacrer aux distractions ni aux sentiments. Je range dans un coin de ma tête cette toute nouvelle expérience tandis que Ranik m'accompagne à sa voiture.

— Quand est-ce que je devrais embrasser Théo, selon toi ? je l'interroge au moment où il s'arrête sur le parking. Ou est-ce que je devrais plutôt attendre qu'il le fasse le premier ?

— Et toi, qu'est-ce que tu voudrais ? me demande Ranik. Les filles préfèrent que le mec les embrasse d'abord, en général.

— Je m'en moque complètement, tant qu'on m'embrasse.

Ranik rit franchement.

— Toujours aussi pragmatique, fait-il en me lançant un regard de biais. Alors, ça t'a plu ou pas ?

— Oui. C'est très intéressant et drôle. J'aimerais recommencer. Très vite.

— Tu n'auras qu'à m'appeler. On considérera ça comme une leçon supplémentaire. Un genre d'option.

Une fois au pied de mon bâtiment, Ranik m'aide à descendre de voiture.

— Bon, je t'apporterai du boulot d'ici deux jours, dac ? On se verra à ce moment-là.

— Oui. Merci pour tout. Pour le petit déjeuner, le cours...

Le baiser. Les baisers. Les merveilleux baisers. Dont je ne dis rien. Un silence gêné retombe. Ranik fourre ses mains dans ses poches avec un petit sourire en coin.

— Bah ! C'est rien. Je fais juste mon job de prof, n'est-ce pas ?

J'acquiesce avant de le regarder partir. Il a à peine fait cinq pas lorsqu'une fille aux cheveux auburn l'attrape par le bras en gloussant. Il lui donne une tape sur les fesses, qui la fait seulement rire plus fort. Une part inconnue de moi s'irrite profondément devant ce spectacle. Je repousse aussitôt ce sentiment.

Ranik est d'abord Ranik, et ensuite mon professeur. Il sera toujours un playboy. Ce n'est pas parce que nous nous sommes embrassés aujourd'hui qu'il est mon copain. Je ricane à cette pensée... Ranik, le petit ami de quelqu'un ? Jamais. Un mec d'une nuit, peut-être. Ou un ami avec bénéfices. Mais un petit ami officiel, jamais. « Officiel » et « Ranik » sont des antonymes. Pourtant, même si je sais qu'il n'a aucune obligation envers moi, la colère perdure. Elle se dissipe seulement lorsque j'arrive à la bibliothèque et que j'aperçois Théo. Il étudie les mathématiques des systèmes acoustiques à une table avec un air sérieux. Mon imagination s'enflamme aussitôt. Je me figure Théo m'embrassant comme Ranik l'a fait. Je me glisse nerveusement sur la chaise en face de lui avec mon livre de cours.

— Salut, dis-je.

Théo lève la tête puis me sourit.

— Alice ! Comment ça va ? Sympa, ton nouveau look.

Je regarde mon tee-shirt avec le crâne et mon short en jean déchiré avant de rougir.

— C'est à une amie. Elle me les a prêtés. C'est... temporaire.

— Oh, mon Dieu ! Qu'est-ce qui t'est arrivé ? s'exclame-t-il en désignant mes mains bandées.

Je hausse les épaules avec un air penaud.

— Je suis tombée et je me suis râpé les paumes.

Théo paraît soudain soucieux.

— Elles semblent sacrément blessées. Tu devrais faire plus attention.

Je palpe mes pansements avec les doigts. Son inquiétude et son intérêt pour moi me donnent la sensation de me liquéfier sur place. J'inspire à fond en prenant mon courage à deux mains avant d'expirer, le regard rivé sur ses lèvres et de me pencher au-dessus de la table.

— Qui devrait faire plus quoi ? lance alors une voix guillerette.

Je lève la tête et aperçois Grace. Elle a relevé ses cheveux noirs en une queue-de-cheval lâche et mis un sweat à capuche violet vif avec des trèfles verts imprimés dessus.

— Bonjour. Alice, enchantée.

Grace m'adresse un sourire radieux.

— Grace. Oh ! Qu'est-ce que tu as là ? interroge-t-elle en jetant un coup d'œil au titre de mon manuel. Analyse exhaustive de l'anatomie masculine ?

— C'est pour mon cours de biologie, dis-je aussitôt.

— Ah !... Les chapitres sur la reproduction, hein ? intervient Théo en souriant. Prépare-toi aux quiz les plus hilarants de ta vie.

— Tout le monde n'est pas aussi immature que toi, Théo, assène Grace avant de me murmurer : mais j'ai vraiment dessiné une bite avec un visage en réponse à la question bonus.

Je ris à ces mots.

— Je n'ai jamais dessiné de pénis.

— Vraiment ? s'étonne Grace en écarquillant les yeux. Mais tu en as déjà vu un, non ?

Rouge de honte, j'adresse un regard impuissant à Théo.

— Je...

— Laisse-la tranquille, Grace, ordonne patiemment Théo. Ce n'est visiblement pas le cas.

— Quoi ? Vraiment ? insiste la jeune femme, soudain curieuse. Pas même celle d'un gamin à qui tu aurais changé la couche ? Ou celle de ton grand-père quand il fallait l'aider à aller aux toilettes ?

— Je ne suis pas très douée avec les enfants, j'explique. Et mes grands-parents sont morts avant ma naissance.

— Mais…, poursuit Grace en se penchant en avant : et le porno ? Il y en a plein, dans les films pornos.

Je rougis un peu plus.

— Je n'ai jamais, euh…

— Oh, mon Dieu ! fait Grace en reculant. Ouah ! C'est vraiment… incroyable ! Tu es la première personne que je rencontre qui…

— Allez, Grace, laisse-la tranquille, répète Théo d'un ton plus ferme.

Grace lui lance un petit regard noir.

— Je suis simplement curieuse ! C'est vraiment hallucinant à notre époque et à cet âge ! explique-t-elle avant de se tourner vers moi : ça veut dire que tu es lesbienne ?

— Non ! je proteste. J'ai juste été… très occupée.

— Donc, tu pourrais être lesbienne, mais l'ignorer pour le moment.

— Je suis plutôt convaincue du contraire, j'insiste.

Théo me regarde, contrit, puis se lève en refermant son livre.

— Bon, je file. L'émission de ce soir ne se fera pas tout seule.

— Je viens avec toi ! propose Grace avant de pivoter vers moi. C'était très sympa de te rencontrer, Alice.

J'ai du mal à sourire. Elle ignore visiblement à quel point ses paroles m'ont affectée. Et sans doute ne le saura-t-elle jamais.

— C'était un plaisir, Grace. Passe une bonne soirée.

Théo revient sur ses pas tandis que sa compagne quitte la bibliothèque.

— Je suis vraiment désolé.

— Ne t'inquiète pas, je le rassure. Je suis certaine qu'elle ne pensait pas à mal.

Théo pose une main sur mon épaule.

— Tu es quelqu'un de bien, Alice. On te l'a déjà dit, non ?

— Tu es le premier.

— Eh bien, je te le dirai plus souvent, dans ce cas.

La chaleur de ses doigts court dans tout mon corps, se diffuse telles les racines d'une graine dans un sol fertile. Elle se répand dans mon cœur, mes poumons et mon sang. L'envie pressante de l'embrasser est toujours présente, mais pas mon courage, troublé par les propos de Grace. Théo finit par reculer, puis par partir après m'avoir adressé un ultime sourire. Je les regarde s'éloigner avant d'aller m'installer près d'une fenêtre donnant sur les cerisiers à l'arrière. Grace est d'une curiosité dévorante et d'une franchise sidérante. J'ai l'impression de mieux la connaître, maintenant que je lui ai parlé. Comme elle, je devrais dire ce que je pense au lieu de tout garder pour moi, de tout analyser de fond en comble. Non seulement parce que Théo apprécierait, mais parce que cela semble très libérateur.

Je sors un bloc de post-it de mon sac pour marquer les pages importantes de mon manuel. J'ai beaucoup de choses à étudier. Au bout de plusieurs heures de travail, je contemple le livre constellé de signets avec une immense satisfaction. Ma tête est remplie de diagrammes et de descriptions médicales. Ne reste désormais plus qu'à les mettre en pratique.

J'envoie un texto à Ranik tout en regagnant ma chambre :

J'aimerais vraiment en apprendre plus sur le pénis. Et très vite.

* * *

Son SMS me surprend tellement que j'en trébuche. À mes côtés, Keri se fige aussitôt.

— Quelque chose ne va pas ? demande-t-elle gaiement sur ce ton sucré chelou que la plupart des filles adoptent en présence de mecs qu'elles connaissent à peine, mais avec lesquels elles adoreraient néanmoins coucher. Je fixe l'écran de mon téléphone, puis Keri tour à tour.

Alice veut apprendre des choses sur les attributs masculins.

Je réprime un grognement tandis que l'érection que j'ai eu tant de mal à contenir tout à l'heure fait un retour vengeur. L'embrasser, la sentir sous moi m'a rendu chaud bouillant. Ce que j'ai malgré tout réussi à dissimuler à son regard d'aigle. J'ai bondi de la voiture en soupirant de soulagement lorsque j'ai vu Keri – une joueuse suppléante de l'équipe de tennis universitaire avec qui j'ai eu une relation au début de l'année.

Keri n'est pas Alice – ses cheveux sont teints en rouge et elle est petite et pulpeuse là où Alice est grande et gracieuse. Les résultats scolaires de Keri sont catastrophiques et elle n'aurait pas assez de repartie pour faire du mal à une mouche, alors à un être humain encore moins. Mais elle est sympa et souriante, et surtout, elle semble contente de coucher avec moi – et surtout bis, elle se contrefout que je pense à une autre en le faisant avec elle.

Keri me flanque un coup de coude dans les côtes.

— Hé ! Quelque chose ne va pas ? La foudre vient de te tomber sur la tête ou quoi ?

Je regarde de nouveau le texto. Je serais carrément ravi de lui en apprendre plus, là tout de suite. Je pourrais faire demi-tour, la débusquer et l'embrasser, un baiser fort et profond, pour lui faire comprendre que j'aimerais faire la même chose avec ma queue tout en lui disant que c'est une leçon. *Celle que tu voulais, Alice*, j'ajouterais en passant mes mains sous son tee-shirt pour taquiner le bout de ses seins. J'ai vraiment pris sur moi, tout à l'heure, sur mon lit. Mais je pourrais toujours réaliser ce fantasme. Il n'est pas trop tard. Elle me demande de lui donner un cours dont je rêve depuis le premier jour...

« Théo s'en fiche, lui aussi. Il est très patient avec moi », avait-elle dit, un sourire aux lèvres.

Sa voix pleine d'amour me revient en mémoire. Mon besoin pressant de faire demi-tour et d'aller la trouver s'éteint aussitôt comme la flamme d'une chandelle.

Ce n'est pas moi qu'elle veut. Je devrais me calmer.

— Hé ! répète Keri pour la troisième fois. Tu commences vraiment à me faire flipper.

Je me tourne vers elle.

— Ah ! désolé. C'est juste un plan bizarre de mes potes. Un petit psychodrame, genre, si tu vois ce que je veux dire ?

— Je vois, répond-elle en haussant les épaules. Tu es toujours partant ou… ?

Son regard se pose sur mon entrejambe. Un désespoir obscur et froid me rattrape, durant une seconde. Pour la millionième fois, je suis déçu qu'une fille veuille seulement coucher avec moi. Qu'elle n'en ait rien à foutre de mes sentiments ni de ma vie. Je m'oblige à rire et secoue la tête.

— Nan, désolé. Une prochaine fois, peut-être ?

Je la plante là avec sa mine renfrognée. En vérité, je pourrais m'occuper de son cas pendant des heures. Alice y a veillé. Mais quelque chose en moi, un truc bizarre et nouveau, n'en a rien à foutre. L'envie pressante de baiser n'importe qui pour évacuer mon désir pour Alice n'est plus là. Ce besoin est encore présent. Mais il ne se contentera pas de n'importe qui. Il veut Alice. Et plus que pour un simple plan cul. Je rêverais de la prendre dans mes bras, de la faire rire, sourire, d'écarter ses cheveux de ses magnifiques yeux, de lui cuisiner quelque chose qu'elle aime, d'embrasser ses poignets à la plage et de la serrer contre moi au musée, de la caresser sous la douche, sur l'évier de ma cuisine, de lui mordre le cou et de la plaquer contre un mur jusqu'à ce qu'elle en perde la tête et son sang-froid de fer et qu'elle hurle mon nom.

Voilà ce que mon désir souhaite.

Ce que *je* veux.

Mais je ne l'aurai jamais. Pas même dans un million d'années.

Je jette un coup d'œil à mon reflet dans le rétroviseur. Je n'y aperçois aucune chevelure angélique dorée comme celle de Théo. Juste une tignasse en bataille et sombre comme le péché. Je ne suis pas moche, mais pas beau et sain comme Théo. Son nez est droit alors que le mien est tordu à la suite de deux fractures. (Merci pour ça, cher père !) Théo est intelligent et friqué. Un avenir de rêve et une famille géniale l'attendent. Qu'est-ce que j'ai qu'il n'a pas ? Je sais donner du plaisir à une femme, balancer un méchant uppercut et dévorer un bœuf entier. Mais je foire mes études, que je prenne des notes en cours et que je bosse chez moi ou pas. Parce que je suis bête à bouffer du foin. Je n'ai jamais eu de relation et je ne connais rien à l'amour, à l'inverse de Théo. Théo a tellement plus à apporter à Alice. Tout ce que je peux faire pour elle, c'est lui enseigner à être avec lui.

Une douleur fulgurante écrase soudain ma poitrine. Brutale comme celle provoquée par les coups de mon père, en mille fois pire. Plus brute et plus intérieure. Je me penche au-dessus du volant et tente de respirer comme j'ai appris à le faire. Inspire à fond. Voilà. Recommence... Va te planquer dans un coin sombre pour que la souffrance ne te trouve pas quand elle reviendra, tenace et infernale.

Je dois mettre un terme à ces conneries. Elles doivent cesser immédiatement. Quelle que soit l'origine de cette douleur, elle fait un mal de chien. Et si j'ai appris une chose dans ma vie, c'est à fuir tout ce qui fait mal. Très loin. À trancher dans le vif.

Je conduis pour aller chez la seule personne qui

comprendra, la seule qui a déjà compris mes problèmes auparavant.

Barbara porte une perruque bleu clair aujourd'hui. Elle me sourit de derrière le bar tout en frottant des verres avec un chiffon usé. L'endroit est vide hormis un vieux type en costume, qui boit au bout du comptoir.

— Salut, mon chou ! me lance-t-elle tout en m'examinant du regard. Mauvaise journée à la fac ?

Je me laisse tomber sur un tabouret avant de poser mon front sur mes bras. Barbara fait claquer sa langue.

— Oh ! Je connais cette tête.

Je me renfrogne.

— Quelle tête ?

— Celle d'un homme amoureux.

Je lève les yeux au ciel en me moquant.

— N'importe quoi !

— Chéri... Je tiens une boîte de nuit depuis quinze ans. Je peux reconnaître la tête d'un amoureux désespéré et repérer un cœur brisé à vingt kilomètres.

Elle verse quelque chose dans un verre, qu'elle glisse ensuite le long de mon coude.

— Je sais que tu ne bois presque plus, mais je crois que ça pourra te faire du bien.

Je plisse le nez pour humer le breuvage.

— Tant que ce n'est pas du whisky.

— L'Or de Jean Martell, articule Barbara. C'est un bon cognac.

J'avale une gorgée. L'alcool me chauffe aussitôt la gorge et le sang. Le whisky le ferait encore plus. Autant que celui de mon père.

— Alors ? interroge Barbara en posant son menton sur ses mains. Qui est l'heureuse élue ?

— Heureuse ? je réplique d'un ton moqueur en buvant une autre gorgée. Malheureuse, tu veux dire.

Barbara attend patiemment que je finisse. J'essuie le bord du verre avec le doigt.

— Tout ce que je fais, c'est lui retourner la tête, j'explique.

— Pourquoi ? demande Barbara.

— Parce qu'elle retourne la mienne.

Barbara hausse un fin sourcil dessiné au crayon.

— Oh ! Mais dis-moi, qui est cette sournoise petite coquine ?

La colère s'empare de moi en l'entendant appeler Alice de cette façon, jusqu'à ce que je me rende compte à quel point cette réaction est débile.

— Elle n'est pas sournoise. Elle est intelligente, mais pas du genre snob. Elle est... carrément coquine, en revanche.

Barbara sourit.

— Ah ! C'est elle ! La fille avec qui tu es venu à ton anniversaire, hier. Alice.

Je grommelle.

— Donc, elle te prend la tête, c'est ça ?

— Non. Pas volontairement. Elle me rend juste fou... en se comportant normalement, je prononce en expirant.

— Mmm, elle t'attire, quoi ! Mais tu ne m'as pas dit qu'elle était amoureuse de quelqu'un d'autre ? Et tu n'es pas censé l'aider à séduire ce garçon ?

— C'est pour ça que c'est vraiment naze.

— Oh ! Chéri..., soupire Barbara. Si elle te plaît vraiment à ce point-là, tu devrais lui parler.

— Pourquoi ? Pour tout gâcher ? Si je lui avoue

mes sentiments, elle flippera et ce sera fini entre nous. Non pas qu'il y ait quoi que ce soit…

Barbara m'adresse un regard sévère.

— Tu veux cette fille, et ce n'est pas uniquement sexuel, n'est-ce pas ?

— Ouais, carrément ! j'avoue en levant les mains. Bon, d'accord, je ne demanderais pas mieux que de coucher avec elle, si elle voulait. Mais ce n'est pas le cas et ça n'arrivera jamais. C'est juste que…

Je joue avec mon verre, soucieux.

— J'aimerais qu'elle soit heureuse. Elle le mérite. Et puisqu'elle ne sortira pas avec moi, alors autant qu'elle soit avec quelqu'un qui lui plaît. Fin de l'histoire.

Barbara pose une main sur la mienne.

— Oh ! Mon doux Ranik.

— Je ne veux pas de ta pitié, je marmonne en retirant ma main.

— Bien sûr… Mais tu es vraiment un garçon merveilleux, tu sais ? Cette fille a de la chance que tu tiennes à ce point à elle. Juste, n'oublie pas que tu mérites d'être heureux toi aussi, d'accord ? Même si ça met votre amitié en danger, je pense que ce serait bien que tu lui parles de ce que tu ressens. Avant qu'il soit trop tard.

Je ne commente pas. Barbara lave d'autres verres avant de braver mon silence.

— Dis-moi, Ranik. Pourquoi as-tu accepté de l'aider à séduire ce garçon au départ ?

Je hausse les épaules et descends cul sec le restant de cognac.

— Elle m'a proposé de faire mes devoirs à ma place. Vu mes notes, j'ai tout de suite dit oui !

— Et maintenant, tu n'as plus de mauvaises notes ?
— J'ai quatorze de moyenne, grâce à elle.
— Et je suis convaincue qu'elle trouvera bientôt le courage de demander à son bellâtre de sortir avec elle...

Mon estomac se serre à ces mots – et sous l'effet de l'alcool, qui l'agresse.

— Sûrement.
— Tu es arrivé ici dans un état misérable, reprend Barbara en frottant lentement un nouveau verre. Tes contusions, ton bras démis... Je n'avais jamais vu un truc pareil. On t'avait battu, et comme il faut. À la suite de ça, tu t'étais enfui de chez toi. C'est tout ce qu'on a su de toi, à l'époque.

Ses propos me laissent un goût amer. Barbara sourit avant de se servir une eau de Seltz et de la boire à petites gorgées tout en m'observant à travers son verre. Elle finit par reprendre la parole.

— Je t'ai offert un endroit où vivre et un boulot parce qu'il m'était arrivé la même chose. On m'avait battue à cause de celle que j'étais et je m'étais enfuie, moi aussi. Mais personne ne m'a proposé un lit à l'arrière d'une boîte de nuit. J'ai dû faire des choses vraiment atroces pour vivre. Pendant des années. Mais toi ? Toi, tu t'es repris en main immédiatement, tu as postulé à Mountford, et tu as été accepté.

— J'ai eu de la chance, je marmonne.

Barbara me flanque un coup de chiffon humide.

— Tu as travaillé dur pour ça. Ne l'oublie pas !

Je ne peux m'empêcher de sourire. Barbara réussit toujours à me réconforter. Elle a ce talent.

— Bien. Je vais... réfléchir. Au fait de lui parler, je veux dire. Mais pas maintenant. Pas tout de suite.

Barbara opine de la tête.

— Je comprends. Prends ton temps. Mais pas trop quand même, d'accord ?

Je me lève et m'éloigne du bar en riant devant la stupidité de la situation : Ranik Mason s'inquiétant de trop lambiner avec une fille. En qui Alice m'a-t-elle transformé ?

8

« Le soleil prodigue de l'amour et de la lumière à la rose,
Qui aimerait s'étirer et le toucher en retour,
Mais ses racines sont profondément enfouies dans le sol.
Un jour, elle demande son aide au jardinier,
Qui la lui accorde.
Ensemble, ils tendent ses racines
Un peu plus haut vers le soleil jour après jour.
La rose goûte peu à peu à l'amour,
Et le jardinier au remords,
Sachant que la rose ne demeurera plus jamais dans son jardin. »

Je pose mon stylo et commence à lire mon poème. Qui est qui ? Théo est le soleil, je suis la rose, et le seul à pouvoir être le jardinier, c'est... Ranik ? Je secoue la tête. Non. Il n'éprouverait pas de remords.

Je dirais même qu'il en serait tout bonnement incapable, le petit con.
— T'écris quoi ? lance Charlotte d'une voix chantante derrière moi.
Je referme aussitôt mon carnet violet avant d'en verrouiller la serrure.
— Rien du tout ! C'est juste une disserte pour le cours d'anglais. Tu n'es pas censée te préparer pour un rendez-vous, toi ?
Charlotte agite la main avec dédain.
— Oh ! Je t'en prie ! Le meilleur moyen de se faire désirer par un garçon, c'est d'arriver avec dix minutes de retard minimum.
Je fais la moue.
— Pourquoi tu le ferais attendre ?
— Pour qu'il me désire encore plus, quelle question, voyons... En le rejetant un peu, ma reddition sera plus douce.
Je plisse le front.
— Ça semble bien puéril.
— Cette réaction ne m'étonne pas de toi, chérie, soupire Charlotte. Tu ne piges rien aux garçons.
Je ris.
— Tu as raison ! Je n'y comprends rien du tout. Mais j'apprends. Lentement.
— Ah ! ouais ? fait-elle, le regard soudain pétillant. Et on peut savoir comment ? Y aurait-il un homme dans ta vie en ce moment ? Quelqu'un dont le prénom commencerait par T et finirait par O ?
— Très drôle... Il a autant conscience de mes sentiments que nous des preuves d'une forme de vie en dehors de notre système solaire.
— Cette histoire doit avancer ! s'exalte Charlotte

en vérifiant une dernière fois son rouge à lèvres dans le miroir. Lui et Grace sont de plus en plus intimes.

À ces mots, elle m'adresse un regard diabolique.

— Tu veux que je la sabote ? Au lycée, j'étais très douée pour faire grossir certaines filles en leur offrant des beignets frais du matin et...

— Tu cuisines ?

— C'est une tradition familiale.

— L'intention derrière ta menace est touchante, je souffle, mais non merci. Laisse-les tranquilles. Je préfère faire les choses à ma façon.

— OK ! lance Charlotte d'une voix chantante. Mais ta façon a toujours été un peu lente.

— Excuse-moi de ne pas être aussi rapide que toi.

Charlotte paraît blessée. Je regrette aussitôt ma petite sortie.

— Je suis désolée. Pardonne-moi, Charlotte...

Elle m'adresse un sourire indulgent et me serre contre elle.

— C'est bon, ne t'en fais pas. Je sais que c'est difficile pour toi et que tu fais de ton mieux. C'est juste que j'aimerais tellement te voir avec quelqu'un. Je suis persuadée que Théo te rendrait heureuse.

Son portable vibre dans sa poche. Elle s'en saisit.

— Mince ! On avait réservé pour 7 heures et pas pour 8 ! Je l'ai fait poireauter trop longtemps. On se voit plus tard, d'accord ? Ne m'attends pas !

Elle attrape sa veste et se précipite vers la porte, m'abandonnant dans le silence de notre chambre vide avec un téléphone saturé par sept appels en absence, tous de ma mère. La seule fois où elle m'a autant contactée en si peu de temps remonte au jour où mon professeur de chimie m'avait mis un D par accident.

Elle était furieuse. Alors, je diffère le moment de la rappeler en écrivant de la poésie et en faisant les devoirs de Ranik. Tout prétexte est bon à prendre. Mais maintenant que Charlotte est partie, que tout mon travail est fait et que l'inspiration poétique m'a quittée, je n'ai plus le moindre argument.

Mes doigts restent en suspens au-dessus de son numéro sans parvenir à l'activer. Le nom de maman illumine à nouveau l'écran de mon téléphone. Je décroche, cette fois.

— A... allô ?

— Alice ! Dieu merci, j'arrive *enfin* à te joindre !

Elle paraît... soucieuse. Comme si elle s'inquiétait pour moi.

— Le professeur Mathers m'a dit que tu n'assistais plus à son cours, lance-t-elle d'un ton cassant. Est-ce que tu sais combien me coûte ta scolarité dans cette université, jeune fille ?

— Maman, j'ai essayé de t'expliquer que...

— Et moi, je t'explique que tu vas retourner suivre ses cours. Il est hors de question que je te laisse gâcher ton temps à faire l'imbécile alors que tu pourrais l'employer à t'améliorer ! Nous n'avons pas consacré toutes ces années de lycée à te préparer pour rien, Alice ! Tu vaux tellement mieux que ça et tu le sais aussi bien que moi !

— Maman, s'il te plaît, est-ce que tu pourrais m'écouter une seconde ?...

— Non, pas cette fois, Alice. D'abord, tu refuses d'étudier à mon Alma Mater, ensuite tu choisis cette *petite* université, et maintenant, tu me défies en loupant des cours importants ! J'appellerai Mathers dans une semaine et si jamais j'apprends que tu n'as pas

assisté à tous ses cours, je te retire de cet endroit. Pour de bon.
— Maman ! je crie.
Mais seule la tonalité me répond.
J'abaisse mon téléphone avec une main tremblante. Un poids énorme étreint mon cœur. Une sensation brûlante et maladive. J'ai envie de vomir. C'est vrai. Je n'ai jamais séché de ma vie. C'est une chose que je ne ferais jamais. Mais Mathers... a essayé de...
Je sursaute lorsque l'on frappe soudain à ma porte.

* * *

J'agite nerveusement ma jambe devant la porte d'Alice. Soit ce que je m'apprête à faire me poussera à me détester moi-même pour l'éternité, soit cela conduira Alice exactement là où elle veut, c'est-à-dire droit dans les bras de Théo. Je perds dans les deux cas. Mais c'est ce qu'elle veut, et je suis son professeur...
J'inspire à fond et frappe.
Alice vient ouvrir. Je passe devant elle à grands pas et me mets aussitôt à parler pour camoufler mon stress.
— Salut, Princesse ! Ta coloc n'est pas là ? Parfait. J'ai un truc qui devrait te plaire.
Je balance le paquet cadeau sur le lit d'Alice avant de me tourner face à elle. Je remarque alors sa pâleur et son air maladif.
— Hé ! Tu vas bien ? je demande en cherchant du regard ce qui pourrait la contrarier et que je pourrais gérer pour elle. Je peux revenir plus tard, si ce n'est pas le bon moment.
Les yeux bleus d'Alice sont rivés sur moi, mais

distants, comme dans un autre monde. Elle finit par sortir de sa torpeur, les lèvres serrées.

— Je vais bien.

— Clairement pas, non. Tu es blanche comme un cachet d'aspirine. Comme si quelqu'un venait de te flanquer un coup de poing en plein dans le bide.

— Je vais bien, insiste-t-elle, en retrouvant son habituel ton impérieux.

— Je repasserai plus tard, dis-je en me tournant pour partir.

Elle m'attrape brusquement par la manche.

— Non ! S'il te plaît, reste, prononce-t-elle d'une toute petite voix.

Elle semble tellement vulnérable. Je masque mon inquiétude derrière un sourire en coin.

— OK. Pas la peine de me le répéter.

— Tu es là pour une leçon ?

— Ouais. Mon cours de psycho vient de finir. Comme j'étais dans les parages, j'ai fait un saut.

— Tu souhaiterais devenir psychologue pour enfants, n'est-ce pas ? me demande-t-elle doucement tout en se dirigeant vers le paquet cadeau posé sur son lit.

— Ouais... Comment tu as deviné ? Attends, ne dis rien. Grâce à tes facultés intellectuelles hors normes. J'aurais dû m'en douter.

— La liste de tes options, explique Alice. J'ai reformé les morceaux du puzzle. C'est une profession admirable.

Je me gratte la nuque, peu habitué à ses louanges.

— Je crois. J'aurais bien aimé avoir quelqu'un à qui parler, gamin. Alors, ça me plairait d'être là pour des gosses qui en éprouveraient le besoin, eux aussi.

— Ça doit être sympa, dit-elle en me souriant, de pouvoir choisir sa voie.

Je fronce les sourcils.

— Comment ça ?

— Ma mère a toujours voulu que je fasse neurochirurgie comme elle.

— Tu n'es... tu n'es pas obligée de faire ça. Il y a plein d'autres options. Avec ton cerveau ? Putain, tu pourrais être qui tu veux ! Faire ce que tu veux !

Alice laisse échapper un rire amer, qui se transforme très vite en un grognement triste.

— Oh ! Ranik. Tu es tellement intelligent sur certains sujets, mais si naïf sur d'autres.

J'ouvre la bouche pour argumenter, mais Alice se penche alors vers le lit et attrape le paquet cadeau. Elle jette un coup d'œil à l'intérieur, cligne des paupières, puis se tourne vers moi avec un regard morne, voire franchement amorphe.

— Petit rappel amical, fais-je en me balançant d'une jambe sur l'autre. Tu as dit que tu voulais apprendre des trucs sur l'organe reproducteur masculin. Donc, voilà !

Elle fourre la main dans le sac dont elle ressort un godemiché couleur chair en haussant un sourcil à mon intention.

— Qu'est-ce que c'est que ça ?

— Allez, arrête ton char, Princesse ! C'est un gode. Tu as déjà vu un pénis, quand même !

— Je sais très bien ce que c'est, assène-t-elle d'un ton cinglant. J'ai suivi des cours de biologie et j'ai actuellement des cours d'anthropologie. J'ai étudié tout un tas de schémas et de coupes transversales d'organes génitaux masculins.

— Oh ! vraiment ? dis-je en souriant. Parce que tu tiens ce truc comme si c'était une grenade et pas le phallus adoré du sieur Théo.

— Ce que je te demandais, c'est : pourquoi tu m'as apporté ça ?

— C'est le plus sobre que j'aie trouvé. Estime-toi heureuse. Tu as échappé à un modèle avec diamants incrustés devant lequel j'ai hésité pendant un bon quart d'heure.

— Ranik..., soupire-t-elle.

Je lève les mains en signe de reddition.

— Bon, très bien ! Je l'ai acheté parce que je me suis dit que tu pourrais t'exercer.

— M'exercer..., reprend-elle, pince-sans-rire.

— T'exercer, ouais, fais-je en m'asseyant près d'elle sur le matelas. La lingerie sexy et les conversations sur l'oreiller sur les réacteurs nucléaires ou je ne sais quelle autre connerie ne suffiront pas toujours.

Alice fixe le godemiché puis pose les yeux sur moi.

— Il est hors de question que je me serve de cette chose.

Un petit frisson me parcourt tandis que des visions d'Alice allongée sur son lit, en sueur et tirant joyeusement avantage de cette humble tige en plastique, me viennent en tête. Pour la énième fois, j'écarte ces fantasmes libidineux et m'oblige à me concentrer.

— C'est pour la leçon du jour... Enfin... Si tu veux le garder après, tu n'auras qu'à le considérer comme un cadeau de Noël. Mais honnêtement, les texturés sont beaucoup plus...

— Dis-moi juste ce que je suis censée faire avec, m'interrompt-elle.

— Bon. Tu veux apprendre des trucs sur les pénis. Parfait. Mais ça ne joue pas du tout dans la même catégorie que ces histoires de rencard. Le sexe est comme... euh... Le sexe est l'océan et les rencards le ciel. Deux choses totalement différentes, tu piges ?

— Ils contiennent tous les deux des entités fluides, songe-t-elle. L'air et l'eau.

— Yeah ! j'exulte en brandissant deux doigts en forme d'arme à feu sur elle.

Son expression reste impassible.

— Entités fluides ? Tu suis ?

— Pardon ?

— Laisse tomber. Bref, je suis vraiment content que tu m'aies demandé de te parler de trucs sexuels parce que c'est vraiment mon domaine de compétence. Commençons par le début : la branlette. Tu permets ?

Je lui prends le gode des mains et le tiens fermement à la base.

— On va faire comme si c'était la bite de Théo, d'accord ? D'une façon ou d'une autre, tu as réussi à la lui sortir de son pantalon et de son caleçon, ce qui, je préfère te prévenir, est déjà une putain d'histoire. Tu t'en tireras mieux si tu les lui enlèves direct. Euh... Oublie ce que je viens de dire. Il doit porter des moule-burnes. C'est beaucoup plus dur à enlever.

— Pourquoi ? demande-t-elle en penchant la tête sur le côté.

— Parce qu'il n'y a pas de fente, quelle question ! L'avantage avec les caleçons, c'est qu'il y en a une par laquelle on peut sortir la verge. Tandis que le moule-burnes, tu dois le virer d'un coup sec.

— Le virer d'un coup sec ne semble pas très sexy.

Je pouffe.

— Sans déconner... Il faudra y aller en finesse, sinon, tu risques de casser l'ambiance. Ou alors, ne sois pas fine et casse l'ambiance. Avec un peu de chance, ça le fera rire et vous vous marrerez ensemble. Mais j'en doute, car Théo a un balai dans le cul de la taille de l'Empire State Building et toi tu ne sais pas trop t'amuser.

Je regrette ces propos devant l'expression sombre d'Alice. Et je ne parle pas de cet air impérial qu'elle prend quand elle est énervée. Il y a quelque chose de plus doux, de plus triste, dans cette soudaine noirceur. J'ai du mal à respirer, tout à coup.

— Eh ! Merde... Je ne voulais pas dire ça, Alice. Tu es très bien. Ce n'est pas... ta faute. Tu as juste eu une vie pourrie, dac ?

— Pas du tout. Elle n'est pas pourrie, proteste-t-elle en se redressant, son masque de reine de glace reformé. Ce n'est pas parce qu'elle est moins fun que ta vie de fêtard qu'elle a moins de valeur. Ce n'est pas parce que je n'ai pas bu ni copulé pendant toute la période du lycée que je n'ai pas ri. Je me suis amusée. Parfois.

— Vraiment ? En étudiant toutes les nuits jusqu'à en tomber dans les pommes ? En te portant volontaire pour chaque fête des sciences et des maths, en ne participant à aucun bal de promo ou en... en... en ne prenant jamais la moindre soirée pour toi ? Tes parents te témoignaient de l'affection uniquement quand tu rapportais des bonnes notes. Du coup, tu as passé ton temps à essayer de les impressionner dans l'espoir qu'ils te prennent au moins une putain de fois dans leurs bras.

— Tu ne sais pas de quoi tu parles. Tu es ici pour

m'apprendre à séduire Théo, pas pour me psychanalyser. Alors, mets-toi au boulot.

Elle se ferme si vite que je sens pratiquement son armure souffler sa fichue haleine glacée sur moi. Elle me veut juste pour mon expérience. Ce que j'oublie en permanence et confonds avec le fait qu'elle puisse me désirer en tant que personne. Comme ami.

Sauf que je ne suis pas une personne pour elle. Je suis un professeur. Une ressource. Un manuel scolaire de plus, apte à alimenter sa banque de données, alors que je pourrais être beaucoup plus. Je pourrais lui montrer comment s'amuser. Comment profiter de la vie au lieu de se frayer un chemin de force avec un cœur verrouillé.

Alice se racle la gorge avant de s'exprimer d'un ton vif et professionnel.

— Tu parlais de sous-vêtements masculins.

Je prends sur moi pour paraître aussi détaché qu'elle malgré la douleur qui comprime ma poitrine. Je secoue la tête. Pourquoi devrais-je souffrir à cause de cette princesse de glace qui m'utilise et qui me jettera dès qu'elle en aura fini avec moi ?

— Ouais, enfin, des branlettes. Rien de trop sophistiqué. Elles exciteront Théo, mais elles ne le feront pas venir. Ou alors si, et dans ce cas, ça signifiera qu'il est puceau ou un peu trop sensible, ce qui est Théo-riquement possible. Tu piges ?

Elle ne relève pas ma blague et observe le godemiché de plus près.

— Donc, ce que tu es en train de dire, c'est que les branlettes servent pour les préliminaires.

— Oui. En fait, elles servent surtout à indiquer que tu es intéressée. Frotter ta main sur l'entrejambe d'un mec est scientifiquement la meilleure manière d'attirer son attention.

Alice a un petit sourire en coin.

— C'est scientifiquement prouvé ou le fruit de ta seule expérience ?

— Un peu les deux, fais-je en serrant le gode. Bon, je m'apprête à pratiquer un truc assez gay qui risque de mettre à mal ma réputation de coureur de jupons si chèrement acquise. Mais je vais le faire pour toi, pour que tu saches exactement comment procéder.

— Tout homoérotisme qui surviendrait dans cette pièce restera dans cette pièce.

Je lève les yeux au ciel.

— L'essentiel, c'est le manche. Beaucoup de filles pensent qu'elles doivent se concentrer sur le gland, mais c'est une zone ultrasensible. Trop de stimulation peut provoquer... euh... une éjaculation prématurée. Ou irriter le sexe. Bref, tu devrais privilégier le manche et rendre visite au gland seulement de temps en temps.

— D'accord, confirme-t-elle de la tête en prenant des notes dans son téléphone.

— Écoute, dis-je en lui attrapant la main. Ça suffit, OK ? C'est une expérience pratique. Pas théorique.

— Mais..., lâche-t-elle en jetant un coup d'œil à son écran.

— Je sais qu'elles te rassurent. Que ces notes représentent beaucoup pour toi. Mais pour le moment, j'ai vraiment besoin que tu sois avec moi, que tu te concentres sur ce que je fais. C'est vraiment la meilleure façon d'apprendre.

Elle se ragaillardit au mot « apprendre » et laisse aussitôt tomber son stylet.

— D'accord. Je suis tout ouïe.

Son regard est un rayon laser tandis que j'explique les différentes techniques – la branlette simple, le tour, le deux doigts. C'est légèrement inconfortable. Elle pouffe de rire lorsque je lui passe le godemiché et qu'elle le branle deux fois pour essayer. Je me fige.

— Attends… est-ce que tu… est-ce que tu viens de rigoler *vraiment* ?

Elle contemple sa main monter et descendre et recommence à rire d'une voix claire comme de l'eau de source.

— C'est juste… tellement bête. Ce machin a l'air… vraiment crétin !

J'observe la verge en silicone et m'esclaffe à mon tour.

— On dirait un putain de ver.

— Ou une baleine chauve, déclare-t-elle avant de plaquer une main sur sa poitrine pour reprendre son souffle. Ou la face postérieure du *medulla oblongata.*

Je pouffe encore plus fort à cette étrange comparaison. Mon rire envahit la pièce. La lumière de la fin d'après-midi, qui filtre par la fenêtre, transforme ses cheveux blonds en miel en fusion. Quelques mèches s'échappent de son chignon. Ce serait si facile de tendre la main pour le défaire et les voir flotter librement autour de ses épaules. L'air conditionné charrie son odeur jusqu'à moi – pas un parfum sophistiqué, juste du savon et une pointe de rose. Son hilarité retombe avant que j'aie pu le mémoriser. C'est tellement mieux qu'une photo. C'est un moment d'elle pris sur le vif dans l'espace-temps, et je l'ai tout pour moi.

Elle surprend mon regard et détourne aussitôt les yeux.

— Je m'excuse, déclare-t-elle. Je te distrais de ton cours. Ça ne se reproduira plus.

— T'inquiète. Ça ne fait pas de mal de rigoler un peu.

— Si, insiste Alice. Des gens plus intéressants et plus drôles que moi t'attendent. Être ici n'est pas très amusant pour toi, je le sais bien. On devrait finir cette leçon rapidement pour que tu puisses partir.

Quelque chose se tord douloureusement au niveau de ma cage thoracique.

— C'est mieux de prendre son temps.

Alice plisse le front, ses doutes bien visibles. Je lui donne une petite tape sur le crâne avec le godemiché.

— Je ne m'ennuie pas avec toi, espèce d'idiote. J'aime jouer les profs.

Son scepticisme cède la place à de la gêne. Je n'en reviens pas : Alice rougit devant moi. Elle l'a déjà fait à deux reprises, mais là, c'est différent. Son visage est intégralement écarlate, cette fois. La dure à cuire, tout de fer et d'épines, à la moyenne générale de dix-neuf sur vingt, s'émeut comme un banal être humain. Ses joues sont adorables et roses. Mais quelque chose change soudain en elle – sa rougeur se dissipe, ses yeux perdent leur éclat, puis Alice redevient entièrement concentrée.

— Mais je n'ai pas l'impression d'apprendre efficacement.

— Ah ! ouais ? je réplique en me grattant l'arrière du crâne. Je ne dois pas être très doué pour ces conneries...

— Non, ce ne sont pas tes méthodes d'enseignement, le problème, m'interrompt-elle. Tu es décent.

C'est... l'équipement, décrète-t-elle en tendant le godemiché vers moi. Je ne peux pas savoir si je procède comme il faut puisque ce machin ne réagit pas. Apprendre repose sur le renforcement positif. Et vu qu'il ne se manifeste pas, je n'ai aucun moyen de contrôler si ce que je fais convient. Ce n'est pas très rassurant.

— En tout cas, les mouvements de ta main semblent bien, dis-je.

— Tu en es sûr ?

— Non...

Elle soupire.

— Donc, même si j'arrive à approcher Théo, je pourrais mal m'y prendre.

— Ouais, mais... Ça pourrait aussi très bien se passer.

— Je ne peux pas courir ce risque. Théo a... trop de valeur, avoue-t-elle en me lançant un petit coup d'œil. Il est le premier garçon pour qui j'éprouve des sentiments. Je pensais être dysfonctionnelle, voire lesbienne. J'ai vécu toutes ces années sans me sentir une seule fois concernée par l'amour. Mais je l'ai rencontré et j'ai enfin compris de quoi toutes ces chansons, tous ces poèmes de Keats et d'Hemingway parlent. Il m'a ouvert les yeux.

J'ignore le nœud qui se forme dans mon ventre.

— Il semble vraiment compter pour toi.

— Oui. Il faut que je sois parfaite, c'est tout. Je n'ai pas d'autre choix. Je ne peux pas me permettre la moindre erreur.

— J'ai l'impression que tu te fous une sacrée pression.

— Je suis habituée à la pression, assène Alice.

Je sais la gérer. Je suis venue te trouver pour que tu m'apprennes à gérer le reste.

Un étrange silence retombe jusqu'à ce que nous nous mettions à parler tous les deux en même temps :

— Je pense que je...

— Ça te dérangerait si...

— Excuse-moi, vas-y, dis-je.

Alice secoue la tête.

— Je me demandais si ça te gênerait de jouer les cobayes. Pour que je puisse pratiquer. Juste une seule fois.

J'ai l'impression que mes yeux vont jaillir de leurs orbites. Alice sollicitant la permission de me faire une branlette ?

— Écoute, Princesse, j'ai connu beaucoup de filles...

— Je sais ! m'interrompt-elle. J'en ai tout à fait conscience. C'est d'ailleurs la raison pour laquelle je crois que tu ferais un cobaye exceptionnel. Je n'ai aucune expérience. Théo sera forcément déçu. Mais ne t'inquiète pas. Ce sera nul donc tu pourras garder les idées claires et me guider pendant que je ferai mes tests.

— Je pense que tu sous-estimes ton propre pouvoir et celui de la main d'une femme. Peu importe que tu sois mauvaise, je réagirai quand même.

— Mais au moins, tu réagiras de manière explicite ! C'est beaucoup mieux qu'un machin inerte en plastique. Je pourrai évaluer tes sensations et m'ajuster en fonction.

Je lui jette un regard de biais alors qu'un début d'érection tend le tissu de mon jean de façon insistante.

— Mais... et toi ?

— Quoi, moi ?

— Ça ne te gêne pas que... que ce soit ta première fois... avec moi... ?

— Ce ne sera pas vraiment le cas, affirme-t-elle aussitôt. Ce sera juste de l'entraînement. Pour Théo. Et je suis sûre que ce sera très instructif.

Je lève les yeux au ciel, mais Alice s'assoit sur le matelas et pose une main sur ma cuisse avant que j'aie pu me lever et partir. Ce petit éclat est de retour dans ses yeux bleu-gris tandis que ses doigts dessinent de curieux cercles sur mon pantalon. N'importe quel étudiant bourré du campus tuerait pour être à ma place, sur un lit avec Alice Wells, le soleil de la fin d'après-midi illuminant ses cheveux de miel et ses prunelles de cette flamme qu'elle réserve seulement à ses satanées études ou aux partiels. Apprendre. Voilà ce qu'elle aime. C'est évident vu l'enthousiasme avec lequel elle me touche.

— Euh, non..., dis-je d'une voix tendue et rauque. Pas avec le dos de la main. Ouvre la paume et frotte de haut en bas...

Je suffoque légèrement tandis que sa main, douce au début puis plus ferme, me caresse. Elle observe ses doigts, puis moi.

— Ah ! ah ! La friction produite stimule la peau. Tout s'éclaire !

Je grogne et la repousse par les épaules.

— Alice, putain... arrête. S'il te plaît.

— J'ai fait quelque chose de mal ? demande-t-elle.

— Non, mais... putain, meuf, je gronde. Je ne suis pas Théo. C'est *lui* qui t'intéresse.

Elle penche la tête sur le côté comme un oiseau

curieux. L'innocence dans ce geste me rend juste plus brûlant et plus dur.

— Je sais. Mais tu es mon professeur. Tu dois m'apprendre, fait-elle avant de contempler mon entrejambe. En plus, ça n'a aucun sens d'utiliser une imitation en plastique quand on a tout ce qu'il faut. Les tests réels sont beaucoup plus intéressants en termes de données de contrôle.

Je m'appuie en arrière contre le mur et me cogne l'arrière du crâne pour essayer de m'éclaircir les idées. Je dois partir, quitter cette chambre. Rien de bon ne sortira de tout ça. Ça va juste me foutre en l'air. Mais pourquoi ? Pourquoi ai-je cette impression ? Parce que je la veux ? Tout individu doté d'un pénis la désirerait. Je n'ai rien de spécial. Seul Théo compte à ses yeux. Et ce n'est pas comme si je manquais de filles pour me caresser. Hailey l'a fait pendant le concert, hier soir, pendant que je la tripotais. Alors qu'elle a un mec. Et la semaine dernière, Kelsie m'a taillé une pipe derrière le cerisier près du bâtiment de sciences, et elle a une copine. Faire des trucs sexuels avec des gens qui se foutent de moi n'a rien de nouveau. Pourquoi cette situation me travaille-t-elle à ce point ?

— Je ne veux pas que tu fasses un truc que tu regretteras, Princesse, je finis par dire.

Je sens ma fermeture éclair descendre trop tard. Alice l'a déjà baissée et les bords de mon jean sont écartés.

— C'est gentil de t'inquiéter, mais je ne regretterai jamais d'apprendre, Ranik, déclare-t-elle en plissant le front avec un air presque boudeur. Je sais que ce ne sera pas génial pour toi, mais je te remercie de ton sacrifice.

J'ignore si elle me taquine ou pas, et je m'en fiche, parce qu'à la seconde où ses doigts fins se fraient un chemin à travers mon caleçon, toutes mes envies de protester se transforment en bruit blanc. Ses phalanges sont légères, ses ongles à peine présents et délicieusement doux contre ma peau. Elle sort mon sexe assez raide pour couper du verre et le regarde avec des yeux écarquillés.

— Oh ! J'ignorais que ça devenait aussi gros.

Je lui adresse un sourire fébrile.

— C'est... euh... ce n'est pas toujours le cas. Certains mecs en ont des plus petites. Je suis sûr que celle de Théo sera petite... Ah ! je m'interromps tandis qu'elle enroule ses doigts autour de la base.

— Assez de fanfaronnades, soupire-t-elle.

Un rictus satisfait s'épanouit sur ses lèvres tandis qu'elle me caresse d'une main chaude et ferme. Je me retiens tant bien que mal de gémir.

— Qu'est-ce qui..., je halète tandis qu'elle joue avec mon gland et que des décharges électriques de plaisir me traversent, qu'est-ce qui me vaut cet air suffisant ?

— Suffisant ? Non, je suis simplement contente. Tu es un bien meilleur outil d'apprentissage, déclare-t-elle en glissant son autre main vers ma verge.

Elle me prend à deux mains et me serre doucement. Face à mon absence de réaction, elle se penche et souffle délicatement sur mon gland. Mes traîtresses de hanches tressautent malgré moi devant ses lèvres roses planant au-dessus de mon membre dressé.

— Hé ! Ouah !... Attends. Les trucs buccaux ne sont pas au programme...

— Trop de frictions sans lubrification est dangereux. C'est de la physique de base, réplique Alice.

— Princesse, écoute-moi, je suis sérieux, si tu… putain !

Elle fait courir sa langue de la base de mon sexe jusqu'à son sommet, déposant une traînée chaude et humide sur son passage. Chaque centimètre de mon corps voudrait rester sur ce lit et la laisser faire tout ce qu'elle a en tête jusqu'à ce que je jouisse sur elle, en elle. Mais une pensée claire et évidente met un terme à ces conneries et me ramène sur terre. Je bondis sur mes pieds et me rhabille avant de remonter la fermeture éclair de mon jean.

— Qu'est-ce que… qu'est-ce que tu fais ? je suffoque.

Alice est écarlate.

— J'étais… j'étais en train d'apprendre. Pourquoi tu t'es levé ? Ça n'allait pas ?

— Est-ce que tu as la moindre idée de ce que tu fais ? Tu vas mille fois trop…

— J'étais curieuse ! Et je ne voulais pas que tu aies mal.

— Qu'est-ce que ça pourrait bien te faire ? j'assène. Je suis juste un outil, pour toi.

Alice semble choquée.

— Je croyais qu'on était d'accord. Que tu m'apprendrais à séduire et que je ferais tes devoirs. Qu'on s'utiliserait l'un l'autre. C'est un marché équitable, non ?

Je serre le poing, que je me retiens de balancer contre le mur.

— Non, ce n'est pas équitable. Pas *du tout*, même, à partir du moment où tu fais un truc aussi taré.

— Pourquoi ? Les autres filles ne te le font pas ? Tu trouves ça taré quand elles le font ?

Mon cœur se serre.

— Non, je considère ça comme carrément normal !

— Alors, pourquoi ça devient fou quand c'est moi qui le fais ? En quoi suis-je différente des autres pour toi ? Traite-moi comme n'importe quelle fille. Je veux juste apprendre, et j'en serai capable si tu me considères comme elles !

— Mais tu n'es pas comme elles, espèce d'idiote ! je crie. Alors, arrête ! Arrête d'essayer d'être quelqu'un que tu n'es pas pour cet abruti de Théo ! Il ne t'aimera jamais si tu fais ça !

Alice se tait. Le rouge quitte ses joues, puis son visage impérial redevient un masque incassable. Je laisse échapper un grognement énervé et tourne les talons avant de claquer la porte derrière moi. Je n'ai jamais marché aussi vite de toute ma vie et j'ignore pourquoi. Tout ce que je sais, c'est qu'une fois de retour chez moi, je zappe Trent et Miranda, fonce dans ma chambre et m'appuie contre le mur pour me finir en pensant à la bouche d'Alice. Elle me fait l'amour, très fort, alors qu'elle n'est même pas là...

* * *

Confuse et exténuée à cause de ma mère, de Ranik, et tout le reste, j'assiste au cours de M. Mathers. Je n'ai plus l'énergie de combattre mon instinct. Il m'a posé problème avec Ranik. Je ne peux plus lui faire confiance. Pas même lorsqu'il me hurle de sortir de la classe lorsque les yeux de fouine de Mathers rencontrent les miens. Il soutient mon regard un long moment. Trop long. Et avec un petit sourire suffisant aux lèvres. Mais la colère qu'il éveille retombe aussitôt. Quel intérêt ? Si je lutte, maman m'obligera à quitter l'université. Je ne peux pas rentrer à la maison. Je ne peux pas laisser ma mère détruire le peu d'existence que j'ai réussi à construire comme elle a l'a fait avec mes carnets de poésie et ma vie de collégienne quand elle…

Je tressaille et bloque ce souvenir afin de me concentrer sur la voix horripilante de Mathers.

S'apercevant de mon malaise, Charlotte me flanque un petit coup de coude au moment où il se retourne.

— Tout va bien, ma poulette ? Ça n'a vraiment pas l'air d'être la forme, depuis deux jours.

— C'est ce… cours, je murmure.

— Oh ! Tu parles du cours que tu adores, mais auquel tu n'assistes plus depuis deux semaines ? Comment ça se fait, d'ailleurs ?

Je désigne Mathers du menton.

— Tu te rappelles quand tu avais dit que j'étais son étudiante préférée ?

— Ouais.

— Je le suis vraiment. Il a essayé de me le prouver.

Charlotte fait un bond.

— Oh ! Oh !… Pouah ! C'est dégoûtant ! Tu vas bien ?

— Ça va, je réponds sans le penser. Ou disons que ça a failli ne pas être le cas, mais Ranik est intervenu et… il m'a sauvée, d'une certaine façon.

— C'est pour ça que tu discutes avec lui… Tout s'éclaire !

M. Mathers lève la tête. Nous nous taisons aussitôt. Il se retourne après nous avoir jeté un regard furieux.

— Je suis désolée, Ali, reprend Charlotte en se penchant contre mon épaule. Tu aurais pu te confier à moi, tu sais.

— Oui. Excuse-moi. J'ai juste eu peur de... de surréagir. J'avais peur que tu trouves que...

Je ne termine pas ma phrase. Charlotte fronce les sourcils avant de me serrer discrètement le bras.

— Ne crois pas ça. Tu peux me parler de tout, OK ? Sérieusement. Je ne te jugerai pas. Enfin, pas trop...

Nous nous sourions d'un air entendu.

M. Mathers nous soumet à une interrogation surprise. Il marche dans les allées afin de s'assurer qu'aucun de nous ne triche tandis que nous complétons les documents qu'il nous a distribués. Je réprime un frisson lorsqu'il s'attarde un peu trop longtemps à côté de mon bureau. Charlotte lui lance un coup d'œil assassin après qu'il a tourné les talons. Je suis vraiment soulagée qu'elle soit en colère. Je n'ai pas éprouvé de colère, pour ma part. Je l'ai niée en la fuyant et en me recroquevillant dans ma coquille. Mais c'était une posture. Au lieu de m'en détourner, ou de dissimuler mes véritables sentiments, j'aurais dû les accueillir. Les leçons de Ranik m'auront au moins enseigné cela.

Ranik... Plus je pense à lui, plus je me sens gênée. Je me suis écroulée sur mon lit, mortifiée, hier soir, après son départ. J'ai été loin. Tout cela parce que je voulais apprendre. Mais j'ai toujours été comme ça. Un nouveau sujet se présente et je m'y consacre corps et âme sans y réfléchir à deux fois. Le sexe semble tellement constitutif d'une relation, tellement important pour que Théo m'apprécie, que j'ai foncé tête baissée. J'ai désiré ce qui s'est passé. Je corrige ; ce n'était pas du désir au sens sexuel. Je souhaitais *savoir*.

À moins que... si ? Je me souviens très bien de la chaleur qui a embrasé mon corps, de la fierté que j'ai éprouvée devant la réaction physique de Ranik lorsque je l'ai touché. J'ai eu du pouvoir sur lui. Mais plus que cela, je crois l'avoir rendu heureux. Il s'est senti bien, grâce à moi. Cela ne m'était jamais arrivé. Pendant un moment, je n'étais plus ennuyeuse, prude ou je ne sais quels qualificatifs horribles dont on m'a affublée au fil des années. J'étais intéressante. Divertissante. Et comme tout le monde, j'avais une vie sexuelle. Même si je me demande encore si une branlette compte vraiment. Je poserais bien la question à Charlotte, mais ce n'est ni le moment ni l'endroit. Chaque fois que je croise le regard de fouine de M. Mathers, je me remémore en tremblant son comportement libidineux et mon humeur se plombe.

Charlotte s'en aperçoit. Elle prend bien soin de m'attendre tandis que je range mes affaires dans mon sac lorsque la cloche sonne. M. Mathers me suit du regard, mais le bras de Charlotte sous le mien me donne du courage. Je garde même la tête haute longtemps après que nous soyons dehors. Anticipant la cohue du déjeuner, mon amie m'entraîne jusqu'au camion de yaourt glacé garé devant le bâtiment Edward Lee. Nous nous asseyons sous un chêne pour manger. Charlotte parle gaiement de son petit ami et de ses cours de biologie. Je jette de discrets coups d'œil à mon téléphone… Ranik ne m'a pas envoyé de texto. Ce qui n'a rien d'étrange. Il peut rester plusieurs jours sans me contacter. Mais il aura bientôt besoin de ses devoirs, et dans ces cas-là, il me prévient toujours.

Je sais qu'il est en colère après moi, même si je ne comprends pas pourquoi. J'ai été plus loin que le stipulait notre accord et c'est impardonnable de ma part. Surtout concernant le sexe. Je devrais lui présenter des excuses.

— Alice ! lâche Charlotte en me fichant son coude dans les côtes. La Terre à Alice !

Je lève la tête et aperçois Théo planté devant nous, les mains dans les poches et un petit sourire aux lèvres. La lumière du soleil dans son dos dessine un halo doré autour de lui.

— Salut !

— Sa... salut, je réponds en me mettant debout.

Il rit.

— C'est bon. Ne te lève pas pour moi. Je peux m'asseoir avec vous ?

— Bien sûr ! lance Charlotte d'un ton joyeux avant de m'adresser un regard entendu.

Je me rassois.

— Merci, répond Théo tout en s'installant près de moi.

Ses doigts sont si proches des miens qu'ils se frôlent. La chaleur de son épaule et son odeur – du café chaud, fort, fraîchement passé – sont presque palpables.

— Alors ? Qu'est-ce que tu viens faire dans ce coin paumé du campus ? demande Charlotte en dévisageant Théo.

— Rien de spécial. J'avais juste du temps à tuer avant ma prochaine émission et je vous ai vues, explique Théo avant de se tourner vers moi avec un air charmant. Tu es vraiment ravissante, Alice.

Mon cœur se met à palpiter dans ma poitrine comme s'il voulait s'en échapper. J'ouvre la bouche pour le démentir quand la leçon de Ranik au restaurant me revient en tête. J'ai eu droit à des commentaires gênants sans que je réagisse. *Accepte ce compliment gentiment*, résonne la voix de Ranik.

Je souris.

— Merci.

Charlotte en reste bouche bée. Le visage de Théo s'illumine un peu plus.

— Je pensais à une chose. Il y a une fête foraine en ville. Vous êtes au courant ?

— Oui, c'est vrai ! intervient Charlotte. Sur Main Street ! Tout le monde ne parle que de ça.

— Absolument. Il y aura des montagnes russes, des stands de nourriture, une grande roue, des jeux… Du coup, je me suis dit que… euh… qu'on aurait pu y aller ensemble, suggère Théo en me regardant.

— Vraiment ? je réponds en penchant la tête sur le côté.

— Absolument ! affirme-t-il avec enthousiasme. J'y vais avec une amie et je voulais te proposer de te joindre à nous. Tu peux venir accompagnée, toi aussi, si tu en as envie.

— OK, donc il y aurait toi, moi et…

— Grace, répond Théo. C'est son idée, à la base. Ce sera sympa, promis.

Charlotte répond avant que j'aie eu le temps de réfléchir :

— C'est oui ! Vous vous retrouvez à quelle heure ?

— J'aurai une voiture. Je passerai te chercher à 20 heures. Tiens, mon numéro…

Théo me tend un bout de papier avec des chiffres notés dessus, tout sourire. Je le prends avec des mains tremblantes et un air sidéré. J'ai enfin le 06 de Théo ! Je vais pouvoir l'appeler, lui envoyer des SMS et apprendre à mieux le connaître !

— On se voit plus tard, dit-il.
Je sors de ma torpeur et lève la tête.
— D'accord, merci !
Charlotte le regarde s'éloigner. Une fois Théo hors de vue, elle pousse un cri de victoire qui me pulvérise presque les tympans.
— Alors, ça ! Je n'en reviens pas qu'il t'ait invitée à un double rencard !
— À un quoi ? je demande.
— Un truc de dingue ! Grace l'invite, et toi, tu peux venir avec qui tu veux. Mais ce qui est bien avec les doubles rencards, c'est qu'on peut changer de partenaire ! C'est la chance de ta vie ! Oh, mon Dieu ! Je t'imagine déjà sur la grande roue à côté de lui, avec un feu d'artifice et le ciel nocturne rempli d'étoiles...
— Le seul problème, j'interviens, c'est que je ne connais pas beaucoup de garçons. Même aucun, au fait. Pas assez bien pour le leur demander, en tout cas.
Charlotte réfléchit à toute allure.
— Je t'aurais bien proposé d'y aller avec Nate, mais je ne suis pas sûre qu'il apprécie beaucoup Grace. Ils se sont pris le bec lors d'un débat, en cours...
— Et Ranik ? j'interroge.
Charlotte me regarde avec des yeux ronds.
— Ranik ? Mais Ranik n'est pas quelqu'un de...
— Il m'a protégée de Mathers. Il ne peut pas être complètement mauvais, j'insiste.
Charlotte ignore que je le connais plutôt bien, ce qui est parfait. Même si elle a dit qu'elle ne me jugerait pas, elle changerait forcément de point de vue nous concernant, Ranik et moi.
— Pouah ! lance Charlotte. Bon, d'accord. Il fera l'affaire. Tu n'auras qu'à le laisser manœuvrer avec

Grace, déclare-t-elle avant de se ragaillardir. Nous devons absolument te trouver une jolie tenue en ville. Il n'est pas question que tu m'empruntes des vêtements ! Ils te vont hyper bien, mais c'est ton premier rencard ! Il te faut des super fringues, point final.

Je ris tandis qu'elle élabore son plan d'attaque, réfléchissant même aux magasins offrant les meilleures soldes en ce moment. Je pense juste à ce qu'elle a dit, pour ma part : c'est mon premier rendez-vous. Un vrai. Enfin ! Comme n'importe quelle fille. Pas un rencard-leçon. Je ne suis pas difficile ni impossible. Quelqu'un m'apprécie assez pour m'inviter. Et pas n'importe qui. Théo en personne !

J'ai l'impression de flotter.

Ce sentiment de flottement cesse lorsque je monte dans le bus pour l'appartement de Ranik. La demi-heure du trajet me laisse tout le loisir de méditer sur la façon dont ma requête risque d'être prise. Ranik pourrait toujours être en colère. Mais je ne suis pas sûre de pouvoir gérer cette histoire de « double rencard » sans lui. Je frappe timidement à sa porte. Miranda vient m'ouvrir. Ses cheveux roses sont remontés en queue-de-cheval. Son visage s'assombrit aussitôt à ma vue.

— Qu'est-ce que tu veux ?

— Excuse-moi de te déranger, mais est-ce que Ranik est là ?

Miranda me scrute de la tête aux pieds avant de jeter un petit regard par-dessus son épaule. Des coups de feu résonnent. Je tends discrètement le cou et aperçois Trent allongé sur un canapé en train de jouer à un jeu vidéo avec Seth. Miranda retourne la tête vers moi.

— Nan, désolé. Il est sorti.
— Oh ! je soupire en essayant de masquer la déception dans ma voix. Sais-tu où je pourrais le trouver ?

Miranda se moque.
— Tu t'exprimes vraiment comme ça, alors. J'hallucine ! Ranik avait dit que vous étiez différents, mais j'ignorais que vous veniez de deux planètes totalement opposées.

Je me retiens de trembler. Ranik leur a parlé de moi ? Évidemment qu'il l'a fait.

— Écoute, poursuit Miranda en jetant un coup d'œil à l'intérieur avant de s'avancer dans le couloir et de fermer la porte derrière elle. On ne t'apprécie pas vraiment. Alors ce serait mieux si tu ne venais pas traîner par ici, OK ?

— Pourquoi ? Est-ce que... est-ce que j'ai fait quelque chose qui vous a déplu ? Je suis désolée d'avoir... atterri chez vous comme ça, l'autre soir. Et d'avoir emprunté une serviette de toilette. Excusez-moi.

— Ce n'est pas ça, soupire Miranda en s'appuyant contre la rambarde tout en frottant ses sourcils. Ranik ne... il n'a jamais ramené de fille à la maison avant.

Je me retiens de rire.
— Tu es sérieuse ?
— Enfin, si, mais juste pour baiser, corrige-t-elle d'un ton agressif. Pas pour... pas pour soigner ses blessures, la faire dormir dans son lit et lui sur le canapé, si tu vois où je veux en venir.

— Ranik et moi sommes amis, dis-je aussitôt.
— Ne te fous pas de moi. Ranik nous a tout

raconté. Il t'apprend à séduire pour que tu puisses choper un autre mec.

Je confirme de la tête, choquée. Miranda souffle profondément avant d'allumer une cigarette et d'en recracher la fumée par-dessus la rambarde.

— Il essaie d'arrêter.
— Quoi donc ?
— De fumer, ricane-t-elle. Il ne boit pratiquement jamais à cause de son vieux, mais maintenant, il arrête aussi de cloper. Et il étudie. C'est comme s'il voulait impressionner quelqu'un.
— Je ne comprends pas. Pourquoi son père l'empêcherait de…
— Oh, allez ! Il a dit que tu étais vive comme l'éclair.

Elle soupire à nouveau très fort.

— Je vais t'expliquer pour que tu saches où tu mets les pieds. En revanche, je t'interdis d'en parler à qui que ce soit ou je viendrais te chercher par la peau des fesses et je te trancherai la gorge moi-même.

Je me raidis, ce qui l'énerve un peu plus.

— Le père de Ranik était alcoolique. Accro au whisky. Il battait Ranik et sa mère. Un jour, cette pauvre femme n'a plus supporté la situation et elle… elle les a laissés. La police l'a retrouvée dans les bois à quelques kilomètres de là. Elle s'était pendue.

Mon sang se fige dans mes veines à ces mots. Miranda me lance un regard de tigre sur la défensive.

— Malgré ça, son père a continué de le battre. Ranik a arrêté le lycée quelques années après et il a fini par se tirer pour nous rejoindre ici, Trent et moi. Barbara l'a hébergé et lui a filé un boulot au *Venn*.

Il a eu une vie plutôt pourrie. Nous ne voulons surtout pas qu'elle le devienne encore plus, *capito* ?

— Je comprends, dis-je avec douceur. Vous tenez beaucoup à lui.

— Exactement, accorde-t-elle. On souhaite juste qu'il soit heureux. Mais il faut toujours qu'il coure après la première nana qui lui sort deux trucs sympas. Un peu comme ces chiens affamés qui traînent dans les casses de voitures dans l'espoir que quelqu'un leur balancera un peu d'amour, tu piges ? Mais ces filles ne restent jamais longtemps. Elles se rendent vite compte qu'il est plus détruit que ce qu'elles ont envie de gérer. Du coup, elles se tirent.

Elle se tourne face à moi à ces mots, ses cheveux roses resplendissants autour de son visage fin tandis qu'elle écrase sa cigarette.

— Tu es la première qu'il ait amenée au *Venn*, tu sais ?

Je fronce les sourcils, mais Miranda reprend la parole avant que j'aie pu ouvrir la bouche.

— Je ne comprends pas. Qu'est-ce que tu veux dire ?

— Allez, petit génie... Je suis sûre que tu trouveras la réponse toute seule.

Je la regarde en clignant des yeux. Elle me dépasse en me tapotant l'épaule. Je l'arrête avant qu'elle soit rentrée chez elle.

— Est-ce qu'il... il doit revenir plus tard ?

— Peut-être. Je n'en sais rien. En tout cas, moi, Seth et Trent, on a du boulot ce soir, donc on ne sera pas là. Tu n'auras qu'à tenter ta chance.

Je fouille rapidement dans mon sac avant d'en extraire les vêtements qu'elle m'avait prêtés.

— Tiens. Ils sont propres. Merci beaucoup.

Miranda sourit avec un air satisfait avant de me les prendre des mains.

— Aucun problème.

Je commence à regagner le rez-de-chaussée tout en me demandant quoi faire. Je devrais sans doute repasser plus tard. Les SMS ne servant visiblement à rien, je vais devoir lui parler face à face. Mais j'ai peur qu'il me déteste pour de bon. Je crains d'avoir perdu mon meilleur professeur, mon seul allié. Voire un ami potentiel.

9

Je suis dans un bar dont je ne me rappelle plus le nom (je n'allais pas me montrer dans cet état devant Barbara...) pour essayer de chasser le souvenir de Théo et d'Alice. Je les ai aperçus par la fenêtre et tout s'est enchaîné très vite après ça. Alice était assise là avec sa copine quand Théo a débarqué. Il étincelait presque dans la lumière du soleil avec ses cheveux blonds, sa peau hâlée et ses dents trop bien alignées. J'ai aussitôt deviné. J'ai tout de suite compris parce qu'il a dit quelque chose, et qu'ensuite Alice est devenue blanche comme un cachet d'aspirine. Il l'a fait. Il lui a demandé de sortir avec lui.

Il m'a battu. C'est terminé.

J'ai vu le visage d'Alice s'illuminer de joie, et j'ai su que c'était mort.

Je fais signe au barman, qui me jette un drôle de coup d'œil. Je pointe aussitôt un doigt vers lui.

— Hé ! Qu'est-ce que t'as à me mater comme ça ? Je paie, OK ? Alors tu m'sers quand j'te l'demande !

Le type soupire avant de glisser un autre shot vers moi. L'alcool brûle toute sensation dans mes phalanges et mes orteils sur leur passage. Avec un peu de chance, il cramera tout sentiment de mon cœur. Ça vaut la peine d'essayer.

— Tu en as déjà descendu pas mal, tu sais…, fait la fille à côté de moi.

Une ravissante brune aux yeux sombres et au rouge à lèvres lumineux, un Martini posé devant elle. Elle me sourit avant de me donner un petit coup de coude.

— Et si on allait voir ailleurs si on y est ?

Nous savons l'un comme l'autre où elle veut en venir. C'est la même danse que d'habitude, une routine millénaire, ou une routine de baise millénaire, plutôt. Peu importe. Elle cherche un plan cul et je suis là pour elle.

J'étudie son visage. Elle est jolie. Voire encore plus qu'Alice. Si je plisse les paupières, ses cheveux pourraient sembler blonds et ses yeux bleus. Elle a vraiment l'air sympa. Peut-être, et je dis bien peut-être que…

— Hé ! toi ! lance un gars en me tapotant l'épaule.

Il est flou, mais baraqué.

— Tu ne parles pas à George sur ce ton, tu m'entends ?

Je serre les lèvres.

— Ah ! ouais ? Et qui m'en empêchera, vieillard ?

— Hé ! intervient le barman. Calme-toi, Bailey.

— Il s'est payé ta tête, Georgie ! proteste l'autre. Je ne peux pas le laisser s'en tirer comme ça.

— C'est bon, messieurs, je peine à articuler. Je partais. Viens, chérie.

La fille – Alyssa ? Andrea ? – pouffe et m'attrape le

bras avant de me guider vers la sortie pour rejoindre la nuit froide de novembre. Merde... on est déjà en novembre. Où le temps a-t-il filé ? Mais je connais la réponse : à former Alice. À le gâcher pour cette foutue fille.

— Attends-moi là ! Je vais arrêter ce taxi, s'exclame Alyssa-Andrea au bord du trottoir avant de héler un véhicule jaune et de me pousser à l'intérieur.

Le chauffeur a une voix rauque et il conduit vite. Mais la fille et moi nous sautons dessus encore plus rapidement. Je ne pense qu'à une chose malgré l'alcool, et elle n'a rien à voir avec la bouche d'Alyssa-Andrea. Pourquoi ? Pourquoi est-ce que je continue de m'accrocher à cet infime espoir ?

Comment ai-je pu m'imaginer une seule seconde que j'étais assez bien pour elle ? Pourquoi ai-je cru que j'avais la moindre putain de chance ?

Le chauffeur me demande mon adresse. Je décolle mes lèvres de celles de ma partenaire pour le guider. Il grommelle. Ma tête heurte son siège lorsqu'il tourne à droite. Alyssa-Andrea rit d'une voix perçante, puis me tire en arrière pour un autre baiser.

— Tu es très drôle..., murmure-t-elle. Je t'aime bien.

Est-elle sincère ou le dit-elle simplement parce qu'elle a bu ? J'ai déjà entendu ce genre de chose auparavant. Elle est juste saoule. Elles le sont toujours, pour coucher avec moi, mais jamais assez pour rester.

Ça recommence alors que nous gravissons les marches de l'escalier en titubant et en nous sautant dessus comme deux adolescents bourrés. Le visage d'Alyssa-Andrea devient flou, puis ses cheveux deviennent blonds et ses yeux aussi bleus que l'océan.

Je suffoque légèrement avant de l'embrasser plus fort tout en cherchant mes clés, et la serrure ensuite.

— Il n'est pas question que je te laisse partir, je chuchote dans ses cheveux. Je ne permettrai pas qu'il t'ait.

Alyssa-Andrea rit.

— Quoi ?

Nous trébuchons à l'intérieur. Je referme la porte du pied. Alyssa-Andrea danse au loin devant moi. Ses hanches ondulent, tentatrices, tandis que son corps se transforme à nouveau. Alice… Alice bouge devant moi comme elle l'a fait sur le parking le soir de mon anniversaire. Je peux la sentir, presque la goûter dans cette petite robe noire. Je m'avance brusquement vers la fille et la plaque contre le mur avant de lui lever ses mains au-dessus de la tête et d'entremêler ses doigts aux miens.

— Je te veux depuis si longtemps, je halète. À la seconde où je t'ai vue. Tu es tout ce que je désire dans la vie. Tu es parfaite.

Le rire d'Alice résonne alors dans le couloir. Elle m'embrasse dans le cou en silence.

— Je peux t'aimer mieux que lui, je murmure. Je te le promets. Je peux t'aimer plus qu'il ne le fera jamais. Je t'aime même déjà. Donne-moi juste une chance de te le prouver.

Elle se dégage et commence à se diriger vers les chambres. Je l'arrête sur le seuil avant de la tirer par la main pour l'attirer contre moi.

— S'il te plaît, je susurre. Je t'en prie, sois à moi.

— Je suis à toi, répond-elle en m'embrassant doucement.

Ces paroles finissent de m'embraser. Sa bouche frôle la mienne tandis que mes doigts défont les boutons de son chemisier. Mes baisers descendent jusqu'à ses seins. Elle soupire de bonheur. Je veux qu'elle soupire comme ça encore et encore, lui montrer ce que je ressens pour elle, comme elle me rend fou.

* * *

Ma main se fige juste avant de frapper à la porte. Ces six heures consacrées à faire du shopping avec Charlotte m'ont légèrement calmée. Je sais, à présent, que Ranik ne me reparlera jamais. Je peux faire avec. J'ai passé six heures à essayer de l'accepter et de digérer son histoire tragique. Je me sens comme si j'avais perdu quelque chose d'important que je ne récupérerai jamais. J'ai fait fuir le seul garçon qui avait accepté de devenir mon ami. Tout ce que je peux faire, maintenant, c'est m'excuser et reprendre le cours de ma vie. Je lisse mon haut avec nervosité.

Charlotte a insisté pour que j'achète ce chemisier bleu clair (avec un fantôme Pac-Man dessus) et – à ma grande consternation – un short en jean. Même si elle est confortable, cette tenue n'est pas très adaptée pour frapper à la porte d'un garçon par une froide nuit de novembre. Je tremble, mais trouve néanmoins le courage de le faire. Ranik doit savoir que je suis désolée. Il le mérite. Personne ne vient. J'attends avant de toquer de nouveau au cas où il ne m'aurait pas entendue. La porte s'entrebâille, cette fois. Ce n'était pas verrouillé. Je jette un coup d'œil à l'intérieur : l'appartement est plongé dans le noir et apparemment vide.

— Euh... bonsoir ? Ranik ?

Je distingue alors vaguement des voix dans une

pièce. Je prends sur moi et me faufile dans le salon après avoir refermé derrière moi. Pourquoi était-elle ouverte ? Ranik va-t-il bien ? L'inquiétude commence à me gagner tandis que mon regard s'adapte à l'obscurité.

— Il y a quelqu'un ?

Quelqu'un murmure mon nom. Je m'avance dans le couloir, l'oreille tendue. Du bruit monte de la chambre de Ranik. Sa porte est ouverte. Une lumière pâle filtre. J'expire avant d'inspirer à fond pour me donner du courage.

— Ranik ?

Je pousse le battant un peu plus... pour le regretter aussitôt. Une magnifique brune serre ses jambes nues de part et d'autre du dos de Ranik, qui lui fait l'amour debout contre le mur, les doigts enfoncés dans la peau veloutée de ses cuisses parfaites. Ses seins se soulèvent à chacun de ses halètements. Les grognements de Ranik sont à peine audibles, mais clairement satisfaits. La fille passe une main dans ses boucles sombres, qu'elle décoiffe un peu plus. Aucun d'eux ne me remarque. Je reste plantée là, paralysée d'horreur. Voir Ranik ainsi me rend...

Une petite flamme traîtresse et maladive remonte de mon ventre jusqu'à ma gorge. Le dos musclé de Ranik... Son tatouage en forme d'aile ondulant sous ses efforts... Ses fesses, ses cuisses et ses jambes, magnifiquement fermes... Le visage ravi de la fille me dit tout ce que je ne veux pas savoir. Elle m'aperçoit alors et tapote l'épaule de son partenaire, qui s'immobilise pour la libérer en la scrutant avec un air confus. Elle se contente de rire et de me pointer du doigt avant d'attraper un drap pour se couvrir.

Ranik fait volte-face. Son expression se fige. Chacun de ses muscles est tendu et son regard vert doré à la fois troublé et terrifié. Le rouge de ses joues devient gris comme la cendre en un battement de paupières. Je n'ose pas baisser les yeux sous ses hanches. J'ai envie de vomir. De fuir loin de là.

Mais mon ancien moi – la partie froide, amère et calme d'avant Ranik – enfouit aussitôt ses sentiments et reprend le dessus.

— Je suis désolée, dis-je en redressant le dos. Je ne voulais pas te déranger. Je repasserai plus tard.

À ces mots, je me rue vers la porte d'entrée. Un bruit de pas précipités se fait entendre derrière moi, puis la voix de Ranik, d'abord étouffée et plus forte ensuite.

— Alice… Alice ! Eh ! merde… Alice, reviens !

Ne pleure pas, dit mon ancien moi d'un ton neutre. *Ce garçon n'était rien pour nous.*

Mais…

Non. Il était ton professeur, rien de plus. Un outil. Il a rempli sa fonction. Il t'en a appris assez. Tu peux t'en débarrasser, maintenant.

— Alice ! Ralentis, putain !

Je réprime un frisson et tourne à l'angle. Les lumières néon et la circulation de l'avenue principale m'agressent. J'essuie mon visage et marche plus vite. En me dépêchant, je pourrai attraper le bus 12 et rentrer chez moi, laisser enfin toute cette histoire derrière moi.

— Alice !

En jean et en chemise froissée, Ranik agrippe mon poignet. Je me tourne face à lui avant de le repousser.

— Ne me touche pas, j'assène froidement.

Ses yeux vert émeraude dans la lueur glauque des néons révèlent une faille.

— Alice, s'il te plaît, écoute-moi juste une seconde…

— Non. Je n'ai plus à t'écouter, je tranche rapidement. Je te relève de tes fonctions de professeur.

— Quoi ? Attends un peu…

— Je t'enverrai tes devoirs par la poste d'ici une semaine. Tout contact cessera entre nous après ça. Bonne nuit.

Je m'éloigne.

— Alice ! lance Ranik en me suivant. S'il te plaît, ne fais pas ça…

La douleur dans sa voix m'oblige à m'arrêter. Je pivote lentement sur moi-même. Il me rattrape en haletant, exhalant l'alcool par tous les pores de sa peau.

— Qu'est-ce que tu veux que je dise ? Que je suis désolé d'avoir baisé cette fille ?

— Tu n'es pas désolé. Tu avais clairement très envie de le faire.

— Qu'est-ce que ça peut bien te faire, de toute manière ?

— Mais je n'en ai rien à faire ! je crie malgré moi.

Je ne crie jamais. Ranik fait exactement la même tête que si je l'avais giflé. Il recule d'un pas. Je me calme avant de parler plus bas.

— Ce sont tes affaires. Mais je me demande néanmoins comment tu pourrais me donner des cours de qualité alors que tu as la tête ailleurs. Si tu es distrait, ton enseignement pourrait en pâtir et je ne peux pas courir ce risque. Notre accord est dès lors caduc.

— Notre accord est tombé à l'eau à la seconde où Théo t'a demandé de sortir avec lui ce matin, lance-t-il d'un ton hargneux.
— Tu nous as vus ?
— Ouais. Depuis les fenêtres du deuxième étage.
L'expression de Ranik révèle de la colère, de l'abattement, une fatigue extrême.
— Écoute, je suis vraiment content pour toi, Princesse. Tu as ce que tu souhaitais. Et le fait est que tu n'as plus besoin de moi, alors…
— Il ne m'a pas demandé de sortir avec lui…
Ranik reste bouche bée à cette annonce. Je poursuis :
— Il m'a proposé d'aller à la fête foraine avec Grace et lui. Charlotte a appelé ça un « double rencard ». Je voulais te demander de m'accompagner. Mais vu que tu n'as pas répondu à mes messages, j'ai compris que tu me détestais à cause de ce qui s'est passé pendant notre dernier cours. Donc j'étais venue te présenter mes excuses. C'est le minimum que je puisse faire. C'est pour ça que je…
Je reprends mon souffle et tente de sourire.
— Pardonne-moi. J'ai dépassé les bornes. Je n'ai pas respecté tes règles ni tes limites et j'en suis sincèrement désolée. J'espère que la fille qui est chez toi les respectera. Je te souhaite le meilleur.
Je pivote de nouveau sur moi-même, mais Ranik attrape ma main.
— Reste, murmure-t-il.
— Ranik…
— S'il te plaît.
Je soupire.
— Tu es visiblement occupé…

— Elle est partie. S'il te plaît, ne me laisse pas toi aussi, me demande-t-il, le visage tordu de douleur.

Il semble tellement perdu et brisé. Un peu comme un enfant. Est-ce de la pitié ou de l'inquiétude que j'éprouve au fond de moi ? Ce que Miranda m'a dit à propos de son passé rôde encore dans un coin de ma tête comme un sombre nuage. Une douce fatigue remplace aussitôt ma colère et ma tristesse.

— D'accord, je chuchote.

Ranik et moi retournons à l'appartement en silence. La fille est effectivement partie. Ranik me désigne le canapé.

— Tu ne voudras sans doute pas prendre le lit...

— Pourquoi ? Vous le faisiez contre le mur, il me semble.

Ranik tressaille.

— Prends la chambre, dans ce cas. Je dormirai dans le salon.

— Ce serait le moment idéal pour une leçon : dormir avec un garçon. Ça pourrait m'être utile.

Ranik reste muet. Je soupire.

— Très bien. Je comprends. Tu n'es plus mon professeur.

Ranik s'éloigne sans mot dire vers la salle de bains. Cette attitude ne lui ressemble pas du tout. J'entends l'eau de la douche couler. Épuisée, je m'écroule sur le matelas. Les draps exhalent son odeur. Exactement celle dont je me rappelle : le pin et la fumée.

Enfin seule, et désormais sûre que Ranik ne veut plus avoir quoi que ce soit à faire avec moi, j'enfouis mon visage dans le coussin pour cacher mes larmes.

Je pensais bien faire.

Je croyais m'améliorer. Devenir une fille plus

ouverte que Théo pourrait apprécier – que n'importe qui pourrait apprécier. Mais peut-être ai-je seulement halluciné ? Peut-être était-ce un rêve ? Peut-être suis-je délirante ? Peut-être mon destin est-il de rester un robot à tout jamais ? D'obtenir mon diplôme et de devenir neuroscientifique comme ma mère le souhaite ? J'ai vraiment essayé de transformer ma vie en m'inscrivant dans cette université, de me changer moi.

Mais je me rends compte à présent que je ne suis pas faite pour cela. Je suis vouée à finir seule. On frappe à la porte. J'essuie mes larmes et affermis ma voix.

— Entre.

Une serviette enroulée autour de la taille, entouré d'une odeur de savon et d'eau chaude, Ranik pénètre dans la pièce.

— Excuse-moi. Je viens juste chercher un truc à me mettre...

J'acquiesce de la tête. Il marche jusqu'à la commode avant de fouiller à l'intérieur. Je contemple le tatouage en forme d'aile sur son omoplate. C'est le plus beau et le plus élaboré d'entre tous. Sans me rendre compte de ce que je fais, je me lève et j'avance doucement dans sa direction, fascinée. Ranik est là. Je ne suis pas seule. Pas encore.

Je pose ma main sur l'aile et commence à en tracer le contour du bout du doigt.

— C'est magnifique, dis-je.

Son épaule se tend, chaque muscle crispé sous ma phalange tandis que j'effleure l'extrémité de la plume inférieure. Ranik se retourne soudain et me plaque contre le mur sans me laisser le temps de m'écarter.

Son corps presque nu est contre le mien et ses cheveux noirs mouillés retombent devant ses yeux étrangement lumineux.

— Ceci est un cours, déclare-t-il, les lèvres dans mon cou. Je suis toujours ton professeur.

Il m'embrasse en s'attardant sur ma clavicule, puis longe la crête de l'os du bout de la langue avant de planter un baiser au centre. Mon cœur bat à tout rompre dans ma poitrine. Ranik pose les mains sur mes épaules, dégage le col de ma chemise et recule pour contempler ma peau frissonnante. Il se penche ensuite et caresse le creux de mon cou si sensible et chatouilleux que je me tortille.

— Je suis désolé, fait Ranik en mettant la tête sur mon épaule. Excuse-moi de m'être énervé l'autre jour. Tu ne le méritais pas.

— Non, ne t'excuse pas. J'avais dépassé les bornes…

Ranik m'embrasse alors plus bas tout en retirant au fur et à mesure ma chemise, qui se retrouve par terre. Il m'attire et me serre contre lui.

— Tu n'as rien fait de mal, Princesse, murmure-t-il dans mes cheveux. Vraiment rien.

Mon corps est lourd. Ses paroles calment, dans mon cœur, le feu brûlant qui s'empare de moi. Des larmes roulent le long de mes joues.

Ranik n'est pas en colère. Je n'ai rien fait de mal. Je n'ai pas perdu mon ami. Il m'attrape par la main avant de me guider jusqu'à son lit. Je pleure à gros sanglots. Plus intensément que je ne me suis jamais autorisée à le faire. Plus fort que depuis de nombreuses années.

Je m'abandonne dans ses bras, le laissant me caresser les cheveux et me serrer fort, puis le temps disparaît.

* * *

Je contemple le visage endormi et mouillé d'Alice. Elle est tombée de sommeil. Ses mèches dorées sont plaquées contre ses joues humides, ses sourcils arqués et inquiets. Je les effleure du bout du pouce pour les détendre. Cela la soulage un peu, mais pas beaucoup.
J'ai déconné.
Et bien comme il faut.
J'ai tiré des conclusions hâtives à propos de Théo et ma réaction a fait des dégâts. Mais ce n'est pas une première. J'avais déjà merdé le jour où je m'étais énervé après elle. Je devrais pourtant savoir qu'il ne faut jamais décourager quelqu'un qui tente quelque chose. Parce que sinon, cette personne risque de renoncer. Et la dernière chose dont Alice a besoin, c'est de renoncer au sexe, et à moi.
Elle semble si paisible, tellement à sa place, là dans mon lit. J'ai laissé la jalousie s'exprimer. À la seconde où j'ai imaginé qu'Alice était partie pour de bon, j'ai été picoler pour me changer les idées et j'ai sauté une autre nana. J'ai vraiment cru perdre la seule fille à qui je m'intéresse vraiment. Il faut que je lui parle. Je ne peux plus garder ça pour moi. Ça me fout en l'air.
Mais pas maintenant. Pour le moment, Alice a besoin de se reposer.
Je me roule en boule en passant un bras autour d'elle et m'endors au bruit de sa respiration calme et régulière. Je voudrais que le temps s'arrête. Rester blotti contre elle pour toujours.

* * *

Je me réveille lentement, voluptueusement, du sommeil le plus profond et le plus réparateur de ma vie. L'odeur de pin et de fumée m'indique aussitôt où je suis – chez Ranik. Les souvenirs affluent au moment où la lumière brûlante du soleil pénètre par la fenêtre. Je m'étire. Mes coudes heurtent quelque chose de doux. Surprise, je tends une main derrière moi, pour trouver Ranik assoupi contre mon dos. Il grogne. Ses yeux vert doré s'entrouvrent. Il gémit de nouveau et enfouit son visage dans mes cheveux.

— Ne fais pas ça, je lance d'un ton gêné.

Il rit et glisse une main sur mon ventre, puis sous mes seins. Je pousse un petit cri et le tape pour l'obliger à s'écarter.

— Désolé, désolé, pouffe-t-il, mais tu es tellement douce. Et tu sens bon, dit-il.

— Je crois que tu me confonds avec la fille que tu as ramenée hier soir.

— Non, susurre Ranik en me serrant à nouveau contre lui tout en caressant ma hanche avec sa paume. C'est bien toi, Alice. Rien que toi. Même si c'est un rêve, c'est quand même toi.

Mon cœur bat à tout rompre tandis que ses doigts descendent lentement vers mon short avant de le déboutonner et de baisser ma fermeture éclair. Ranik dort-il à moitié ? Pense-t-il que je suis un rêve ? Son sexe en érection est dressé contre mon coccyx.

— Tu sais que ce n'est pas un rêve, n'est-ce pas ?

— Tu dis toujours ça dans mes rêves, soupire-t-il.

Toujours ? Rêverait-il souvent de moi ? Sa main libre erre sous mon soutien-gorge pour jouer doucement avec mes tétons. La décharge électrique qui traverse alors mon corps me fait suffoquer.

— Hé !

— Quoi ? lance-t-il avec innocence.

J'ouvre la bouche pour lui intimer d'arrêter quand ses doigts glissent à l'intérieur de mon short et commence à me caresser doucement.

— Ranik...

Il m'embrasse dans le cou.

— J'ai ramené cette fille hier soir parce que je te voulais, murmure-t-il. Je pensais à toi pendant que je la sautais. Je veux que tu sois heureuse, Alice. Et l'idée que Théo et toi...

Je suis incroyablement mouillée. Mes fonctions biologiques désirent clairement tous les bons soins que Ranik me prodigue. Mais il n'y a pas que ça. Ranik Mason me désire. Il rêve de moi. Il souhaite mon bonheur.

Je rougis. Un feu brûlant gagne chaque recoin de mon corps. Ranik fait courir ses doigts avant d'hésiter.

— Je serai doux, Princesse, je te le promets.

— Ranik ! lance Miranda d'une voix forte et sonore.

Nous sursautons au moment où elle tambourine à la porte avec le poing.

— Debout ! On va être en retard en cours !

Ranik et moi nous figeons. Il s'écarte avant de bondir du lit et de sauter dans son jean.

— Putain de bordel de merde...

Il me regarde alors avant de se frotter les yeux comme s'il n'en revenait pas, le visage blême.

— Alice, c'est vraiment toi ?

Je fronce les sourcils et remonte les draps sur mes seins, mortifiée.

— J'ai essayé de te le dire, espèce d'idiot !

Il enfouit sa tête dans une chemise à l'abandon en grognant.

— Oh, putain ! Oh, putain !

Miranda frappe encore.

— Ranik ! Dépêche-toi ! On y va !

— Une seconde ! crie-t-il avant de se tourner vers moi : putain, Alice, je suis désolé. Je pensais... j'ai cru que tu étais...

— Un rêve ? je suggère d'un ton suffisant.

Ranik devient écarlate jusqu'à la racine de ses sombres cheveux. Il contemple la porte et moi tour à tour avant de ronchonner, puis jette sa chemise par terre et ouvre pour pointer une tête dehors.

— Je ne viens pas. Je ne me sens pas très bien.

— Quoi ? Qu'est-ce que tu ?...

Il coupe court à la conversation en refermant et en verrouillant la serrure derrière lui.

— Ranik ! lance Miranda.

Là-dessus, il se tourne vers le lit et plonge. Surprise, je pousse un petit cri. Ranik rit et se glisse sous les draps au niveau de mes pieds avant de ressortir la tête, les yeux brillants de malice.

— Je suis toujours ton professeur ? demande-t-il.

J'opine de la tête.

— Et je suis encore invité à la fête foraine pour ton double rencard ?

J'acquiesce de nouveau. Ranik tire ma main hors des couvertures et l'embrasse.

* * *

— Très bien. Alors dans ce cas, nous avons beaucoup d'apprentissage à faire.
— Qu'est-ce que tu veux dire ?
— Eh bien, cette fête est l'occasion parfaite de demander à Théo de sortir avec toi, non ?
Je marque un temps d'arrêt, nerveuse.
— Oui, mais…
— Pas de mais ! Si tu ne le fais pas, Grace ne s'en privera pas. Donc, nous devons passer à la vitesse supérieure.
— Mais… et toi ? Tu as dit que…
— Et moi, je vais te dire quel est ton problème, lâche-t-il en m'ignorant : tu es trop focalisée sur Théo.
— Ah bon ? D'après mon expérience, se concentrer sur ses objectifs permet plutôt de les atteindre.
— Je ne te parle pas de ça. Évidemment que c'est bien de se concentrer sur ses objectifs. Mais le sexe, c'est… Tout ne tourne pas autour du mec. Pas si tu veux du bon sexe, en tout cas.
Je suis totalement perdue. Ranik met les mains derrière la tête.
— Comment tu t'y prends pour… te masturber ? demande-t-il alors.
Ma confusion grandit un peu plus. Un gigantesque nœud se forme au fond de ma gorge.
— Je sais très bien comment me donner du plaisir toute seule, merci beaucoup. Je n'ai pas besoin de cours pour ça.
— Parfait. Mais ce n'est pas ce que je vais te montrer. Je veux t'enseigner à t'adapter. Tu es trop

focalisée sur ton envie d'apprendre pour que Théo se sente bien. Mais ça l'aidera si tu prends ton pied d'abord.

Elle plisse le front. C'est du Alice tout craché : martyre et reine du sacrifice. Elle ne penserait jamais à son propre plaisir. Les autres filles ne vivent que pour ça. Elles se servent des mecs pour l'obtenir. Convaincue que l'unique façon de satisfaire quelqu'un est de nier le sien, Alice le met toujours en veilleuse. Je soupire.

— Une femme est beaucoup plus qu'un corps.

— Permets-moi d'en douter. C'est visiblement la seule chose qui t'intéresse, me rétorque-t-elle.

La colère me prend. Alice me voit seulement comme quelqu'un de superficiel. Comme le grand méchant. Avant que j'aie pu me retenir, je me plante au-dessus d'elle avec les mains de part et d'autre de ses épaules. Ses yeux bleus me fixent. Son odeur de rose et de vieux livres monte vers moi. Je la bois, à la manière d'un homme mourant de soif en plein désert.

— Ne te méprends pas, Princesse, je murmure. J'ai connu beaucoup de femmes. Mais ça ne signifie pas qu'on m'excite facilement. Je ne suis pas une machine devant laquelle il suffit de présenter ses nibards et d'attendre une réaction.

Alice fronce les sourcils quand un rictus diabolique se dessine sur son visage. Elle retire ensuite son soutien-gorge avec un sourire encore plus satisfait.

— Je pense que nous venons d'invalider cette hypothèse, ricane-t-elle.

Je ne bouge pas.

— Ce n'est pas juste.

— La science est toujours juste, déclare-t-elle à voix basse. Tu disais ? Poursuis ta leçon, je t'en prie.

— Pour certains gars, il n'en faut pas plus, mais ce sont des cons. Pour moi, ce n'est vraiment pas suffisant. Et si Théo est celui que je crois, il devrait fonctionner comme moi.

Alice se tortille, à ces mots. Ce petit spectacle m'enchante.

— Qu'est-ce qu'il vous faut encore, alors ? fait-elle en se raclant la gorge.

J'ai tant attendu ce moment... Je le savoure avant de me pencher en humant l'air autour d'elle.

— L'odeur. L'odeur est importante.

— Dans ce cas, je veillerai à sentir toujours bon. Je ris.

— Excellente idée. Mais tu n'auras pas besoin de te forcer. L'odeur de la transpiration d'une femme est aussi délicieuse que n'importe quel parfum. Pleine de phéromones...

— Beaucoup d'hommes ne seraient pas d'accord avec toi à propos de cette histoire de transpiration, m'interrompt-elle.

— Beaucoup d'hommes sont des crétins, je réponds froidement.

Elle sourit.

— La quatrième chose sur laquelle nous sommes d'accord.

Je me penche. Elle ne recule pas, mais son regard devient nerveux.

— Le goût, dis-je. La saveur de ta langue, de ton souffle, de tes lèvres. Et celui de ta peau...

La chair fine et laiteuse au-dessus de ses seins se tend et se détend en rythme avec sa respiration et sa gorge palpite. Attiré comme un papillon de nuit par la flamme d'une putain de bougie, je m'avance, pose ma bouche sur sa clavicule, pointe la langue et la goûte. Elle est toute de sel et de rose, et d'une autre saveur parfaitement unique et indéfinissable. La plupart des filles sentent la crème, le jasmin, les parfums trop sucrés. Mais Alice est faite de lait et d'air pur. Je voudrais l'avaler d'un trait, ou la mettre en bouteille pour les moments où le monde sera saturé d'odeurs écœurantes, de rires trop mièvres et de fumée de cigarette.

— Qu'est-ce que... qu'est-ce que tu fais ?

Le tremblement dans sa voix me tire de mes rêveries. La Princesse de glace bégaie ? Je me dégage.

— Merde... Excuse-moi. Je me suis laissé emporter. Ça ne se reproduira plus. Je vais m'asseoir sur les mains ou un truc du genre, t'inquiète.

Je m'écarte et m'installe de l'autre côté du lit avec les mains sous les fesses. Alice éclate de rire.

— Tu n'as pas douze ans ! Ce n'est pas la peine de te punir comme ça.

— On dirait bien que si, vu ce qui s'est passé ce matin. Et je suis bien obligé de le faire sinon je ne retiendrai jamais la leçon.

Elle secoue la tête, toujours souriante. C'est un putain de miracle après ce que je lui ai fait subir ces deux derniers jours. Mais Alice ne me regarde pas avec un air sévère ni hargneux. Elle est juste là, bien réelle, pure et sincère. Elle rajuste le drap sur sa poitrine et penche la tête sur le côté.

— Bon alors, qu'est-ce qu'il y a d'autre ? L'odeur, le goût, et... ?

— Le bruit, je réponds aussitôt. Les bruits que tu

fais quand un mec te saute. Euh... je reformule. Le bruit que tu fais lorsque tu prends du plaisir. C'est... le truc le plus excitant.

— Pour toi ou pour les hommes en général ?

Je me sens rougir. C'est ridicule. Ranik Mason ne rougit pas.

— Je ne peux pas parler au nom de chaque type, Princesse. Je te file juste des infos générales.

— Mais toi, c'est ce que tu préfères.

C'est toi que je préfère. Mais tu ne me regarderas plus quand Théo sera dans les parages, et je vais devoir vivre avec. Et avec un cœur bousillé à cause de ces conneries pour le restant de mon inutile vie.

— Ouais, j'aime ça. Appelle ton avocat et fais-moi un procès.

— Mmm... Tentant. Mais je passe mon tour. Tu n'as pas d'argent, ricane-t-elle.

— Écoute, le truc, c'est qu'une fille en train de prendre son pied nous fait autant d'effet que quand elle nous touche la bite, tu piges ? Si Théo est à la hauteur de sa réputation et s'il tient à toi, il sera comme un fou lorsqu'il t'entendra décoller.

Alice rougit légèrement. Elle doit imaginer Théo en train de bander. Alice ne pense pas à moi. Sauf qu'elle pensait à moi, ce matin... Elle est tellement sexy, chaude et sublime.

Je me lève et enfile mon tee-shirt.

— Bon... c'est fini pour aujourd'hui. Je dois aller en cours.

— Oh ! D'accord, fait-elle en haletant légèrement. Oui, moi aussi.

Je devrais partir. Là, maintenant. Mais je me retourne à la place. Et ce que je vois arrête aussitôt mon cœur de battre : des mèches dorées se sont libérées de son habituel chignon et l'une d'elles caresse ses joues rosies. La zone que j'ai embrassée sous son cou est encore humide. Ses cuisses sont bien serrées sous les couvertures et son short en jean déboutonné révèle un petit pan de culotte : la rose avec les nœuds sur les côtés. Celle que je lui ai achetée. Celle que nous avons choisie ensemble.

Le peu de contrôle que j'avais jusque-là sur mon corps cède alors. Je me jette tête la première et me retrouve à nouveau au-dessus d'Alice. J'ai besoin d'elle. Vraiment. Tellement...

Elle me regarde avec un air gêné en frottant ses cuisses l'une contre l'autre.

— Je sais... je sais comment le faire toute seule, commence-t-elle. Mais je... je crois que ça me rendrait service de... d'apprendre comment c'est quand quelqu'un le fait pour moi.

— Tu es sûre ? je demande d'une voix rauque.

— Oui, acquiesce-t-elle. S'il te plaît.

C'est la seule autorisation dont j'avais besoin. Je fonds aussitôt en piqué et plaque ma bouche sur la sienne. Alice gémit et entoure mon poignet avec sa main avant de glisser la mienne dans son short. Je sens aussitôt de la chaleur, de la soie douce et le contour de ses lèvres. Sa culotte est tellement adorable que je dois prendre sur moi pour ne pas me mettre à genoux et en embrasser les liens.

Je commence à caresser Alice avec expertise lorsque j'entends un discret soupir. Mes doigts dessinent désespérément des cercles à la recherche des zones les plus sensibles. Désespéré ? Moi ? Merde... Je ne suis jamais dans cet état, d'habitude. Pourquoi lui donner du plaisir m'obnubile-t-il à ce point ? Parce que j'ai envie de l'impressionner ou parce que je sais que je ne vivrai plus jamais un moment pareil ?

Sa respiration devient lourde, puis un gémissement plus net m'indique que j'ai trouvé le jackpot. Je soupire et enfouis ma tête dans son cou avant de la caresser avec insistance. Son odeur de rose et de crème m'enivre tandis que ses petits halètements résonnent dans la pièce. Plus fort. Je veux qu'elle crie plus fort et plus vite. Qu'elle perde le contrôle, qu'elle vienne dans ma main, contempler son visage quand le plaisir la submergera.

Qu'elle sache, sans l'ombre d'un doute, que je l'aime. Ses jambes se serrent. Je glisse mes doigts plus bas, laissant la discrète moiteur de sa culotte me guider.

— Et à l'intérieur ? je murmure. Tu le fais, parfois ?

— Par... parfois, râle-t-elle. Mais, ah !...

Mes doigts se faufilent sans difficulté. Elle est brûlante et mouillée. Une sensation familière, quoique totalement différente.

— Mais quoi ? je lui demande doucement.

Alice se tortille. Son regard bleu est troublé.

— Je ne veux pas... t'obliger à faire des choses dont tu n'as pas envie..., chuchote-t-elle.

Le rire qui me traverse alors résonne dans ma poitrine comme un rugissement de lion.

— Fais-moi confiance, Princesse, je susurre. Ça fait très longtemps que j'en ai envie.

Ce n'est vraiment pas un truc à lui dire. C'est même la pire chose. Mais Alice ne fait plus vraiment attention à mes paroles, ce qui tombe très bien. J'enfonce mes doigts un peu plus. Sa tête bascule en arrière, exposant son cou pâle. Je me penche et y dépose plusieurs baisers tout en reculant mes doigts avant de les enfouir plus profondément. Un gémissement haut perché et agréablement surpris s'élève aussitôt. Je souris. Alice se tord. Je sens sa respiration se bloquer lorsque je replie mes phalanges sur elles-mêmes. Elle me contemple, les yeux écarquillés d'étonnement.

— C'était... c'était quoi, ça ?

Je recommence plus fort. Elle cambre le dos en haletant.

— Ranik...

— Tu devrais avoir la réponse à cette question, madame la première de la classe, fais-je dans le creux de son oreille. Le point G. Eh bien, et ces vingt sur vingt en biologie, hmm ?

Elle baisse le regard, le front plissé et les sourcils haussés comme si elle allait argumenter. Mais je pose mes lèvres sur le lobe de son oreille et le mords doucement en recourbant un peu plus mes doigts. Son expression boudeuse cède la place à de la stupéfaction, puis un frémissement profond me dit tout ce que j'ai besoin de savoir. Je glisse un autre doigt. Ma main devient aussitôt humide et une senteur caractéristique, toute femme et toute Alice, monte jusqu'à moi. Mon jean camoufle mal mon érection. J'en peux plus. Je fais tout pour ne pas embrasser sauvagement ses seins, pour ne pas lui écarter les cuisses et la butiner, déboutonner mon jean et laisser mon sexe faire la conversation. Je voudrais tellement plus, mais Alice ne m'en a pas donné l'autorisation. Je ne mérite pas plus, de toute manière.

— Oh ! oh ! soupire-t-elle tandis que je l'entraîne au bord de l'extase. Ranik !

Mon nom prononcé par ses lèvres ivres de désir fait tressauter mes hanches malgré moi. J'enfouis ma tête dans son cou pour me distraire de l'envie brûlante de la déshabiller et de me glisser en elle. Je la mords doucement. Alice se contracte délicieusement autour de mes doigts en haletant. Elle gémit ensuite, d'abord discrètement, puis plus longuement et d'une voix haut perchée. Je recule pour observer son visage – rouge et paisible, satisfait et extatique, alors que le plaisir la submerge, avant de retomber. Elle n'a plus l'air triste. Mais cela ne durera pas.

Je continue de jouer avec elle pendant qu'elle redescend, la caressant de moins en moins rapidement tandis que des sursauts de plaisir électrisent encore son corps.

C'était bien. Vraiment, bien. Je n'avais pas ressenti ça depuis longtemps. Sa respiration se calme peu à peu quand je me rends compte que je haletais moi aussi. Ses yeux bleus rencontrent les miens. Je comprends soudain à quoi cette petite scène ressemble – Alice étalée sur mon lit, ma main dans sa culotte. Je la retire aussitôt et m'éclaircis la voix avant de me mettre debout.

— Je devrais… je ferais vraiment mieux d'y aller. J'espère que… euh… que ça t'a aidée.

Alice rit. Elle se lève lentement, attrape sa chemise et reboutonne son short terriblement sexy.

— Et toi ? demande-t-elle.

— Quoi, moi ?

— Ne fais pas l'idiot. Je vois très bien à travers ton pantalon.

Mon sexe se manifeste soudain pour attirer son

attention. La leçon de branlette me revient en mémoire, sa langue caressant le dessous de ma verge… Je rêverais être en elle plus qu'elle ne le saura jamais.

— Ça ne fait pas partie du deal, dis-je en me flanquant une gifle intérieure. C'est mon problème. Je gère.

Mes jambes sont en plomb. Tout en moi me crie de faire demi-tour, de la laisser faire ce qu'elle veut de moi. Mais ce serait beaucoup trop dangereux. Si je reste dans cette chambre, il n'y aura plus moyen de revenir en arrière. Je ferai quelque chose que je regretterai, et Alice elle aussi, sans doute. Alice est une reine de glace, une future major de promotion et moi l'un des pires étudiants de la fac. Ce genre d'association ne fonctionne pas.

— Ranik…, gronde Alice.

— Envoie-moi les infos pour la fête foraine. Je te rejoindrai directement là-bas, OK ?

Je ferme la porte derrière moi. Je retrouve mes esprits le temps du trajet jusqu'au campus, à la fois gêné et satisfait.

Je ne suis pas Théo. Théo aurait dû vivre ce moment avec Alice, pas moi. Elle aurait encore plus apprécié si ça avait été lui.

Mais comme le crève-la-faim pathétique que je suis, je me repasse ces instants avec Alice durant les jours suivants. J'essaie d'oublier son odeur et la sensation de son corps. Mais je la vois arpenter les couloirs, se pencher au-dessus d'un livre ou sourire à Théo, et finis chaque fois avec la tête à l'envers. Ce n'est jamais elle. Ce ne sont jamais ses mains ni sa bouche. Et j'aurai toujours faim parce qu'elle ne m'embrassera pas, elle ne traînera pas, ne mangera pas, n'étudiera pas, ne marchera pas main dans la main et ne parlera pas de ses projets d'avenir avec moi. Ce n'est pas mon visage qu'elle caressera, ni à moi à qui elle offrira sa première fois. Parce qu'elle ne m'aime pas.

10

Charlotte tente de me frapper avec un coussin pour la vingtième fois.

— Je n'en reviens pas que tu continues à me cacher des choses ! crie-t-elle, hilare. Je vais te le demander une dernière fois et tu vas me répondre si tu veux éviter des représailles plutôt désagréables : où étais-tu vendredi soir ?

— Chez un ami, je déclare en pouffant.

Cette réaction est tellement rare de ma part qu'elle choque même Charlotte.

— Tu... je le savais ! Tu irradies, tu as les joues roses, la façon dont tu rayonnes de bonheur ces temps-ci, commente-t-elle avant de suffoquer. Tu l'as fait ! Oh, mon Dieu ! Pourquoi tu ne m'as pas dit que tu avais couché avec Théo ?

Je tressaille.

— Non ! Je n'ai rien fait du tout. Je te le jure !

— Ben voyons, rit Charlotte.

Elle s'interrompt avant de m'attraper par le cou et de me serrer très fort.

— Oh, mon Dieu ! Félicitations, Ali ! Je suis vraiment contente pour toi. Il était temps ! J'espère que vous êtes super heureux.

— Charlotte, arrête, je dis avec un air sévère. Il ne s'est rien passé.

— Oh, que si ! insiste-t-elle.

— Bon, d'accord, il s'est passé quelque chose, mais pas ce que tu crois.

— OK, très bien ! Ne dis rien. Je suis quand même ravie pour toi. Sérieusement. Théo est le mec le plus chanceux de la terre.

Je ne la corrige pas. Mentir sera toujours plus sûr que la vérité nue. Charlotte se lève avant de s'étirer.

— Ah ! Et au fait, tu vas demander à Ranik de t'accompagner, alors ?

— C'est déjà fait.

— Ah ! J'imagine qu'il n'y avait pas d'autre solution. Et quand est-ce que tu comptes annoncer officiellement que tu sors avec Théo ?

— Je ne...

— Oh ! Attends, ne me dis rien. Tu préfères me faire la surprise.

Elle rit de nouveau.

On frappe à la porte. Charlotte bondit sur ses pieds.

— Ça doit être Nate, fait-elle en m'adressant un clin d'œil. On a réservé au *Little Romeo*, si tu veux venir dîner avec nous.

Elle ouvre, tout sourire, pour tomber nez à nez avec ma mère, les cheveux blonds impeccablement tirés en arrière et le visage à peine marqué par les rides.

Elle serait sublime dans ce tailleur bleu, si elle avait l'air moins sévère. Son regard azur m'inspecte aussitôt.

— Alice ! dit-elle. Te voilà. Est-ce que je pourrais te parler, s'il te plaît ?

Je me précipite vers elle.

— Bien... bien sûr, je balbutie.

Elle m'entraîne dehors, laissant une Charlotte éberluée seule. Je ferme la porte. Ma mère passe aussitôt à l'attaque.

— Comment vas-tu ?

— Bien.

— Ta chambre est en désordre.

— C'est la fin du trimestre, je n'ai pas eu le temps de ranger...

— Tu dois vraiment étudier beaucoup pour ne pas avoir le temps de ramasser quelques affaires.

— Ce début d'année a été plutôt difficile...

— Dois-je chercher un professeur particulier pour t'aider à te mettre à niveau pendant les vacances de Noël ?

— Ce ne sera pas nécessaire, je réplique. Tout va très bien, maman. Qu'est-ce tu fais là ?

Elle respire un grand coup.

— J'étais de passage dans les environs pour une conférence et je me suis dit que je pourrais rendre visite à ma fille. Est-ce si étrange ?

— Non. Bien sûr que non. Je suis contente de te voir.

— Vraiment ? Tu n'as même pas essayé de me prendre dans tes bras.

— Oh !...

Je m'avance vers elle... pour essuyer un refus.

— Non, je ne veux pas que tu le fasses à contre-cœur. Marchons.

Elle se tourne et commence à arpenter le couloir dans un claquement de talons hauts. Une fille s'écarte, comme terrifiée. Je lui adresse un sourire contrit lorsque je la dépasse.

— Maman… il y a un café tout près. Il est très bien.

— Non. Je n'ai pas très envie de manger de la nourriture universitaire.

Ma mère se déplace si vite que je dois faire de grandes enjambées pour ne pas me laisser distancer. Nous gagnons la pelouse extérieure. Maman prend alors la direction du bâtiment Farris. Elle m'emmène voir M. Mathers !

Mes paumes deviennent moites.

— Pourquoi est-ce que nous…

— Allez, Alice, dépêche-toi.

J'ouvre la porte en me crispant. Ma mère la franchit d'un pas vif et m'entraîne dans son sillage vers l'escalier. Ma gorge est complètement sèche lorsqu'elle frappe à une porte ornée d'une plaque en bronze.

— Entrez, répond la voix de M. Mathers.

Ma mère s'exécute aussitôt. Mon professeur est installé à son bureau, presque caché par une pile de documents. Il l'écarte et se redresse autant que sa bedonnante silhouette le lui permet.

— Alice ! madame Wells ! Je suis ravi de vous voir.

Je frémis. Maman se contente de lui adresser un regard radieux.

— Merci de me recevoir à la dernière minute. Assieds-toi, Alice.

Je les contemple tour à tour. Le sourire de M. Mathers est tellement libidineux que j'en reculerai presque. Je prends place sur la chaise en face de lui et ma mère sur celle près de moi. Cette histoire ne me dit rien qui vaille. Ma mère s'éclaircit la voix.

— Alice... Comme tu le sais, M. Mathers m'a contactée voici une semaine.

— J'ai assisté à ses cours tous les jours, depuis, je me défends.

— Il ne s'agit pas de vos absences, corrige M. Mathers.

Ma mère pivote vers moi.

— Monsieur Mathers semble penser que tu répandrais des rumeurs sur lui.

Mon regard se tourne malgré moi vers mon professeur, qui arbore un petit air suffisant parfaitement insupportable. Je plisse les yeux.

— Pas du tout.

— Et que ces rumeurs relèveraient d'accusations de harcèlement sexuel, poursuit maman sans mollir.

Je me fige. Chaque souvenir de l'affreux incident refait brutalement surface. Le professeur Mathers en a parlé à ma mère ? Elle va sans doute me croire, alors.

Elle fronce les sourcils.

— As-tu conscience que de telles rumeurs peuvent briser une carrière, Alice ?

M. Mathers se penche au-dessus de son bureau avec un sourire faussement bon et doux avant de tapoter la main de maman.

— Allons, allons, madame Wells. N'y allez pas trop fort, quand même. C'est aussi ma faute, après tout. J'étais tellement subjugué par son intelligence et son assiduité. Ce genre d'excitation pourrait facilement être confondu avec... d'autres sortes de choses, surtout par une jeune fille inexpérimentée comme Alice.

J'ai l'impression de recevoir un coup de poignard en plein cœur.

— Maman, dis-je après avoir retrouvé la force de m'exprimer. Tu ne peux pas le croire...

— Estimes-tu que ton professeur a essayé de t'agresser sexuellement ? m'interrompt-elle.

Je serre mon poing posé sur mes genoux.

— Oui. Il a tenté de... il m'a touchée.

— Et je m'en excuse, sourit M. Mathers avec un air piteux. Je n'aurais pas dû vous prendre dans mes bras pour vous encourager, Alice.

— Pour m'encourager ? Vous appelez ça comme ça, vous ?

— Ça suffit, Alice ! assène ma mère d'un ton cassant avant de se pencher pour murmurer à l'oreille. Comment peux-tu compromettre tes études de cette façon ?

Je vomirais volontiers sur le tapis rouge de M. Mathers, là tout de suite. Maman est de son côté. Il l'a retournée en jouant de son aura d'enseignant. Et il lui a parlé avant que j'aie eu le temps de le faire. Elle gobe ses mensonges. Elle serait disposée à tout avaler pour m'accuser – me reprocher de ne pas avoir choisi son Alma Mater, de ne pas en faire assez à ses yeux, le départ de mon père. Elle veut contrôler ma vie. Totalement, comme elle l'a fait à l'époque du lycée. Le coup de fil de M. Mathers lui a seulement donné l'occasion pour le faire.

— Tu es prête à croire un homme dont tu ne sais rien plutôt que ta propre fille ? j'articule d'une voix forte.

Maman recule comme si je la menaçais avec un couteau.

Une sombre tristesse s'empare alors de moi.

— Durant toutes ces années, j'ai tout fait pour que tu m'aimes et que tu sois fière de moi. Et après tout ce temps et tous ces efforts, tu ne m'aimes toujours pas ? Tu ne me ferais même pas confiance ? j'articule en m'essuyant les yeux. Comment peux-tu ? J'ai obéi à toutes tes règles, j'ai fait tout ce que tu voulais, tout ce que tu m'as demandé. J'ai renoncé aux fêtes, aux soirées pyjama. Je n'ai jamais bu une goutte d'alcool ni pris aucune drogue et pourtant, tu me traites comme si j'étais cette fille-là. Comme si je me comportais comme les gens de mon âge alors que je n'ai rien à voir avec eux ! J'ai tout fait pour… pour être mieux qu'eux ! Pour te rendre fière !

Maman ne dit rien. À la différence de M. Mathers, qui ose intervenir.

— Alice, votre mère essaie seulement de vous aider…

— La ferme, espèce de répugnant vermisseau ! j'assène d'un ton sans appel avant de me lever.

Le professeur Mathers recule. Maman se met debout en même temps que moi. Son regard est aussi froid que la banquise.

— Tu vas te montrer un peu plus respectueuse et tout de suite, jeune fille !

— Ah ! oui ? Et vis-à-vis de qui ? De lui ou de toi, très chère mère ?

Elle se hérisse.

— Comment oses-tu ? Après tout ce que j'ai fait, après tout ce que j'ai sacrifié pour toi, crache-t-elle en se redressant de toute son intimidante hauteur. Mais malgré mes efforts, tu es devenue une menteuse et une manipulatrice éhontée ! Rien de tout cela ne serait arrivé si tu m'avais écoutée et si tu avais accepté d'aller à Princeton...

À ces mots, je rejette la tête en arrière et un rire remonte des profondeurs de mon ventre. Ma mère et M. Mathers me dévisagent comme si j'étais folle. Je me tourne pour partir quand on frappe à la porte. M. Mathers n'a pas le temps de répondre d'entrer que le battant s'ouvre.

Des boucles sombres et des yeux vert doré, une veste en cuir et un jean noir, une mince silhouette s'avance vers nous. Ranik... Il nous contemple tour à tour avant de sourire avec un air jovial.

— Bonjour ! Je ne vous interromps pas, au moins ?

Il nous avise alors, moi et mes joues mouillées de larmes. Mon rire forcé se dissout comme du sucre dans l'eau tandis que son regard perçant lit en moi.

M. Mathers, le visage écarlate, bondit sur ses pieds en désignant du doigt le couloir.

— Sortez !

— Ouh là, ouh là ! lance Ranik en levant les mains. On se calme ! Je viens juste d'arriver. Dis, Alice, tu me présenterais cette ravissante vieille dame à tes côtés ? Ne t'embête pas avec Coco l'Asticot, en revanche ; on se connaît déjà.

M. Mathers grogne et ma mère tressaille avec une expression d'offense totale.

— Ranik, voici Alexandra Wells, ma mère, je réponds.

Ranik lui sourit.

— Vous avez vraiment fait un boulot formidable avec Alice, madame A. Elle a votre physique *et* votre intelligence, la petite veinarde.

— Je peux savoir qui vous êtes, exactement ? demande ma mère.

Ranik s'avance vers le bureau de M. Mathers avant de balancer son téléphone dessus.

— Je suis juste venu déposer quelque chose, dit-il dans un haussement d'épaules. Vous devriez jeter un œil à la première vidéo…

M. Mathers se ratatine.

— Qu'est-ce que c'est encore que ces bêtises ? Veuillez sortir d'ici immédiatement.

Maman fronce les sourcils.

— C'est une vidéo de quoi ?

— Aucune idée, répond Ranik avec décontraction. Vous allez devoir la regarder.

J'observe Ranik avec un air sidéré. Il a tout juste rencontré ma mère et il sait déjà comment manœuvrer avec elle. Si elle a un point faible, c'est la curiosité. Elle attrape le portable et lance la vidéo sitôt trouvée. Ranik recule et se plante devant moi pendant qu'elle la visionne. Il déploie, puis ferme une main dans son dos pour que je lui donne la mienne avant de m'adresser un petit sourire complice. J'entremêle mes doigts tremblants aux siens. Il les serre doucement pour me rassurer.

« Ce n'est vraiment rien, monsieur.

— Ne dites pas ça, Alice. J'ai vu des centaines de jeunes gens passer dans ma classe, et je peux vous assurer qu'aucun n'avait votre volonté ni votre talent. Vous êtes vraiment remarquable. »

Les voix sont parfaitement identifiables : celle de M. Mathers et la mienne. Je jette un coup d'œil par-dessus le bras de Ranik afin d'observer le petit écran ; il s'agit d'une vidéo de M. Mathers et moi prise par les portes entrebâillées de l'amphi.

« Mer... merci, monsieur.

— Et toujours si polie... »

Sa main glisse alors de mes épaules le long de mon dos pour s'arrêter sur mes fesses.

Ma mère se couvre la bouche avec des doigts tremblants. L'expression de M. Mathers devient un peu plus horrifiée à mesure que la vidéo défile. L'image s'interrompt juste avant l'irruption de Ranik. Je me sens à la fois soulagée et confuse ; soulagée qu'il ait enregistré cette scène et confuse qu'il l'ait fait. Mais je n'ai pas le temps de le questionner que M. Mathers tente d'attraper le téléphone par-dessus le bureau.

— Donnez-moi ça ! Donnez-moi ça immédiatement !

Maman l'écarte loin de lui. Ranik éclate de rire.

— Ne vous en faites pas pour ça, mon vieux. J'ai plein de copies. Je pourrai vous en filer une plus tard.

Mes doigts se crispent dans sa paume, ce dont il se rend compte parce qu'il se retourne avec un air soucieux et prend mon visage entre ses mains.

— Hé ! Tu te sens bien ?

Je voudrais lui dire que oui, mais je secoue la tête en m'étouffant à moitié. Il grogne et m'attire contre sa poitrine avant de me serrer fort.

— Tout va bien, Princesse. Ne t'inquiète pas.

— Alice, prononce ma mère d'une voix égale. Alice, regarde-moi...

Je lève les yeux. Je la connais assez pour savoir qu'elle est en colère.

— Je suis désolée. Cette vidéo montre clairement que je me suis trompée, dit-elle en se tournant vers M. Mathers. Et elle prouve que vous êtes le seul menteur et le seul manipulateur dans cette pièce, professeur.

— Bien ! lâche Ranik d'un ton joyeux en reprenant son portable. On vous laisse papoter tous les deux. Alice et moi allons nous aérer un peu.

Ma mère acquiesce sans quitter M. Mathers de son regard tranchant.

— Oui, très bonne idée. Je pense pouvoir gérer cette situation. Je passerai te voir dans ta chambre plus tard, Alice. Nous pourrons aller dans le café dont tu m'as parlé tout à l'heure.

— Je… j'en serais ravie, dis-je avec un sourire plein de larmes.

Ranik m'entraîne à sa suite. Je ne résiste pas, réconfortée par son odeur de pin et de fumée de cigarette, jusqu'à ce que nous gagnions le couloir :

— Tu avais cet enregistrement depuis tout ce temps ?

— Princesse… comment j'aurais pu faire danser Mathers à mon tempo, sans ça ?

— Tu t'es servi de moi. Tu as attendu d'avoir de quoi lui faire du chantage avant de tout balancer…

— Je ne te connaissais pas, à l'époque, Alice. Tout ce que je savais, c'est qu'un vieux vicelard que je détestais déjà avant ça harcelait une nana canon.

Il m'ébouriffe les cheveux devant mon air dépité.

— Je suis désolé, ma belle…

Le soulagement qui s'empare alors de moi me réchauffe le cœur et le corps. Toute peur et tout sentiment de trahison s'évanouissent instantanément. Anéantis par Ranik Mason, mon professeur et mon ami.

Ma mère ne reste pas longtemps, mais plus qu'elle ne l'a jamais fait. Quelques heures se transforment en quelques jours, qu'elle me consacre entièrement – nous les passons dans des cafés, à la bibliothèque... Je lui fais faire le tour du campus. Ranik nous emmène visiter la ville et même dîner deux fois. Les bars qu'il fréquente et la musique qu'il écoute lui valent des réactions pincées de la part de maman, mais sa curiosité l'emporte et la pousse à explorer ces domaines nouveaux et inconnus. Elle discute également psychologie avec lui. Leurs débats sont animés. Mais Ranik se défend plutôt bien face à mon agrégée de mère, à ma grande surprise.

Elle n'est plus la même... ou presque. Quelque chose en elle a changé lorsqu'elle est sortie du bureau de M. Mathers. Ce dernier a démissionné quatre jours plus tard. Charlotte a organisé une petite fête dans un restaurant japonais pour célébrer son départ. Il y avait Ranik, Nate, moi et ma mère. Je l'ai vue saoule pour la première fois – au saké. Elle a fait du karaoké avec moi après que Ranik a insisté.

Et pour la première fois, j'ai été triste de la voir s'éloigner dans sa voiture de location. Nous n'avons jamais été très démonstratives au moment de nous dire au revoir, elle et moi. L'instant a été bref, mais intense.

Elle m'a même prise dans ses bras. Cela m'a tellement sidérée que j'en suis restée plantée là, les bras ballants. Heureusement, je me suis ressaisie à la dernière seconde. Et ma mère s'est détendue.

Maman, détendue ? J'en ris presque en y repensant. Cette semaine a été un vrai bonheur. Ce qui s'est passé dans le bureau de M. Mathers l'a transformée, elle, ainsi que notre relation. Mais ce qui s'est déroulé dans cette pièce ne m'a pas changée, moi. Ranik l'a fait.

Ces quelques mois d'apprentissage et d'expériences m'ont changée en profondeur. Et c'est dans ce bureau que j'ai vraiment commencé à le comprendre.

Le week-end arrive sans que je m'en aperçoive et plus vite que je le voudrais. C'est la fin du trimestre et nous jubilons tous à cette perspective. Une fois la dernière question de l'ultime partiel rédigée et le dernier QCM intégralement complété, nous nous ruons aussitôt dehors – enfin libres ! – dans le vent de novembre. Je m'étire sur les marches du bâtiment de biologie. Mon écharpe retient les petits nuages d'air chaud qui s'élèvent de mes lèvres. Il fait tellement froid que je presse mes mains l'une contre l'autre pour les réchauffer quand d'autres, plus larges et plus longues, les attrapent pour les frotter. Je lève les yeux et découvre Théo, tout sourire.

— Eh bien ! Tes doigts sont de vraies stalactites ! s'exclame-t-il avec naturel.

Je ris.

— C'est normal, quand on est une reine de glace comme moi.

— Une reine, oui, fait Théo avec une mine charmante, mais pas de glace. Une reine de la connaissance, je dirais. Comme Athéna.

— Je serais une déesse, dans ce cas, je corrige. Mais je n'ai pas ce genre de pouvoir.

— Et moi, je suis plutôt convaincu du contraire, insiste Théo. Il paraît que tu as réussi à faire virer ce pervers de Mathers toute seule comme une grande ? Tout le monde ne parle que de ça sur le campus.

— Eh bien, c'est vrai. Sauf pour la partie « toute seule comme une grande ».
— Oh ! Quelqu'un t'a donné un coup de main ?
— Ranik Mason, je bafouille.
Théo hausse un sourcil.
— Oh ! J'aurais dû m'en douter. Beau boulot, en tout cas. Alors, tu es prête pour la fête foraine ?
J'opine de la tête. Théo se gratte le crâne.
— Tu viendras avec qui ?
— Oh ! eh bien, avec Ranik, pour être tout à fait honnête.
Le visage de Théo se crispe un bref instant, avant de se détendre. Un silence tendu retombe. Je l'élude en m'excusant.
— Il m'a aidée avec Mathers. Alors, j'ai pensé que je pourrais l'inviter à passer un chouette moment, histoire de le remercier. Si tu… si tu n'y vois pas d'inconvénient, bien sûr.
Théo sort de son hébétude, tout sourire.
— Aucun. Il le mérite. À ce soir, alors !
Je lui réponds d'un hochement de tête, puis le regarde s'éloigner en me saluant de la main. Grace lui frappe le bras et se retourne ensuite pour me jeter un coup d'œil et me saluer à son tour. Ils semblent tellement complémentaires. Leur plaisir d'être ensemble crève les yeux. J'aperçois Charlotte et Nate à l'autre bout du campus, en train de manger des bonbons sous un arbre. Je souris avant de recommencer à me frotter les doigts pour les réchauffer. Cette journée est extatique et joyeuse. Je ne me sens même pas inquiète de la relation de Grace et de Théo. Nous verrons bien ce qui se passera ce soir. On ne peut pas toujours tout planifier dans la vie. Parfois, il faut se contenter

de vivre. Ranik m'aura au moins appris cela. D'ailleurs, Miranda marche vers moi. La lumière du soleil d'automne embrase ses cheveux roses. Elle enfile la sangle de son sac à dos sur une épaule, avec un air sympathique.

— Salut, Einstein !
— Miranda, dis-je en la saluant de la tête. Comment vas-tu ?
— Mieux, maintenant que Ranik n'est plus dans un état lamentable.
— Il était dans un état lamentable ?
— Oh, mon Dieu !, répond Miranda en soupirant. L'ambiance à la maison est invivable quand il est comme ça. Merci pour ce que tu as fait, en tout cas. Ça l'a carrément remis d'aplomb.
— Je n'ai rien à voir là-dedans.
— C'est ça ! rétorque-t-elle en souriant. Peu importe. Il paraît que tu l'as invité à la fête foraine, ce soir ? Tu as déjà choisi ta tenue ?

Je hausse les épaules.

— Ma mère vient de m'offrir une robe...
— Une robe achetée par ta mère ? rit Miranda. Tu pourrais trouver beaucoup mieux. Cette soirée va être spéciale. Mes fringues t'allaient super bien, la dernière fois. Tu devrais réessayer.
— Ah bon ? Vraiment ?
— Carrément !
— En même temps, c'est difficile de ne pas être sexy en noir, je lui accorde.

Miranda me flanque un petit coup de coude.

— Tu vois ? Bon, marché conclu. Je passerai te déposer des affaires en fin de journée, OK ?
— Super ! Merci, Miranda.

— Aucun problème, glisse-t-elle en m'adressant un clin d'œil avant de traverser la cour.

Je passe nerveusement en revue la pile de vêtements sombres à motif de tête de mort que Miranda m'a prêtés. Charlotte étant absente pour la soirée, j'ai la chambre pour moi. J'essaie les tee-shirts, les jupes et les robes avant d'opter pour une jupe à volants noire et un haut à fines bretelles. Ce n'est pas du tout mon style, mais un peu de changement ne fera pas de mal. Peut-être attirera-t-il même l'attention de Théo ? Je soupire. Il me remarquera quoi qu'il en soit, s'il n'est pas totalement débile. Je me jette un coup d'œil dans le miroir. J'ai tressé mes cheveux et me suis à peine maquillée. J'applique néanmoins du gloss sur ma bouche – celui de Charlotte parfumé à la fraise. Deux rubans noirs au bout de mes nattes, une grosse veste sur mes épaules et ma tenue est au point.
Je me dévisage durant quelques secondes : j'ai changé... Qu'est-ce que mon ancien moi penserait de cette nouvelle fille confiante et détendue ? Mon portable vibre. Le numéro de Ranik est affiché sur l'écran.

Yo, Princesse. On est prête ?

Ranik n'arrête pas de me jeter des petits coups d'œil tout en conduisant. Je finis par éclater de rire.
— J'ai quelque chose sur le nez ?
Il secoue la tête avant de serrer le volant plus fort. Il porte une chemise bleue en flanelle et un jean noir. Son sourire est aussi tordu que ses boucles en bataille.

— Nan. Tu es juste… jolie.

— Merci, mon seigneur.

— Mais j'ai…, fait-il avant de s'interrompre. J'ai peur que Théo n'apprécie pas trop ce nouveau look. Ni que tu m'emmènes, d'ailleurs.

— Je lui en ai déjà parlé. Il n'a aucun problème avec ça.

— Vraiment ? dit Ranik en haussant un sourcil.

— Vraiment, je réponds en tapotant sa main posée sur le levier d'embrayage. Qu'est-ce qu'on en a à faire de ce qu'il pense, de toute manière ?

Ranik m'adresse un regard parfaitement incrédule.

— Tu es sérieuse, là ?

— Parfaitement.

Je baisse la vitre. L'air frais contraste avec l'éclat chaud de la sublime lumière qui nimbe la ville. Je laisse le vent balayer des mèches de cheveux devant mes yeux.

— J'ai l'impression que cette soirée va être spéciale.

— Elle l'est puisque je t'accompagne. C'est la chance d'une vie. Au moins.

Je souris.

— Arrête tes bêtises. Tu l'as mérité, après tout ce que tu as fait pour ma mère. Tu lui as même servi de chauffeur !

— Tu sais quoi ? Une fois qu'on dépasse son côté garce hautaine et renfrognée, elle est plutôt sympa. Ce qui est plus facile à faire quand on est déjà rodé côté garce hautaine et renfrognée, comme moi…

Cette remarque vaut un doigt d'honneur adressé à Ranik, qui éclate de rire devant ma réaction.

Le silence qui s'ensuit est presque confortable… normal. Comme si un semblant de paix retombait entre nous. Mais comment pourrait-il en être autrement ? Ranik n'a pas arrêté de m'aider et il s'est montré absolument adorable avec moi. Je n'ai vraiment pas été très sympa, avec lui, au départ. Mais il est resté parfaitement loyal et gentil tout le temps de notre relation de travail.

Relation de travail ? me dis-je tandis qu'il se gare sur le parking de la fête foraine. Les silhouettes d'une grande roue nimbée de lumière féérique et de montagnes russes scintillantes nommées « *La Bouche du Diable* » se découpent entre les arbres. L'odeur de pâte frite et de sucre fondu est un délice qui nous attire un peu plus vers les festivités. La file d'attente est longue, mais pas tant que ça. Ranik y prend place pour acheter des tickets. Je me plante à côté de lui.

— C'est moi qui invite, dis-je de façon automatique.

— Quoi ? Pas question, fanfaronne-t-il. C'est moi.

— Tu m'as offert à dîner plusieurs fois ! Je dois te rembourser d'une façon ou d'une autre.

— Oh ! mais je suis sûr que tu trouveras bien une manière de le faire, me taquine-t-il en désignant un couple en train de s'embrasser contre une palissade.

— Dans tes rêves.

Il se contente de pouffer avant de payer nos tickets. Je prends le mien à contrecœur, ce que Ranik ne remarque pas, car il scrute déjà la foule.

— Tu as dit qu'ils se pointeraient à quelle heure ? me demande-t-il.

— Vers huit heures. Donc dans une demi-heure. Allons nous amuser un peu en attendant, je réponds.

— Depuis quand es-tu aussi rebelle ? Qu'est-il

arrivé à la ponctuelle et sage Alice que nous connaissons et aimons tous ?

Je rougis.

— La ferme ! Tu ne m'aimes pas.

— Oh ! si, répond-il avec un sourire radieux dénué de son irrévérence coutumière.

Je respire à peine. Mais son sérieux n'est pas réel. D'ailleurs, il ne dure pas et Ranik m'ébouriffe tendrement les cheveux.

— Je plaisante ! Ne fais pas cette tête. Allez, en route pour les attractions. Mais promets-moi de ne pas m'obliger à monter sur un machin qui fait vomir, dac ?

— Je ne suis jamais venue, dis-je en observant autour de moi avec émerveillement. Ma mère ne m'a jamais autorisée à me rendre dans ce genre de foire. Montrez-moi les rudiments, maître.

Un vieux couple surprend mes propos et pouffe en nous adressant des petits regards entendus. Ranik se gratte la nuque, gêné.

— D'accord. Mais ne m'appelle pas comme ça en public, OK ?

Je le suis dans les allées où je découvre des atrocités telles que les fléchettes, le lancer d'anneaux sur bouteilles de lait et la pêche à la ligne. J'étudie chacun de ces jeux, puis je lui fais part de nos chances statistiques de gagner. Ranik se contente de rire et de rejoindre le stand de fléchettes.

— Si tu pouvais avoir un de ces machins là-haut, fait-il en désignant des peluches alignées, lequel tu choisirais ?

Mon regard se pose sur un panda rouge, mais je ne dis rien.

— Aucun. Ils ont tous des yeux globuleux.

Ranik sourit, plisse les paupières, puis lance une fléchette, qui atteint le centre d'un ballon à vingt points. Il en projette alors une nouvelle, qui atterrit sur un ballon à dix points. Il relance, et frappe une autre cible à vingt points. La dernière flèche vole juste à côté de la zone à dix points avant de pulvériser le seul ballon à vingt points restant. Le type du stand et moi nous dévisageons, interloqués.

— Tu as conscience que les probabilités de faire un tel score sont pratiquement nulles ? je lui demande tandis qu'il attrape une peluche. Les lois aérodynamiques auraient dû...

Il fourre le panda rouge dans mes mains.

— Allez, fais-lui un gros câlin. Il ne demande que ça.

La blague retombe à plat. Je trépigne.

— Je ne sais pas si j'ai envie de te frapper ou de rigoler !

Ranik éclate de rire pour nous deux.

Une assiette de churros et deux boissons ultra sucrées plus tard, je suis assez dopée pour envisager de tester une attraction plus grande. Ranik et moi prenons place sur *Le Pharaon*, un immense cercle animé par la force centrifuge. L'excitation suscitée par la sensation de mes tripes tentant de s'échapper de mon corps par ma bouche suffit presque à me faire oublier à quel point nous sommes hauts. Une fois de retour sur la terre ferme, j'aperçois des marques rouges laissées par des ongles sur la main de Ranik.

— Oh, mon Dieu ! C'est moi qui t'ai fait ça ?

Ranik reporte son attention sur ses plaies.

— Merde, alors... Je ne me suis pas rendu compte que tu m'agrippais si fort. L'altitude me rend carrément nerveux, moi aussi.

— Tu saignes, je chuchote avant de regarder autour de moi. Viens. On doit trouver l'infirmerie.

Il râle, mais finit par se laisser traîner vers ladite tente. Là, on nous donne plusieurs pansements. J'insiste pour lui appliquer la crème antiseptique moi-même. Alors que mes doigts courent sur les coupures que j'ai provoquées, ceux de Ranik surgissent sous mon menton, qu'il soulève. Ses yeux vert émeraude brillent dans la lumière de la fête tandis qu'ils croisent les miens.

Je tente de faire retomber la tension par un murmure un peu trop aigu.

— Tu… tu saignes.

— Et toi, tu es magnifique, susurre-t-il. Putain, Alice, ce que tu peux être belle…

— Alice ! lance une voix perçante.

En robe d'été turquoise et un bonnet à oreilles de chat vissé sur le crâne, Grace nous rejoint en sautillant.

— Vous voilà ! On vous a cherchés partout !

Théo arrive tranquillement derrière elle. Il porte un sweat-shirt et un jean. Ses cheveux dorés coiffés sur le côté semblent presque roses dans la lueur du soleil couchant. Une fois à notre hauteur, il salue fraîchement Ranik, qui hoche la tête en retour.

— Théo… C'est chouette de te voir. Essaie de laisser quelques filles pour nous autres, pauvres mortels, ce soir, dac ?

— Théo n'a pas ce genre de pouvoir ! lance Grace avec une moue boudeuse avant de lui attraper le bras. Il n'est qu'un gros crétin.

— Je croyais que j'étais un « débile profond », pouffe-t-il.

Grace respire profondément.

— Peu importe ! C'est pareil. Bon, par quelle attraction vous voulez démarrer, les gars ?

— Eh bien, vu qu'on commençait à trouver le temps long, j'explique, on a déjà fait un tour de *Pharaon*...

Grace pousse un cri d'agonie.

— Nan ! C'est trop naze de votre part !

— On n'a pas encore testé *La Bouche du Diable*, en revanche, suggère Ranik. On pourrait aller vérifier si on rigole ou pas en enfer.

— Va pour *La Bouche du Diable*, lance Théo. On te suit.

Ranik et Grace passent devant tandis que Théo et moi traînons derrière. Il me sourit.

— Eh bien... tu as vraiment l'air différente, ce soir.

— J'ai emprunté ces vêtements à une amie, dis-je. J'aime plutôt.

— Oh ! mais si ça te va, alors ça me va, fait-il avec un accent et en claquant des doigts.

Je lève les yeux au ciel. Grace et Ranik nous hèlent à l'avant de la queue et nous font signe de la main, mais nous les entendons à peine à cause du bruit environnant. Théo hurle « quoi ? » plusieurs fois, mais Ranik et Grace finissent par renoncer et par grimper côte à côte à bord du grand huit, nous laissant en tête à tête Théo et moi. La file d'attente diminue tandis que les wagons se remplissent jusqu'à ce que Théo et moi nous retrouvions assis à l'arrière. Seuls tous les deux. J'ai des papillons dans le ventre. Mais Théo fixe le crâne de Grace, l'air énervé, lorsque je pivote vers lui pour discuter. Ses mains agrippent la barre de sécurité en métal avec des articulations exsangues.

— Euh, Théo... Ça va ?
— Quoi ?

Il tourne alors le regard vers moi, son énervement quasi évanoui.

— Ouais, ça va. Je suis juste un peu stressé.
— Ne t'inquiète pas. J'ai pu estimer la longueur du circuit quand on était en haut, sur *Le Pharaon*. Ça ne durera que quarante-huit secondes et trois centièmes, si on fait deux tours.

Le train s'ébranle. Ranik me jette un coup d'œil terrifié. En guise de réconfort, je lève un pouce à son intention, qui me vaut un simple haussement d'épaules. Je perds la tête après cela. Et mon dernier churro. N'étant jamais montée à bord d'un grand huit, j'ai seulement extrapolé à partir de mon expérience des voitures sans considérer les boucles, virages, tours et autres détours. Ranik hurle à pleins poumons et Grace d'une voix suraiguë, tandis que Théo s'accroche la barre en silence. Je jette les mains en l'air et crie de joie durant tout le parcours. Étourdis et épuisés, mais dopés par l'adrénaline, nous décidons qu'un autre tour s'impose sitôt celui-là terminé. Théo ne voulant pas venir et Grace refusant d'y retourner sans lui, Ranik et moi remontons à bord seuls dans le wagonnet de devant. Il a un petit rictus aux lèvres au moment où la barre de sécurité s'abaisse.

— Tu es prête, Princesse ?

Je lui frappe le genou du mien.

— Affirmatif !

11

Le ciel nocturne est de plus en plus sombre et les étoiles de plus en plus brillantes. C'est une nuit sans lune, seulement éclairée par les lumières de la fête foraine. Elles nous aveuglent presque tandis que nous titubons entre les stands de nourriture. Armés de *tacos*, de saucisses frites et de mojitos frappés, nous trouvons un endroit où nous écrouler tous les quatre.

Ranik me prend mon cocktail des mains et le balance dans une poubelle toute proche.

— Hé ! je râle. Qu'est-ce que tu fais ?

— Tu as assez bu, déclare Ranik en souriant avant de se rasseoir à côté de moi. Il vaut mieux y aller mollo quand on n'a jamais picolé.

— Mais... j'aime bien ce cocktail. Et il m'aime bien.

— Il n'est pas le seul, lance Grace d'une voix chantante. Ranik t'a matée toute la soirée.

— Pas du tout ! se défend-il de façon éloquente. Et toi, la ferme, d'abord.

— Hé ! intervient Théo en se levant, cette étrange

colère soudain de retour dans les yeux. Ne lui parle pas comme ça, Ranik.

Ce dernier se met debout avant de fourrer nonchalamment ses mains dans ses poches.

— Oh ! arrête deux secondes avec ta croisade, mec, soupire Ranik. Ça remonte à six ans. Tu ne peux pas renoncer à la moindre fille ? Il te les faut toutes, c'est ça ? Elles sont déjà des milliers à se piétiner les unes les autres pour attirer ton attention.

— Tu ne... sais pas de quoi tu parles, lâche Théo en respirant fort et avec les poings serrés. Tu me l'as prise, Ranik !

— Elle t'avait quitté, crétin, assène Ranik. Je ne t'ai rien pris du tout. Elle a fait son choix. Ne me colle pas ça sur le dos.

— Qu'est-ce qui se passe ? intervient Grace en fronçant les sourcils. C'est à propos de cette fille au lycée, Théo ? Est-ce que Ranik... Oh, mon Dieu ! Ranik est le type qui a couché avec elle, c'est ça ?

Théo frémit. Ranik ouvre la bouche pour se défendre, mais Théo le frappe en plein sur la mâchoire. Ranik titube. Je m'interpose entre eux et me rue sur Théo, qui s'apprête à cogner de nouveau.

— Hé ! Ça suffit !

— J'ai essayé d'oublier au fil des années, mais il fallait toujours qu'il réapparaisse à un moment ou un autre. D'abord Stacey, ensuite Rachel. Tu as même réussi à avoir Alice, espèce de connard ! Mais je ne te laisserai pas poser tes sales pattes sur Grace. Je ne te permettrai pas de la souiller comme tu l'as fait avec toutes les autres...

Souiller... Mon sang se glace dans mes veines. Théo estime que je suis souillée. Le coup de Ranik part en un clin d'œil. Théo s'effondre de tout son long sur l'herbe. Grace pousse un cri et s'agenouille près de lui. Théo grogne et tente de s'asseoir tandis que Ranik fait craquer les articulations de ses doigts.

— Tu peux me casser la gueule, m'en vouloir, m'insulter. Mais tu n'insultes pas Alice, tu m'entends, espèce de grosse merde ? As-tu la moindre idée, poursuit Ranik avec une expression soudain douloureuse, de tout ce qu'elle a fait pour attirer ton attention ?

— Ranik…, je murmure en suffoquant. S'il te plaît, arrête.

— Quoi ? fait Théo en crachant. De quoi tu parles ?

— Tu veux savoir pourquoi je l'ai « souillée » ? ricane Ranik. Pourquoi on a traîné ensemble, elle et moi ? Parce qu'elle est venue me trouver. Et elle l'a fait pour que je l'aide à se faire remarquer de toi.

Grace et Théo tournent alors leurs regards vers moi. Je mets mon visage dans mes mains. La honte me brûle les joues.

— C'est vrai, Alice ? demande Théo.

Incapable de répondre, je me contente d'opiner de la tête.

— Pourquoi lui ? Pourquoi Ranik ?

— C'est vrai, ça, Princesse, insiste Ranik. Pourquoi moi ? Pourquoi tu n'es pas simplement allée trouver Théo pour lui dire ce que tu ressentais ? Pourquoi avoir choisi un type grossier, laid et plein de colère comme moi plutôt que ce golden boy appétissant à souhait, hein ?

Ses paroles sont plus douloureuses qu'une gifle. Grace aide Théo à se lever et l'entraîne vers une table de pique-nique à quelques mètres de là.

— Pourquoi tu as fait confiance à un rebut dans mon genre ? poursuit Ranik. Alors que n'importe quel mec de la fac t'aurait appris tout ce que tu voulais gratos ? Tu as eu pitié de moi, c'est ça ? Tu m'as vu au barbecue et tu t'es dit « la vache, ce mec est vraiment pathétique, je suis sûre qu'il ferait n'importe quoi pour moi » ?

— Non, ce n'est pas...

— Parce que c'est le cas, tu sais. Je ferais n'importe quoi pour toi.

La brutalité de cette confession fait bondir mon cœur. Grace et Théo quittent la table pour se diriger vers l'infirmerie. Je suis incapable de les regarder s'en aller. Pas alors que mes yeux sont captivés par ceux, vibrants de sincérité, de Ranik. Je suffoque et tente de me mettre debout, mais l'alcool m'entrave. Je parviens malgré tout à me catapulter sur mes pieds et à trébucher loin de Ranik. Loin de son expression troublante d'honnêteté. La tornade de doutes, qui s'est abattue sur mes pensées, m'empêche presque de l'entendre crier mon prénom. Je continue de courir entre les tentes et les stands de nourriture. *J'aime Théo*. C'est du moins ce que je croyais. Théo était le garçon le plus beau et le plus intelligent que j'avais jamais rencontré, le seul à tolérer ma présence. Les autres étaient toujours intimidés quand ils ne m'affublaient pas de noms d'oiseaux. Mais pas Théo. Lui m'appréciait pour celle que j'étais. Jusqu'à l'arrivée de Ranik.

Ranik... Tout aussi beau, mais plus sauvage, avec ses cigarettes et ses vestes en cuir. Pas doué pour les études, mais d'une intelligence différente, modelée par la rue. Au fil de nos cours, il s'est montré d'une patience et d'une gentillesse incroyables à mon égard. Former quelqu'un comme moi à la séduction était un pari délirant. Mais Ranik n'a pas cillé. Il a fait preuve d'une inventivité folle pour me prodiguer ses conseils et m'aider chaque fois qu'il l'a pu. Cette seule expérience a tout brouillé. J'ai tout brouillé. Lui a respecté sa part du marché sans jamais rien tenter. Mais ma soif de connaissance m'a possédée mieux que n'importe quel fantôme, poussée à dépasser des limites qui n'auraient même pas dû être approchées. Ou le devraient-elles ? Était-ce juste de l'apprentissage, au final ? Me suis-je montrée si insistante simplement parce que je voulais apprendre ou était-ce plus que cela ? Est-ce la façon dont sa chemise épouse ses hanches, la solitude dans son regard, son rire lumineux et jovial ? Sa façon de me traiter comme une princesse ? Ses baisers, ses caresses, le fait de l'avoir surpris avec d'autres filles auxquelles je ne pourrais jamais me comparer ?

C'était tout cela.

— Alice !

Il finit par me rattraper. J'observe le paysage autour de moi. Mes pieds m'ont entraînée malgré moi jusqu'à une colline dominant la fête foraine. L'endroit est paisible. Ranik est à bout de souffle.

— Je suis désolé, halète-t-il. Excuse-moi d'avoir balancé ces conneries, je ne voulais pas…

— Peu importe qu'on s'entende aussi bien, je commence. Ça ne marchera jamais entre nous. Tu n'accepteras jamais de te retrouver enchaîné à une seule femme et je ne pourrai jamais te donner la… te procurer la vie sexuelle dont tu as envie. Je n'ai pas l'expérience pour ça. Je n'ai pas assez d'expérience pour être avec quelqu'un comme toi, Ranik. Et je te l'ai dit ; je veux qu'on m'aime. Tu m'as dit que tu étais incapable d'aimer, donc... ça n'ira pas. Peu importe à quel point on s'apprécie.

Je m'aperçois alors que mes paroles se sont transformées en sanglots.

— Nous n'avons rien à nous offrir hormis des fous rire et de l'amitié, je déclare tandis qu'une étrange douleur comprime mon cœur. Si nous étions moins différents, je crois qu'on aurait une chance. Je suis désolée. C'est terminé. Je n'ai plus besoin de tes cours. Ni de toi. Tu es libre de partir, d'être avec qui tu le souhaites.

Ranik fronce les sourcils.

— Pourquoi aurais-je envie d'être libre ?

Je passe mes bras autour de moi pour m'empêcher de pleurer. Ranik s'avance comme s'il allait me serrer contre lui, mais se retient au dernier moment.

— Écoute, il n'est pas trop tard, articule-t-il avec douceur. Va retrouver Théo et avoue-lui ce que tu ressens. J'ai conscience que j'ai tout fait foirer, mais il t'apprécie vraiment. Je suis sûr qu'il te donnera une deuxième chance. Tu peux encore être heureuse.

— Je ne... je ne veux pas...

Je plaque la main sur ma poitrine. Ranik me rejoint enfin et m'étreint.

— Hé là ! Chut... tout va bien. Ne m'oblige pas à m'inquiéter pour toi.

— Comment pourrait-il en être autrement avec tout ce tu m'as dit ? Tu as dit que tu voulais mon bonheur...

Je lève la tête et plonge mon regard dans le sien.

— J'aimerais que Théo soit heureux parce que je l'aime. Toi, tu veux mon bonheur parce que...

— Princesse..., m'interrompt Ranik en reculant, les mains sur mes épaules. Commence par aller à l'infirmerie.

— Je... je ne suis pas prête.

— On ne l'est jamais dans ces cas-là, dit-il en riant doucement. Mais j'ai confiance en toi. Tu as fait des putain de progrès et je suis hyper fier de mon élève. Ton futur mec sera vraiment un sacré veinard.

Mon cœur se serre trop, cette fois. Quelque chose se brise en lui. La douleur est insistante.

— Ouh là ! Tu te sens bien ? demande Ranik en passant rapidement les bras autour de moi pour me soutenir. Tu es blanche comme un linge...

— Pourquoi ? je murmure dans son cou. Pourquoi tu as accepté de m'aider toutes ces dernières semaines ? Juste pour tes notes ?

— Euh... ouais.

Ma cage thoracique me fait un mal de chien jusqu'à ce qu'il reprenne la parole.

— Enfin, au départ. J'avais besoin d'améliorer mes résultats, et fissa. Mais après...

Sa voix s'étouffe. Ranik me tient à distance de ses bras et me contemple avec un sourire lumineux.

— Écoute, va parler à Théo, OK ? Tu as bossé vraiment dur pour ça. Je ne voudrais pas que tu gâches tes chances avec lui en restant ici à cause de moi.

— « Mais après », quoi ? je répète d'un ton morne.

L'expression de Ranik s'assombrit.

— On n'a pas le temps pour ça. Dépêche-toi avant que Grace...

— Je le ferai. J'irai trouver Théo et lui avouer mes sentiments... quand tu auras terminé ta phrase.

Les mains de Ranik se roulent en boule et son visage devient blême.

— Ce n'était rien, bégaie-t-il. Vraiment. Laisse tomber.

— Arrête avec tes cachotteries !

— Et toi, arrête d'être bizarre ! riposte-t-il. J'ai balancé ça comme ça, OK ? Il n'y avait rien de profond ni de signifiant derrière ! Beaucoup moins que ce que tu dois faire, en tout cas. Et une fois que tu auras parlé à Théo, ça ne comptera plus du tout, de toute manière. Oublie et vas-y.

— Dis-le, tout de suite, j'insiste. Je veux savoir. Je ne partirai pas avant.

— Alors c'est moi qui me casse, grogne-t-il.

Il a à peine fait quatre pas quand je m'interpose entre la fête et lui. Ma fierté se transforme en supplique.

— S'il te plaît, Ranik, je reprends en levant les yeux sur lui. Qu'est-ce que tu t'apprêtais à dire ?

Il lutte intérieurement. Je le vois à son visage légèrement crispé et à ses poings encore serrés. Alors que je m'attends à ce qu'il m'écarte sur le côté pour me planter là, Ranik se penche vers moi et m'embrasse. Ce baiser n'a rien à voir avec les précédents. Son intensité m'empêche de respirer. Il réclame plus de chair, de chaleur, de temps. Ranik attrape mon visage et le retient au moment où je tente de reculer. Je reste captive tandis qu'il couvre de baisers ma joue, puis mon cou avant de mordiller mon oreille.

— *Mais après*, murmure-t-il d'une voix rauque, j'ai pété les plombs. J'ai commencé à rêver de t'embrasser comme les gens qui s'aiment le font, te protéger, te faire rire. Je suis devenu super jaloux de Théo et de tous les mecs à qui tu souriais, parce que je voulais ces sourires pour moi tout seul. Je te désirais toi, mais aussi ton intelligence, ton dévouement, ta douceur, ton drôle de langage et... eh, merde ! ton corps. J'ai baisé d'autres filles pour essayer de t'oublier, mais ça n'a servi à rien. Tu étais toujours celle à qui je pensais.

Il secoue la tête.

— Ensuite, j'ai cherché à t'aider à être heureuse. Et te faire jouir, ce que j'ai eu le privilège de faire plusieurs fois et ce dont je suis vraiment hyper reconnaissant. Un mec comme moi a rendu une fille comme toi heureuse... C'est vraiment plus que ce que je mérite.

Ranik caresse doucement ma clavicule, mes épaules et mes côtes avant de les poser sur mes hanches et de les attirer contre les siennes. Je suffoque. Il rit doucement.

— C'est salaud de ma part, hein ? Je t'oblige à rester là avec moi alors que tu préférerais être à la fête foraine. Je te force à m'embrasser alors que tu préférerais être avec Théo.

Il lâche ma taille et poursuit.

— Pour ce que ça vaut, sache que je suis désolé, Princesse. Je suis vraiment désolé de ne pas contrôler mes sentiments à la con.

— Ranik...

— Nan, nan, nan, soupire-t-il en agitant un doigt sous mon nez avant de désigner la foire en contrebas. Tu as des trucs urgents à faire. Allez, file.

Ses mots me disent de partir, mais son sourire le contraire. Il tente de le cacher, mais je le connais assez pour y voir clair, à présent.

Théo est juste en bas de la colline. C'est l'occasion ou jamais de lui dire ce que je tais depuis des mois.

Tous mes rêves et mes fantasmes pourraient prendre vie là, maintenant. Mais je ne savais même pas ce qu'était un fantasme, avant Ranik.

Je pivote vers lui en arborant mon plus radieux sourire.

— Je préférerais rester ici, si ça te va.

Je n'ai pas le temps de faire un pas que Ranik m'a plaquée contre l'arbre le plus proche, ses lèvres brûlantes contre mon cou. Il couvre de baisers chaque centimètre de ma peau. Mais lorsqu'il cherche ma bouche, je détourne le visage et lui souris.

— S'il te plaît, Alice, râle-t-il. Laisse-moi t'embrasser.

— Tu viens de le faire, je réponds d'une voix chantante, hors d'haleine.

Il tourne ma tête vers lui et m'embrasse si fort que j'en ai presque mal.

— Tu m'aimes, alors ? demande-t-il d'une voix rauque comme s'il l'acceptait à peine.

— C'est si difficile à croire ? Tu es gentil et malin. Et tu me fais rire. Tout le temps.

Ses poings se crispent un peu plus et mon sourire s'agrandit.

— Tu t'es montré patient avec moi. Avec celle que je suis vraiment. Je n'ai pas besoin de faire semblant quand je suis avec toi. Tu sais comment je fonctionne, comment je pense. Et je te trouve très beau. Tu es le seul à m'avoir jamais appréciée. Je parle de mon vrai moi. Robot girl.

Il pouffe et serre ma main.

— Je me sens en sécurité, avec toi. Si bien quand tu es là. Et j'apprends tellement, chaque jour qui passe. Tu n'arrêtes pas de répéter que tu veux mon bonheur.

Personne ne m'a jamais dit ça auparavant. Même si je suis loin d'être ton genre, je sais qu'il te faudrait une fille expérimentée et douée... Je ne suis pas très intéressante, ni drôle ni sexy ; tu mérites quelqu'un qui soit tout ça et beaucoup plus encore.

Il se penche et m'embrasse encore, vite et fort.

— Oh, Princesse... Tu t'inquiètes vraiment pour rien. Tu es la fille la plus géniale de la terre et j'ai une chance de dingue de t'avoir trouvée. Ou alors c'est toi qui m'a trouvé. Mais crois-moi, tu es adorable, ravissante et sublime. Et sexy comme pas permis.

— Mais je...

Il m'embrasse lentement, cette fois. Presque douloureusement.

— Le sexe ne se résume pas à de l'expérience, ce n'est pas juste une compétence. Je pensais t'avoir au moins appris ça. Je te désire depuis des lustres, tu sais. Tu ne fais pas assez confiance à l'instinct Wells qui est pourtant affûté comme une lame de rasoir.

Les doigts de Ranik courent sur mes vêtements et se glissent en dessous dès qu'ils le peuvent. La sensation de sa peau contre la mienne envoie des décharges électriques dans tout mon corps. Je cambre le dos. Mes hanches viennent se plaquer contre son entrejambe. Ranik expire lentement avant de coller son front contre le mien, les yeux clos.

— Ce n'est pas trop tard, halète-t-il. Vas-y, maintenant, pendant que je me contrôle encore.

Je prends sa joue dans ma main et l'embrasse doucement tout en glissant l'autre sur la protubérance sous le tissu de son pantalon.

— Non. Tout ce que je désire se trouve juste ici, je réponds simplement.

J'ignore comment, mais au milieu de centaines de baisers, nous regagnons sa voiture. Et après une multitude de caresses, nous nous retrouvons chez lui. À peine Ranik a-t-il vérifié que nous sommes seuls qu'il se jette sur moi et me plaque contre le mur – sa position préférée, visiblement. Je le repousse en mettant ma main sur son entrejambe. Son râle envoie une décharge électrique dans tout mon corps. Ranik Mason gémit parce que je le touche ; une découverte à la fois puissante et grisante. J'ouvre sa braguette et sors son membre en le caressant lentement. Ranik baisse la tête et sursaute à la vue de mes doigts sur lui.

— Oh ! putain…, souffle-t-il. Oh ! Alice, c'est vraiment toi.

Je l'embrasse dans le cou.

— Oui, c'est vraiment moi.

À ces mots, Ranik avance les hanches et commence à faire danser son sexe entre mes doigts. Toute réticence a complètement disparu, remplacée par un désir enfiévré. Depuis quand se retient-il ? À quel point a-t-il lutté contre sa passion pour moi, afin de me la cacher ?

Je me mets à genoux et souris tout en continuant de le caresser. Ses yeux verts sont troubles lorsqu'ils me fixent.

— Allez…, je lance d'un ton joueur. Viens plus près.

Je n'ai pas besoin de le prier deux fois. Son sexe frémit quand j'y dépose un baiser. Le spasme que ce geste arrache à Ranik est fait de plaisir pur. Son érection s'affermit un peu plus tandis que je trace avec la langue de longues lignes de chaque côté de son membre dressé, d'abord de haut en bas, puis de bas en haut. Il enfouit l'une de ses mains dans mes cheveux tout en se maintenant contre le mur avec l'autre. Je le taquine un peu plus en déposant une série de baisers avant de relever la tête. L'expression sur son visage basculé en arrière est extatique. Ranik baisse alors les yeux et ne dit rien pendant plusieurs secondes, s'imprégnant de ce qu'il voit.

* * *

Elle est la plus belle chose que j'aie jamais vue sur cette planète, agenouillée là devant moi. Ses joues sont rouges et ses yeux bleus pétillent. Son petit sourire me rend si dur que j'en deviens fou. Elle est contente. Elle s'amuse avec moi. Alice Wells est avec moi, et heureuse de l'être.

Je ne pourrais rêver mieux.

— Tu as l'air... très contente de toi, je parviens à articuler juste avant qu'elle me happe entre ses lèvres.

Je fais un gigantesque effort pour me contenir.

Quand je m'en rends soudain compte.

Ce n'est pas à Alice de me faire plaisir, ce soir. Non. Ce devrait être l'inverse. Je la repousse. Elle se lève avec une expression confuse.

— Quelque chose ne va pas ?

Je retire ma veste et ma chemise, puis déboutonne son jean et lui enlève. Elle rit tandis que j'embrasse ses cuisses et son ventre. Je plante mon regard dans le sien.

— Les choses ne peuvent se passer que d'une seule façon entre nous, Alice Wells. Pas de mensonges. Pas de jeux à la con. Pas d'autres filles. Je te veux toi. Des pieds à la tête et tout ce qu'il y a au milieu. Tu es à moi et je suis à toi.

Je rougis comme si ce que je disais était ringard. Mais cette impression cesse lorsqu'Alice me sourit.

— Ça me plairait beaucoup.

Tout bascule à ces mots. Je glisse une main dans sa culotte puis glisse deux doigts en elle. Alice soupire et passe ses bras autour de mes épaules. Je déboutonne mon jean et le laisse tomber sur mes chevilles tandis qu'Alice abaisse brutalement mon caleçon. Nous rions, mais je remarque d'elle perd un peu le sourire à la vue de mon membre dressé, et son visage se ferme lorsque je m'apprête à la pénétrer. Alice pousse un cri surpris après mon premier coup de rein. Je l'embrasse dans le cou.

— Désolé, je murmure. Ça va…

— Je sais. Ça fera mal, mais pas très longtemps. J'ai une grande capacité d'adaptation.

Je recule et lui souris tout en écartant des mèches blondes de son front. Je lui retire ensuite sa chemise, dégrafe son soutien-gorge et commence à jouer avec ses tétons. Elle se tortille en gémissant et se cabre presque quand je me penche pour les suçoter. À ce mouvement, mon sexe m'arrache un râle.

— Princesse, si tu pouvais éviter de…

Elle affiche un petit air satisfait et fait onduler ses hanches une première, puis une deuxième fois. J'ai l'impression de sentir mes yeux rouler à l'intérieur de mon crâne.

— Appelle moi par mon nom, insiste-t-elle.

— Alice…, je murmure, perdu dans le plaisir.

— Encore…, réclame-t-elle avant de faire à nouveau danser son bassin.

— Alice. Alice. Alice. Alice…

Je m'immobilise et me force à reprendre le contrôle

malgré les vagues de plaisir qui m'assaillent. Je bloque ses mains au-dessus d'elle et lui adresse mon plus beau sourire en coin.

— Non, non, non... C'est toi qui va crier mon nom, ce soir, Princesse.

Ma première charge l'étonne. La deuxième la fait suffoquer.

— Ça va ? je demande, nerveux.

Je ne me suis jamais senti nerveux avec une fille auparavant. Mais chaque cellule de mon corps veut lui faire plaisir et la protéger en même temps, ce qui me déboussole complètement.

— Oui... oui, répond-elle avant de basculer la tête en arrière alors que je la prends à nouveau. Encore. Oh ! mon Dieu, Ranik... S'il te plaît, encore !

— Tes désirs sont des ordres, je réponds en souriant avant d'embrasser ses ravissantes lèvres.

Épilogue

Un mois plus tard

Ranik conduit prudemment. Tout le contraire de ce que l'on pourrait attendre d'un type tatoué qui porte une veste en cuir. Mais cette attitude me ravit tandis que nous circulons dans les rues étroites et bondées de San Francisco vers la prison d'État.

Le soleil illumine par intermittence ses yeux vert doré.

— Alors, on est nerveuse, Princesse ?

Je joue distraitement avec le paquet où est écrit « POUR PAPA » posé sur mes genoux. J'acquiesce.

— Je mentirais si je disais le contraire.

— Écoute, la seule chose qui doit t'inquiéter, c'est de croiser un certain Hannibal. Si tu tombes sur lui, surtout, ne l'approche pas. Encore moins si son nom de famille est Lecter.

Je lève les yeux au ciel. Ranik s'arrête au feu rouge.

La prison se dresse au loin, intimidante. Voilà donc l'endroit où mon père a passé ces dix dernières années... Et celui où je vais enfin pouvoir le voir. J'ai les nerfs en pelote.

Mon angoisse doit être palpable car Ranik tend la main et entremêle ses doigts aux miens avant de les porter à ses lèvres pour les embrasser.

— Tu es magnifique, Alice. Ne stresse pas. Dès qu'il te verra, ton père sera hyper fier de la jeune femme que tu es devenue. Fais-moi confiance.

— C'est encore un cours sur les compliments ou quoi ?

Ranik rit avant de passer une main dans ses cheveux.

— Seulement si tu penses encore avoir besoin d'une leçon ?

— Tout à fait, je réponds, sûre de mon effet. Mais pas de ce genre-là.

Une lueur coquine traverse alors le regard de Ranik. Il se gare le long du trottoir de la prison et se penche pour m'embrasser.

— Ne reste pas trop longtemps, OK ? Cette ville nous attend.

— Vraiment ? Je croyais qu'on était venus saccager une chambre d'hôtel.

Ranik rit.

— Je passe te prendre dans une heure. Allez, file.

Je descends et lui adresse un petit signe de la main. Une fois Ranik hors de vue, j'inspire à fond, puis me dirige vers la prison. Le gardien en faction soulève sa casquette pour me saluer.

— Bonsoir, madame. Vous venez voir un détenu ?
— Oui. Bernard Wells.

— Ah, vous êtes sa fille ! Il n'arrête pas de parler de vous. On se demandait quand vous viendriez.

— Je… je n'étais pas prête jusqu'à aujourd'hui.

Mon interlocuteur opine de la tête.

— Je comprends. Je suis juste content pour lui que vous ayez réussi à venir.

— Il m'a fallu de temps. Mais les meilleures choses dans la vie demandent souvent de la patience.

Remerciements

Un grand merci à mes merveilleux, géniaux, talentueux amis et camarades d'écriture : Sarah, Laura et tous mes pairs. Merci pour tout ce que vous faites.

Aux nombreuses et fantastiques auteures qui m'ont inspirée : Kelli Maine, Katie Ashley, Emily Snow et Michelle Valentine. Vous êtes tellement adorables, les meilleurs soutiens ! Merci mille fois.

À mes fans : vous êtes les personnes les plus adorables et incroyables que j'aie la joie de connaître. Merci pour votre incroyable soutien. J'espère continuer à écrire pour vous jusqu'à la fin de mes jours !

À la communauté – vous ASSUREZ ! Blogueurs, critiques, tous ceux qui organisent mes tournées… vous êtes les meilleurs d'entre les meilleurs !

Ouvrage composé par
Facompo-Lisieux

Imprimé en Allemagne par
GGP Media GmbH
S27929/01

Pocket Jeunesse, une marque d'Univers Poche,
est un éditeur qui s'engage pour
la préservation de son environnement
et qui utilise du papier fabriqué à partir
de bois provenant de forêts gérées
de manière responsable.